ドキュメント

湊 かなえ

角川文庫
24194

目次

ドキュメント

序章

三年生の先輩たち五人が引退した放送室は、その倍の人数が去ったのではないかと思うほど静かになった。とはいえ、体育祭と文化祭が二日連続で行われた九月は、想像以上に放送部の出番が多く、感傷に浸る間もないまま、いや、もともと先輩たちがそれほど恋しいわけではないけれど、気が付くと、一〇月になっていた。

壁にかけられたカレンダーを見ながら、ぼんやりとそんなことを考えてしまったのは、単に、僕がめずらしく一番に放送室に到着したからだ。月、水、金曜日は、二年生の授業は一年生よりも一時間多く、七時間目まである。だけど、正也と久米さんは何をしているのだろう。

正也はクラスも違うし、補習があるのかもしれない。でも、久米さんは同じクラスで、確か僕よりも先に教室を出ていたような気がする。

と、勢いよくドアが開いた。

「ちぃーっす！」

いつも通りのテンションで正也が入ってきた。そのうしろに、久米さんもいる。

「たまたま、職員室前で会ってさ」

正也がテレたように鼻の頭をかいた。別に、僕は二人一緒に来ても、おかしな勘繰りをする気もないし、仲間外れにされたと拗ねる気もない。たとえ、二人が手にしているものが同じチラシであっても。

正也が僕のとなりの椅子を引く。二年生もいないのだから、広々と使えばいいのに。そうは思っても僕だって、いつもと同じ席についている。久米さんは、少し離れたところに座った。最近はすっかり前を向いていた視線を、今はかなり下げて。

どうした、重大発表か？　二人、付き合うことになったとか？　それはそれで、大歓迎だけど。

「いきなりだけどさ、圭祐って体育祭で走ってたよな」

想定外の質問だ。

「借り物競走だけど」

僕は高校入学前に交通事故に遭った。それから、走るどころか歩くのにも少し不自由する生活が続いたけれど、夏休みに受けた二度目の手術の後、短い距離なら早歩きと変わらないペースで走ることができるくらいに回復した。

「じゃあ、マラソンは？　もちろん、四二・一九五キロじゃなくて、二〇キロ、いや、ハーフだっけ……」

正也が手元に目を落とす。

「勤労感謝の日の三崎ふれあいマラソン大会だよね」

「ああ、なんだ。圭祐も申込書もらったのか」

正也が安心したようにチラシをテーブルの上に広げた。久米さんも顔を上げる。僕の見た目の回復はまだこうやって気を遣われるくらいなのかと、がっかりする気持ちを首から下に押し止めた。

「いや。デザインが毎年同じだから。中一と中二の時、部活で参加したんだ。でも、正也がマラソンって、意外だな」

体育祭での印象だけではあるけれど。

「走るのは嫌いだ。永遠の子どもでいたいのに、持久走の時だけ、早く大人になりたいと願うくらい。でも、ここを見てくれよ」

正也はチラシの下の方を指さした。参加者に贈られる景品の一部が写真付きで載っている。

「ノートパソコン、タブレット、ハンディビデオ……。どれも、放送部に必要なものばかりだろ」

全員がこれらの景品をもらえるわけではない。

「参加者は毎年三〇〇人いるのに、無理じゃない？　僕なんか、よかった時で米二キロだったけど」

「それでも、確率がゼロなわけじゃない……、だよね、久米さん」

正也に急に話を振られて、久米さんがこちらを向いた。

「そうです。職員室前のポスターを宮本くんが睨みながら、これらの景品は何等に入ればもらえるんだろうと言ってたので、簡単に説明したら、すぐに申込書をもらいに行こうと誘われたのですが、町田くんはもう、知っているんですよね」

「まあね」

それで、同じチラシを手に、二人一緒に来たのかと合点がいった。

三崎ふれあいマラソン大会は、この田舎町においてはちょっとした人気行事だ。ハーフマラソンという、シロウトにとってはなかなかハードな距離なのに、三〇〇人の定員はすぐに埋まってしまう。参加費三〇〇〇円も必要であるにもかかわらずだ。

人気の秘密は正也がとびついたように、景品が豪華なこと。そして、その豪華景品を手に入れるチャンスが、完走した全員にあるということだ。通常のイベントでは上位入賞者から順に豪華景品をもらうのだろうけど、わが町のマラソン大会は違う。

完走した順にくじ引きができるのだ。

景品は参加人数と同じ三〇〇個。正也がほしいと口にしたものの他に、テレビや掃除機といった家電もあるし、肉や米、果物といった食品系も充実している。毎年、特賞といわれる目玉景品は当日発表となるのも、ワクワク感を高める要素の一つだ。最新型のゲーム機だったり、リゾートホテルの宿泊券だったり、Ａ５ランクの和牛だったりと、ジャンルが統一されていないので、予測が難しいところもおもしろい。

もちろん、全員ぶんの景品がそんなに豪華なものばかりだと大会は大赤字になってしまうから、大半は三〇〇円～五〇〇〇円程度のものになる。それでも、くじを引くのはドキドキするし、何かしらもらえるというのは嬉しい。

一番でゴールした人が意気揚々と引いて当てたものが、残念賞にも等しい、家庭用洗剤だったり（もちろん、賞状はもらえるけれど）、最下位に近い人が洗濯機を当てたり、抽籤会場では絶えず、どよめきや歓声が上がっている。

応援に来ていた人たちが、来年は自分も出ようか、などと言っている声も、あちらこちらから聞くことができる。

「だからさ、放送部全員で出たら、ほしいものをゲットできる確率が上がるじゃないか」

そういうことか、と納得だ。でも……。

「悪いけど、二〇キロちょいなんて、とてもじゃないけど無理だ。全部歩くとしても、厳しいと思う」

「そうか。無理しなくていいよ。圭祐はくじ運もなさそうだしな」

正也が明るく笑う。フォローになってないけど、気にするようなことじゃない。

「正也だって、出るからにはトレーニングしておかないと。リタイヤしたらくじは引けないんだからな。それに、四時間っていう制限タイムもある」

「マジか」

それについてはチラシにも書いてあるはずなのに、正也は景品にしか目がいってなかったようだ。

「何時間かかってもいいなら、僕だって出るさ。案外、正也よりはくじ運よさそうな気がするし。なんてったって、今の席、窓側の一番うしろ、特等席だからな」

「俺なんか、先生の採点ミスで英語の補習セーフだったし」

もはや、何を張り合っているのかわからない。

と、ドアが開いた。白井先輩、いや、白井部長を先頭に、二年生の先輩たち全員が入ってくる。

「また、何もしないでサボってたでしょ」

キツい口調にもう慣れた。むしろ、優しい言葉をかけられた方が、どこか具合が悪いんじゃないかと心配になるほどだ。無駄話をしていたことを反省するように、姿勢をただしてみる。

「サボってなんかいませんよ」

正也が立ち上がって、白井部長のところまで行った。

「予算の少ない放送部が、新しい機材をどうやって手に入れるか、考えていたんです。ほら、これ。先輩たちも出ましょうよ」

正也はチラシを部長に手渡した。

「マラソン大会？　ありえない」

部長がため息をつく。それに対抗するかのように、正也もわざとらしいため息をつき返した。

「白井部長が、新しいノートパソコンとカメラとタブレットがほしいって言ったんじゃないですか」

「宮本がノートパソコンを独占するからでしょう。それに、そんな景品がもらえるような上位に入れるわけがないじゃない。時間と体力の無駄遣いよ」

愚痴を吐く部長に、正也がマラソン大会の景品の仕組みを説明した。ううっ、と部長は心を揺るがしたようだけど、まだ渋っている。横から、他の先輩たちもチラシを覗き込んだ。

「確率的には、それほど低いわけじゃないな」

意外にも、一番運動を嫌いそうなシュウサイ先輩が乗り気な発言をする。

「まあ、白井はくじ運悪そうだし、出るだけ無駄かな。箱ティッシュ一つもらってる姿が想像できるよ」

思わず笑いそうになったのを隠すように、顔を伏せた。実際には、一番ショボい景品でももう少しマシなものがもらえるけど、白井部長が箱ティッシュを受け取りながら、これがほしかったのよ、などと強がる姿をありありと思い浮かべることができる。

「はあ？　アオイと一緒にしないでよ。私だってくじくらい……」

勢いよく反論しかけた白井部長の声が萎んでいくのは、これまでにいいくじを引いたことが本当にない証拠だ。シュウサイ先輩の名前は、蒼。僕と正也もそうだけど、親しい相手からくじ運が悪そうと半ば本気で言われるような連中ばかりが、放送部には集まっているということか。

「ところで、これって陸上部も出るのかな？」

真顔に戻った白井部長のひと言に、ドキリと胸が鳴った。陸上部と聞いただけで、まだこんな反応をしてしまうなんて。

「多分」

答えたのは、青海学院のアナウンサー、翠先輩だ。

「俺たちがほしい景品を引いた陸上部のヤツがいたら、交渉してみるのもアリかもな。俺たちが走らずに景品をくれなんて言ったら、速攻で断られるだろうけど、二〇キロ以上も走って死にそうになってる姿で頼んだら、検討してもらえるかもしれない」

蒼先輩はすでに自分のくじ運に見切りをつけて、別の手段を考えている。

「なるほどね……」

白井部長がつぶやいて、ポン、と手を打った。

「わかった。放送部で出よう。そのかわり、ちゃんと放送部の仕事もするのよ」

「仕事、とは？」

正也が訊ねた。

「マラソン大会の記録を撮るの。地域の人気イベントなら、作品制作に生かせるかもしれないでしょう。クロダ、撮影係、まかせていい？」

「オッケー」

気前よく返事したのは、ラグビー部先輩だ。名字は黒田。二年生部員四人の中で、一番体力がありそうなのに。

「あの、僕、見学なので、撮影係やりますよ」

手を挙げて立候補した。三年の撮影担当だったジュリ先輩から、基本的なことは学んでいる。もったいないほどに声を褒められても、僕は演者より、撮影の方に興味がある。

「じゃあ、町田も撮影係ね。そうだ、陸上部の一年生にすごく有望な子がいるんでしょう？　駅伝のレギュラー候補入りもした、山、なんとかくん。もし、出てたら、彼を中心に撮っておいて」

「僕が、良太を？」

「知ってるの？　じゃあ、ちょうどよかった。ちょっと考えている案があるから」

パシッと言い切った白井部長は、これで無駄話は終わり、と言わんばかりに、今年の四月から撮影してきた映像を一本のＤＶＤに編集する作業について話し合う準備を始めた。三学期に発売するらしい。

購入するのは主に三年生なので、編集もそこを意識するようにと言われた。これも大切な部費の一部となる、とも。

「こういうところで地道に努力すれば、みんなで東京に行けるんだからね」

良太のことでモヤモヤしている頭の中に、東京、という言葉が突き刺さった。

すっかり、オフシーズンの気分でいたけれど、白井部長は常に意識しているということだ。

JBK杯全国高校放送コンテスト、略して、「Jコン」のことを――。

三崎ふれあいマラソン大会は快晴の空の下、三崎市民公園で開始の号砲を上げた。よくある市民マラソンのように、町中を走るのではなく、公園の外周五キロの整備されたランニングコースを周回するため、参加者も応援者も、公園内にひしめき合っている。公園の中央広場では、全員で行う準備運動のラジオ体操が終わったところだ。参加者たちはバラバラと広場内のトラックに設けられたスタート地点に向かっている。自主トレーニングを積み重ねたという白井部長は、走るからには上位を狙うわよ、と放送部軍団を引き連れて、早々に広場を囲む芝生コーナーのベンチの一つで荷物をまとめ、去っていった。

ミラーレス一眼カメラを持った黒田先輩も、陸上部よりあいつらを追う方がおもしろそうだ、と言ってついて行ってしまった。どうして走らないのか。二人でいても、訊けた気はしないけど。

少し離れたベンチに青海学院陸上部のユニホームを着た良太の姿も見えた。向こうも僕に気付いたようで、走ってこっちにやってくる。陸上部の撮影をすることは白井部長から連絡済みのはずだけど、僕が良太を撮ることまでは伝わっていないのではないか。

とりあえず、ひと声かけておいた方がいい。

僕はカメラを持っている方の手を良太に向かって上げた。

「今日は撮影担当？」

良太の方から訊いてくる。交通事故に遭った僕に気を遣い続けてきた良太にとって、いろいろと吹っ切れたとはいえ、まだ、勇気のいる言葉だ。だから、どうってことないような澄ました顔をする。

「良太を撮りにね」

へっ、と良太の表情が固まった。ギャグを振られたけど、どう返そうかといった様子で。僕がふざけてそう言ったと思っているようだ。

「ホント、ホント。注目の新人を撮ってこいっていう部長命令なんだ。駅伝のレギュラー候補なんだろ？」

「そんなことまで知ってるのか。でも、まだ候補だし、三年生が強いからなあ……。早くリベンジしたい気持ちはあるけどね」

いつもの淡々とした口調の後で、少しだけ肩をすくめる。良太は中学の時、膝を故障して、一番大切だと信じていた大会に出場することができなかった。しかし、そのおかげで、今があることも知っている。

「まあ、頑張るよ」

良太が笑う。僕もそれに応える。

「うん、頑張って。声援、送るからさ」

　良太はもう一度、ニッと笑って、僕に背を向け、スタート位置に駆けていった。

　良太を撮るといっても、並走するわけではない。広場を横切って、とりあえず、二キロ地点の辺りで待ち伏せをすることにした。そこに、見憶え（みおぼ）のあるうしろ姿があった。

「村岡（むらおか）先生！」

「おお、圭祐じゃないか」

　三崎中学陸上部顧問の村岡先生は、夏休みの終わり以来、たったの三ヵ月ぶりで会う卒業生を懐かしそうに迎えてくれた。

「今日は撮影か？」

　僕の手元のカメラを見て言う。

「そうです。僕も出たかったけど、さすがにハーフは四時間かけても難しいかなと思って」

「賢明な選択だ。この大会は半数以上、現役の陸上選手が参加するからな」

「そうなんですか？」

　自分が余裕で走れていた頃は、どんな人たちが参加しているのか深く考えたこともなかった。上位に高校生やセミプロっぽい人が入っていて、こんな田舎の大会なのになんでわざわざ参加しているんだ？　と思うことがあっても、景品に影響がないせいか、それ以上の感想は持たなかった。

「ここはコースが整備されているから、記録が出やすいんだ。陸連後援の大会で、公式記録にもなる。標準記録を突破していないと参加できない大会もあるから、ここで記録を出しておこうという人たちが、この二、三年でかなり集まるようになったそうだ。ハイスピードのレース展開になるはずだし、圭祐なら、それについていこうとするだろうし、おまえがこちら側にいて安心したよ」

「ああ、まあ、僕は……、ね」

曖昧に笑ってみせたものの、僕の中には、自分が出場する以上の不安がむくむくと生じている。人気の秘密は豪華景品、というわけではなかった。

それぞれ、自主トレしているとは聞いたけど、放送部のみんなは大丈夫だろうか。


広場の一角には、豚汁やトマト炊き込みご飯、おはぎなどの炊き出しコーナーがあり、一般客は一つの品につき三〇〇円払うことになっているけれど、マラソン完走者は順位カードを提示すれば、それらを無料でもらうことができる。

だけど、僕の目の前で、芝生の上に寝転がったり座ったりしたままへばっている面々は、受け取りに行こうともしない。唯一、久米さんだけがおはぎにかぶりついていた。

「なんか、人が食べてるの見たら、お腹すいてきた」

そう言ってむっくりと立ち上がったのは、白井部長だ。

「おはぎ、もらってこようか？」

他のメンバーを振り返る。
「いや、俺、豚汁食いたい」
蒼先輩が膝に両手をついて立ち上がり、私は炊き込みご飯、と翠先輩が疲れていると
は思えない美声で続き、それぞれのブースに向かって行った。
「正也はいいのか？」
一人まだうつぶせで転がっている背中に声をかけると、正也はごろんと半回転して、
顔をこちらに向けた。
「吐く。今食べたら、全部吐く」
そう言ってまた半回転し、顔を伏せた。この元気な順が、そのまま、放送部内のマラ
ソン順位だ。
久米さんは大健闘の五四位。女子では全体の六位に当たり、賞状がもらえるらしい。
久米さんが中学時代は陸上部だったことを、久々に思い出した。そのうえ、ただ陸上部
だっただけでなく、僕が気付かなかっただけで、かなり活躍していたのではないかとも
思う。今食べているおはぎはデザートで、他の放送部メンバーがゴールするまでに、豚
汁も炊き込みご飯もすっかり食べ終えているのだ。
次は、なんと白井部長。必ず半分より前の順位でゴールするという宣言通り、ど根性
の一四九位だ。その次は、蒼先輩の二〇〇位。狙ってとれる順位じゃないと言って喜ん
でいた。次いで、翠先輩の二四六位。へばりながらもスマホを取り出して、何やら熱心

に打ち込んでいた。アナウンス原稿用のメモだと教えてくれたのは、白井部長だ。翠先輩の中にも、常に、Jコンがある。

そして、正也。二八七位。それでも、二時間半でゴールしたのだから、よく頑張ったと思う。確かに、村岡先生の言う通り、レベルの高い大会だ。

そんな大会で、良太は三位に入った。青海学院の陸上部、長距離主力メンバーは来週の県大会に向けてほとんどが出場を控えていたとはいえ、大健闘だ。力強さを感じさせる走り方も、僕の知っているものではなくなっていた。

青海学院で良太が積み重ねてきたもの。良太がゴールした瞬間、僕は村岡先生の姿を探した。見つけることはできなかったけれど、きっとどこかで見ていたはずだ。

「抽籤会が始まるぞ」

黒田先輩がやってきた。あれ、二年は？　と辺りを見回す片手には、カメラがむき出しのままある。僕はとっくにケースにしまっていた。だけど、マラソン大会はまだ終わっていない。僕は良太だけを撮れと言われたわけではないのに。

二年生の先輩たちは炊き出しコーナーに行っていることを伝えると、先に一年生だけで行ってもいいと言ってくれた。放送部のみんなもそうだけど、良太が何を引くのかも気になる。

少しでも転がっていたい正也は二年生を待つと言い、久米さんもそれなら自分もということになり、僕だけがカメラを手に、競技中に広場の中央に設置された抽籤会場のテントへ向かうことになった。

すでに、順位カードを持った上位選手が並んでいて、法被を着た係員に誘導されて景品の並ぶテントの中に向かっている。

と、いきなり、ガランガランと大きな鐘の音が鳴った。一位の人、実業団のユニホームを着た男性がいきなり、一等のノートパソコンを当てたのだ。平等とはいえ、やはり、上位の選手にいいものが当たるように、上の方にいいくじを置いているのかもしれない。

男女ともに上位八位までが表彰されるため、一位の選手は抽籤会場横に作られた表彰ブースに移動した。

二位の人、大学のユニホームを着た男性も、四等の有名家電メーカーのドライヤーを当てた。いいなあ、と見物人の声が聞こえてくる。次にくじを引くのは良太だ。ガランガランとは鳴ったものの、手渡されたのは、サラダ油だ。会場から笑い声が起きる。

良太も苦笑しながら、サラダ油をトロフィーのように掲げて、カメラを構えている僕の方を見た。曇りのない表情から、良太が今日の結果に満足していることが窺える。後で、タイムを聞いてみよう。

くじ引きは途切れることなく続いた。一〇番台後半から二〇番台にかけては、三崎中陸上部の後輩たちの顔をちらほらと見ることができた。三崎中の中で一位だった田中は、タブレットが当たったようで、他の部員たちにうらやましそうに取り囲まれている。

正也が欲しいもの、いや、放送部が狙っている景品は三つのうち、すでに二つが他の人の手に渡ってしまったことになる。

徐々に、腹ごなしのすんだ完走者たちが集まってきて、テントの周辺はごった返してきた。黒田先輩がやってくる。

「代わろうか?」

バッテリーも切れかかっていたため、素直にその場を黒田先輩に譲り、炊き出しコーナーなど何となく目についたものを撮りながら、芝生コーナーのベンチに戻ることにした。ハンディビデオは当たるだろうか。

昨夜は夜勤だった母さんのために、おはぎを買って帰ることにし、自分用に買った炊き込みご飯を食べ終えたところで、こちらに向かってくる放送部の集団が見えた。先頭の白井部長が片手に提げているのは、五つ連なった箱ティッシュだ。数は違えど、蒼先輩の予言力に感心する。しかし、部長の表情は明るい。どこか、興奮しているようにも見える。

ベンチに戻ってくるなり、すごいのよ、と僕に言った。誰の景品がすごいのか。みんなの手元を順に見る。翠先輩は高級チョコの詰め合わせだ。これはすごい。正也がうらやましがっている。正也の景品は、有名スポーツメーカーの縄跳びだ。これだって、当たりの部類ではないか。

「もうトレーニングなんて、一ミリもする気がないのに」

正也は不満そうだ。

「じゃあ、チョコと交換しようよ。私は今回トレーニングしたら、腹筋が鍛えられたのか、肺活量が上がったのか、声の出方がよくなった気がするの。だから、これからも続けたいし、ちょうどよくない？」

翠先輩がそう提案して、正也の縄跳びとのトレードが成立した。蒼先輩が持っているのは、クッキーの箱だ。トマトの絵が描かれている。

「こんなかわいいパッケージができたんだ」

白井部長がそれを見て言う。トマトクッキーは青海学院の調理部が市主催の料理コンテストに出品するために開発し、地元の菓子メーカーが販売したものだった。コンテストまでの奮闘を、二年生の先輩たちはテレビドキュメント作品の題材に取り上げた。

「試行錯誤しながら何度も試作品作って、栄養価を損なわず、おいしいクッキーができたのに、伝えきれなかったな……」

県大会での悔しさがよみがえってきたようだ。

「でもさ、こうやってちゃんと商品化されて、市場に出てるんだから、調理部の連中にとっちゃ大成功。なのに、俺たちが残念がるのはお門違いだ」

蒼先輩のフォローに、胸が少しザワッとしたけど、どこにザワッとしたのか自分でもよくわからない。

「少なくとも、ティッシュよりは大当たりだろ」

余計なひと言を加えられ、白井部長が片手を振り上げたところで、気付いた。

「ところで、久米さんは？」

白井先輩の手が下がり、パアッと顔に笑みが広がる。

「すごいのよ。特賞が当たったの。それで、取材を受けることになったから、黒田を残して、先に戻ってきたの」

「何が当たったんですか？」

「それは……。あ、戻ってきた！」

白井部長の視線の先に、黒田先輩と久米さんの姿が見えた。先輩が両手で大きな箱を抱え、久米さんは筒状のものを持っている。多分、賞状だ。

「久米さん、おめでとう」

拍手で久米さんを迎えると、みんながそれに続いた。だけど、僕以外は女子六位に対してではなく、特賞をゲットしたことに対して久米さんを讃えているように見える。

そんなにすごいものを当てたのか。

久米さんが僕の前で足を止めた。

「町田くん、ドローンが当たりました」

ドローン、と僕は三回復唱した後で、えーっ、と大声を発し、大変なものを手に入れてしまった、というように少しばかりとまどっている久米さんの顔と、黒田先輩が抱えている箱とを何度も見比べた。

青海学院高等学校放送部は来年夏のJコンに向けて、強力なアイテムをゲットした。

……ことになるのだろうか。

第1章　ドローン

プラスティック製の蛍光ピンクの円盤が、リモコンに装着したスマホ画面の中央に常にくるようレバーを動かす。

「もう少し右、ああ、見切れた……」

グラウンドの砂埃（すなぼこり）を寒風が吹き上げる中、放送部の面々、くわしくは、黒田先輩と一年生の三人は、今日も元気に外で歓声を上げている。

室内に籠（こも）っていそうな部活動、という項目でアンケートを取れば、間違いなく三位以内に入るであろう（まず、部活の一つとして認識されていれば、だけど）僕たちが、連日、ホームルームが終わるとすぐに外に飛び出しているのは、新しいアイテム、ドローンを手に入れたからだ。

正直、こんなに夢中になるとは、予想もしていなかった。

前々から欲しくてたまらなかったものが手に入ったわけではない。存在は知っているけど自分には無縁なもの。そんなふうに考えていた。久米さんがくじで当てた後でさえ、本当に使えるのだろうか、などと心配していた。なのに……。

「はい、三分。次は俺の番」

正也に肩を叩かれる。充電を終えたドローンの滞空時間は一五分だ。僕はしぶしぶ両手に持っていたリモコンを正也に渡した。そのまま、正也の横に立ち、画面を覗き込む。

僕たちが交代したのを確認して、久米さんと黒田先輩が再びピンク色のフリスビーを投げ合い出した。見方によっては、グラウンドの片隅で戯れる仲の良いカップルのようだけど、黒田先輩が提案した撮影の練習用だ。前半は、僕と正也で投げ合っていた。

普通のキャッチボールと違い、フリスビーは軌道が読みにくいため、動きを捉えるのはなかなか難しい。フリスビーの動きに合わせてドローンを動かしていた僕とは違い、正也は、久米さんと黒田先輩が画面に収まる範囲で、高度だけを上げたり下げたりしている。なるほど、ドローンだからといって、動いているものだけに焦点を合わせる必要はない。

久米さんは投げるのも受けるのも、初めはバタバタと動き回っていたのに、回数を重ねると、足場がほぼ固定されるようになったことに気付く。

「脚本を書く時って、よく、鳥瞰的視点って言葉が使われるんだ。鳥の目線。なんとなくイメージはしていたけど、実際に撮影してみると、ちょっと違ってた。何を話しているのかわからない、表情もいまいち見えにくい。だけど、案外距離は近い。聞こえそうで聞こえない、見えそうで見えない。だからこそ、想像が膨らむ」

正也はドローンを扱うようになってから、テレビドラマにも興味を持つようになったらしい。

僕たちは高校生で、作品制作も部活動の一環だから、予算が限られている。テレビドラマの制作では、極端な話、海外ロケなんてとんでもないことだ。セットを作るのにも限界がある。そのうえ、Jコンでは出演者は自校の生徒のみと決まっているので、登場人物の設定も限られてくる。

その点、ラジオドラマは自由度が高い、というのが正也の口癖だ。ここは南極だと言えば、聴いている人の頭の中にはその人が知る南極の画が広がるし、演者が声を上手くあやつることができれば、幅広い年齢の登場人物を出すことができる。だから、ラジオドラマの制作の方がおもしろい。

しかし、新しい扉が開いたのだ、と。

「負け惜しみって思われたくないから、黙ってたけど、Jコンの全国大会の決勝、正直、テレビドラマ部門はどの作品も、すごいと思えなかったんだ。テーマはおもしろいのに、気持ちも状況も全部台詞で説明しちゃってるし、それ以上に、撮影の仕方だな。紙芝居を見ているようだった」

「動画なのに？」

訊ねると、正也はドローンの高度を下げた。久米さんの頭頂部がアップになる。

「黒田先輩、今から投げるわたしの気持ち、受け止めてください」

正也はフリスビーを投げる久米さんの動きに合わせて勝手に気持ち悪いアテレコをし

た。そして、ドローンを動かす。今度は黒田先輩の頭頂部がアップになる。

「フリスビーに込めたその思い、受け止めた！」

上手くキャッチしたのに合わせて、また、正也がアテレコする。そして、フリスビーをしている二人の邪魔にならないところまでドローンの高度を上げて、僕の方を見た。

「こういうこと。ドローンじゃお互い、つむじのアップになってしまったけど、今の画面の正面バージョンをイメージしてみて」

「台詞をしゃべっている人が、交互に映るってこと？」

「正解。しかも、上半身アップで。フリスビーをしていることもわからない。なんか、歳食ったおっさんが言うみたいでイヤなんだけど、多分、今の一〇代はスマホに慣れ過ぎちゃってるんだな。標準サイズがこの画面の大きさになってしまってるんだ。映画もテレビドラマもこれで観る。だから、プロの作り手もそっちに寄せてくる。登場人物を大きく映す。そうしたら、背景や状況がわからないから、台詞で説明する。で、シロウトはそれが正しい撮り方だって勘違いしてしまう。悪循環もいいところだよ。Jコンの決勝もみんながスマホで観るならいいけど、実際は映画みたいな大画面だし」

「ああ、圧迫感が出てくるんだな、きっと」

正也の言ってることとは少しずれた感想かもしれないけど、紙芝居にたとえた理由はわかった。

僕は普段あまり映画を観に行く習慣がない。だからか、たまに行くと、画面の大きさにも大音量にも圧倒されてしまう。母さんなどは、そういう飲み込まれる感じが映画の醍醐味だと言うけれど、僕は、画面の中に入り込むというよりは、透明な壁に押しつぶされるような気分になる。

壁＝平面が、上半身のアップばかりでは、よほどカメラワークが滑らかでない限り、紙芝居のように感じてもおかしくない。

映画館の画面に、僕たちが作った「チェンジ」が映し出される想像をしてみる。恐ろしいけれど……。

「『チェンジ』って、正面アップのシーンばかりだっけ？」

自分の出演シーンが恥ずかしくて、終始目を細めて観ていたわけではない。

「それな。そこは上手くやっていたんだなって、後になって気が付いた。ほら、ちゃんと同じシーンを、カメラ二台使って遠近両方から撮影して、バランスよく繋いでいたじゃないか」

「そうか。僕も、このシーンは遠距離からのうしろ姿を使うのか、ってジュリ先輩に編集の仕方を教えてもらいながら、驚いたことがある」

内容のつまらなさや、先輩たちのおかしな青春劇場ばかりが印象的で、あの作品の良いところに目を向けようとしなかったことも、気付けなかった原因かもしれない。

「ジュリ先輩がいたら、ドローンでおもしろい映像を撮ったかもしれないな」

「いや」

　僕の言葉を正也が即座に否定する。

「すごいカメラマンはいる」

「確かに」

　僕が頷くと、正也は、やばい三分過ぎてる、と言いながら、慌ててドローンをリターンさせた。これに関して操作技術は関係ない。ドローンにリターン機能がついていて、ボタン一つでリモコンのところまで帰ってくるように設定できるのだ。よほどのことがない限り。

「いつまで遊んでるの！」

　唯一、ドローンをリターンさせることができなかった人……、白井部長の声が飛んできた。靴を履きかえるのが面倒なのか、校舎と体育館を繋ぐ通路で、腰に手を当てて仁王立ちしている。発声練習時の翠先輩にも負けていないほどの声量だ。

　マラソン大会でも速かった。てきぱきしていて器用そうにも見える。なのに、初日に中庭のポプラの樹にドローンをひっかけて、校務員さんに梯子を出してもらうことになって以来、白井部長はドローンに触ろうとしない。

　蒼先輩から、右手で四角、左手で三角を描きながら、「もしもしかめよ」を歌えるようになるまでは触らない方がいい、と言われて怒っていたけれど、案外、それを守っているような気もする。

　正也がもう一度、リモコンに装着したスマホに目を落とし、しまった、とつぶやいた。

僕も、ヤバい、と口に出す。

今日は、四時から放送部のミーティングがあるというのに、すでに、時刻は四時一〇分になろうとしていた。白井部長からの説教は確定だ。

久米さんも慌てた様子でフリスビーを片手にこちらに走ってきた。意識して見ると、やはり速い。そのうしろから黒田先輩が悠々と歩きながらやってくる。

「滞空時間、まだ残ってるから、白井も練習するかぁ？」

のんびりとした口調で白井部長に向かって言った。黒田先輩の声の通りもいい。

「しないわよ、とにかく急いで！」

白井部長はそう言い返すと、校舎に向かって走って行った。

「負けず嫌いだからなあ、あいつは。片付けは俺がやるから、一年は先に行っておいてくれ」

笑いながら、花壇の脇に置いていたドローンの箱を開ける黒田先輩に、僕たちは、はい、と返事をして、放送室に向かった。同級生だからか、黒田先輩がどれだけマイペースに行動していても、白井部長が怒ることはない。

「そうだ、久米さん」

正也がドローンのリモコンに装着していたスマホを、久米さんに渡した。スマホに専用のアプリをダウンロードすれば、ドローンで撮影したものをスマホに記録することができる。そのアプリを入れているのは、今のところ、久米さんと黒田先輩の二人だ。

最初は久米さんだけが入れていた。くじで当てたのは久米さんなのだから、いくら、久米さんが放送部に寄贈すると言ってくれても、なんとなく、私物を借りているという気分になる。

僕は機械に疎い方ではないと思う。

母子家庭だから、という考え方はしないようにしているけれど、それでも母さんは家電の扱いに疎く、テレビとDVDデッキを繋げたり、録画したものを編集したりするのは、かなり幼い頃から僕の役割だった。

そのくせ、母さんはビデオ撮影だけは好きで、陸上大会など、僕以外の子もはりきって撮った挙句、他の保護者からダビングしてほしいと頼まれたらすぐに安請け合いするものだから、僕の仕事は増える。

必要な場面を切り取ったり貼り付けたりして、DVDに落とす作業に慣れていたせいか、ドラマの編集作業を手伝っている時は、手際がいいとジュリ先輩から褒めてもらえた。音を付けたり、文字を入れたりする作業もすぐに覚えることができた。

だけど、ドローンに関しては、まったくのてさぐり状態だった。それは僕だけではなかったようだ。

マラソン大会の翌日、放送室のテーブルの真ん中に置いたドローンの箱を見ながら、みんな、思い思いのことを口にした。

免許はいらないの？　と白井部長。

ドローン所持の申請書や飛行許可証を役場に提出しなくていいのかな。と蒼先輩。

先生には報告しておいた方がいいよね。と翠先輩。

没収されないかな。と正也。

そもそも、ドローンなんてどこで売っているんだろう。と僕。

すみません、やっかいなものを当ててしまって。と久米さん。

まるで、銃でも手に入れてしまったかのような反応だった。

それらに対して、一つ一つ答えていったのが黒田先輩だ。ネットで調べていたらしい。誰でもできることなのに……。

ドローンの免許を発行している民間団体はあるけれど、無免許で使ったところで、罰せられることはない。要は、免許なしでも使用していいということだ。

二〇〇グラム未満のドローンであれば、国土交通省に届け出ることなく、飛行禁止に指定されている場所以外では、自由に飛ばすことができる。

それでも、顧問の秋山(あきやま)先生には報告することにした。秋山先生も自分では判断できず、ドローンに関する校則もないため、職員会議で報告したところ、まずは、校内で他の生徒の邪魔にならないよう、常識の範囲内で使用するように、ということに決まったらしい。

ちなみに、ドローンはミツバデンキやオオハシカメラといった、全国チェーンの家電量販店で普通に売っている。

久米さんの当てたドローンは、アメリカ製で、メーカー希望小売価格一九九九〇円。重量一九〇グラムで滞空時間は一五分。広角HDカメラ搭載。リターン機能だけでなく、ドローンが一定の距離で操縦者についてくるという機能もある。また、専用のアプリをスマホにダウンロードすれば、スマホ画面に表示された地図上で、あらかじめ指定したルートを飛ばすことができるという、指定位置飛行機能もついている。

初心者でも扱いやすい機種らしいけど、難点は、プロペラガードがついていないため、接触などによるプロペラの損傷に気を付けなければならないことだ。

それらの前知識を元に、放送部全員で中庭に出て、ドローンをおそるおそる箱から取り出し、リモコンにアプリをダウンロードした久米さんのスマホを取り付け、下調べをしていた黒田先輩が五メートルほど浮上させたところで、誰ともなく、おおっ、と声を上げ、それが歓声になった辺りで、不安は霧散し、みんな、少なくとも僕は、ドローンに夢中になった。

ラジコンどころか、凧揚げすらしたことがない。何かを空に飛ばすという行為がこんなにもワクワクするものだということを僕は知らなかった。そのうえ、そこからの景色を自分で見ることができるのだ。校舎の屋上から見るのとは違う、飛行機から見るのとも違う、高いところから眺める、移動する景色。

単純だけれど、自分も空を飛んでいるような気分になれる。

そんな楽しいものを扱っていたら、興味が湧くのは放送部員だけではない。

放課後、樹のあるところを避けるため、グラウンドの片隅で操作していたら、体育会系の部活の人たちも集まってきた。中には、危ないとか、邪魔だとか、注意するつもりで来た人もいる。そこで、放送部員の僕たちは、部活動だということを証明するかのように、ドローンで撮影した動画を見せるわけだけど、その時になって初めて、早くも実力差が生じていることに気付いた。

黒田先輩が撮った部活動の光景は、その部の部員が何度も見返すようなものになっていた。特に、サッカー部やラグビー部といった、団体競技の人たちは、それぞれのポジショニングや全体の動きを確認することができる、と大絶賛だった。

練習試合の様子を撮影してほしいとも頼まれた。

そのため、黒田先輩は自分のスマホにもアプリをダウンロードした。

黒田先輩一人では大変なので、僕や正也も団体競技を撮ってみた。同じように撮っているはずなのに、動画を見た部員たちの反応はいまいちだ。この時はもっと引きで見たかったとか、この角度じゃないとか、向こうも上手く説明できないし、僕たちも何が足りないのか理解しきれない状況が生じてしまう。

ドローンを扱えるか、撮影できるか、といった技術的な問題ではない。画面の切り取り方だ。頭に思い描いたように撮影することは難しいけれど、それ以前に、どう切り取るのかを思い描くのは、練習だけで身につくものではない。

センスだよな、と正也は言う。

脚本を書くセンスがあるから、正也はすぐそこに思い至る。

黒田先輩は僕にもアプリをダウンロードすることをすすめてくれたけど、僕はまだそれができない。それでも、使いこなせるようになりたいという気持ちは持っている。

放送室にはすでに、蒼先輩と翠先輩が来ていた。この二人が時間に遅れることはない。二人とも、初めの一週間こそ、ドローンに興味を持っていたけれど、早くも飽きてしまったのか、最初からそれほど興味がなかったのか、率先してドローンの練習をしようとはしない。

翠先輩はマラソン大会でゲットした縄跳びを、あまり人通りのない渡り廊下で毎日一〇分間跳んで、その後、発声練習をして、放送室にやってくる。どちらかといえば、僕もそちらに参加しなければならないのだろうけど、年内はこのままでいいかな、とも思っている。

蒼先輩は僕たちが入ってきたのを見て、数学の参考書を閉じた。

翠先輩も蒼先輩も怒っているふうではない。ピリピリとした空気を醸し出しているのは、白井部長だけだ。だから、怒られる前に謝る。言い訳せず、とにかく謝る。

すみません、ごめんなさい、申し訳ございません。この三つを三人で繰り返しているうちに、まったく悪びれた様子のない黒田先輩が、お待たせ、と笑顔でやってきた。

白井部長を上座に、七人でテーブルを囲むと、部長がレジュメを配ってくれた。先日のミーティングで決まった、Ｊコンに向けてのおおまかなグループ分けだ。

ＪＢＫ杯全国高校放送コンテストは六つの部門で競われる。

テレビドラマ、ラジオドラマ、テレビドキュメント、ラジオドキュメント、アナウンス、朗読だ。

去年、というか、今年の夏に行われた全国大会に向けては、現三年生がドラマ制作を、二年生がドキュメント制作を担当し、それにプラスして、翠先輩がアナウンス部門にエントリーした。そこに、新入生の僕たちがふがいない三年生のテレビドラマ作りを手伝うという形で、思いがけず積極的に参加することになった。

しかし、次の大会に向けては、学年ごとに部門を分けるのではなく、全部門を全員で協力して制作することになった。白井部長の提案だったけど、反対した部員はいない。二学年合わせて七人しかいないのだから。

しかし、部門ごとにリーダーとサポート役二人を決めることになった。ドラマ部門のリーダーには正也が指名され、ドキュメント部門は白井部長が立候補したため、必然的に、正也を僕と久米さんが、白井部長を蒼先輩と黒田先輩が、それぞれサポートすることになり、結果、ドラマ部門を一年生が、ドキュメント部門を二年生が中心になって進めることになる。

それに加えて、アナウンス・朗読部門のリーダーは翠先輩に決まり、サポート役に僕と久米さんが指名された。どちらかにエントリーしてみろということらしいけれど、僕はまだどうするか決めかねている。

アナウンス部門は、県大会の予選、決勝の両方を見学したからわかる。

少し声がいいと褒められただけで出場できるような生易しいものではない。発声練習や抑揚の付け方の練習、それに加えて、アナウンス部門の場合は、原稿を自分で書けるようにならなければならない。テーマも自分で決める。限られた文字数で、問題提起して、解決策を促す。もしくは、多くの人に知られていないことを、興味を持ってもらえるように伝える。

それができないからといって、朗読部門にエントリーするのも安易な発想だ。毎月少なくとも一〇冊は小説を読むという久米さんと違い、僕には読書の習慣が皆無だと言っていい。そんな僕が、指定作品五冊の中から一冊選び、さらにその中のどの部分を抽出するか、決められるとは思えない。作者もびっくりするような中途半端なところを、見当違いの解釈をしながら読んでしまうのがオチだ。

翠先輩は、難しく考えなくてもいい、教えられることは何でも教えるから、と言ってくれ、答えを年内いっぱいまで待ってもらえることになっている。

「それで、取り組んでいく順番だけど」

白井部長が声を張り上げた。全部同時進行というわけにはいかない。

「やっぱり、時間をかけてテーマを追っていく、テレビドキュメントから手を付けるのがいいと思うの。もちろん、宮本には早めにドラマの脚本作ってもらいたいけど」

「そっちは、ぼちぼち進めているところです」

　正也が答えた。

「じゃあ、賛成。ドラマと違って、巻き返しが利きにくいもんな」

　蒼先輩がそう言って手を挙げた。俺も、私も、と黒田先輩と翠先輩が続き、僕たち一年生も同意した。何せ、ドラマはひと月あればどうにか作れることは、身をもって経験している。

　それに、二年生の先輩たちと本格的に作品制作をするのは初めてだ。自分たちが中心にならなければならないドラマよりも、先に、ドキュメントを手伝う方が、先輩たちのやり方がわかっていいのではないか。

「となれば、早速テーマを決めましょう」

　白井部長が張りきった声を出す。

「あれ？　白井が決めるんじゃないの？」

　蒼先輩が言った。

「確かに、前回のドキュメントのテーマは、テレビもラジオも私が決めたけど、結局、全国に行けなかったじゃない。だから、みんなで話し合おうと思ったのよ」

「それは、すごい進歩だ」

　蒼先輩は笑っているけれど、揶揄（やゆ）している口調ではない。

「でも、いきなり言われてもなあ。てっきり、白井がテーマを決めてくれると思っていたし。まあ、指示待ちばかりじゃ、白井の負担が大きいよな」

黒田先輩が言い、翠先輩もそれに頷く。

「私もナレーションさえしていればいいって思ってたけど、それじゃあ、みんなで作ったことにはならないよね」

なんか、ちゃんとしているぞ。先輩たちのやりとりを眺めていると、そんな気持ちが湧いてきた。しっかりしているというか、団結力があるというか。三年生の先輩たちとのテレビドラマ制作の時とは、安心感がまるで違う。

「ありがと。まあ、すぐに案を出すのも難しいだろうから、来週の月曜日までに一人最低でも一つは、テーマ案をLANDで私に送って。それをまとめてくるから、みんなで話し合いましょう」

白井部長はそう言って、ポンと手を打った。この話題は終了、という合図なのだけど、僕はおそるおそる手を挙げる。

「僕、LANDをやってないんですけど」

「あの、わたしもです」

消え入るような久米さんの声がかぶさった。

「なんで？　無料だし、グループで通信できるのに」

ストレートに訊き返される。僕の、中学時代の陸上部の連中と繋がりたくないから、という理由はともかく、久米さんのことはもう少し普段の様子を察して、気を遣ってくれてもいいのに。久米さんも黙ったまま困った表情を浮かべている。

「繋がりたくない相手がいるのかもしれないけど、それなら、放送部のグループだけ作ればいいことじゃない」

　白井部長の物言いにはためらいがない。つい、そうですね、と言いそうになってしまうのだけど……。

「そんなことができるの？」

　僕は小声で正也に訊ねた。正也が、今更、といった顔で頷く。電話番号を登録している相手全員に、自動的にＬＡＮＤを始めたという連絡がいってしまうのではなかったのか。

「俺なんて、連絡先を登録しているのが一〇人以下だけどな。まあ、無理して始める必要はないよ。だけどもし、スマホやＬＡＮＤでイヤな目に遭って、それで、やらないとか使わないという選択をしたのだとしても、それでどういうことができるのかは知っておいた方がいい。悪口書かれりゃ傷付くけど、保存すれば証拠になる。書いたヤツの特定は、それほど難しいわけじゃない。どうせ同じ学校のヤツだろうからな。それを印刷して、相手の保護者に内容証明郵便で送ってやるっていう手もある。対応次第では、次は裁判って雰囲気アリアリだろ」

　蒼先輩が言った。僕には当てはまらないことだけど、今、久米さんの方を向くことはできない。

思いがけず、はっきりとした返事が聞こえた。

「よかった。動画のやりとりも簡単になるから、ドローンの映像もよさそうなのを送ってくれよ」

黒田先輩が言った。久米さんは、そういうことも、とつぶやいて、はい、とこれにも大きな声で返事をした。それなら僕も、黒田先輩の撮った動画を送ってもらいたい。

「まあ、白井とは直接話すよりも、ＬＡＮＤを通した方が怒られないからな」

蒼先輩が笑う。

「そうなんですか！」

正也が食いついた。久米さんへの注目を自分に逸らそうとしている、というのは僕の考え過ぎだろうか。

「文字を打つのが遅いから、余計なひと言がないんだ」

「失礼ね。簡潔な文章を心がけてるのよ。あと、夜九時以降は勉強のジャマになるから、返信しない」

白井部長はこれもきっぱり言い切った。僕にここまで割り切ることができるだろうか。それでも……。

「僕もやってみます」

陸上部か放送部か。陸上をするという選択肢はとっくに失ったとあきらめていたのに、またその選択肢を与えてくれた人がいた。そのうえで放送部を選んだのは、僕自身だ。だけど、かつての陸上仲間に触れ回ることではない。でも、心配してくれている人もいるはずだ。

僕はちゃんと前を向いている。それを示すことができるきっかけが、ふいに今やってきた。そういうことなのかもしれない。

駅前のファストフード店に正也と久米さんと入る。まだ午後六時前だけど、日はとっぷりと暮れていて、少しばかり夜遊びしている気分になる。ハンバーガーでそんなことを思えるのだから、僕の高校生活は健全だ。

世の中に対する不満もない。学校に異議申し立てをしたいこともない。政治や環境問題について、深く追究してみたいこともない。だから、テレビドキュメントのテーマもまったく浮かんでこない。

校門をいつものように三人で出ながら、どうしよう、とつぶやくと、正也に作戦会議を提案された。

めずらしく久米さんも、その会議に交ぜてください、と自分から言ってきた。LANDの始め方も知りたいらしい。そこは僕も正也先生に教わらなければならない。

腹ごしらえと、三人でのLANDメッセージの送り合いが終わると、正也が、はあ、と深い息をついた。LANDのレクチャーはそれほど大変だっただろうか。

「ドキュメントのテーマ、何も思い浮かばねえ」

「まさか、正也が？」

久米さんも驚いたふうに頷く。

「ドラマの脚本なら、ラジオもテレビも書いてみたいことがいっぱいあるのに」

「そういうもんなんだ」

「ドラマのテーマを一つ、ドキュメントに持ってくるのはどうですか？」

久米さんが提案する。僕も賛成だ。

「それは、イヤなんだ」

「どうして？」

僕が訊ねた。例えば、正也の書いたラジオドラマ「ケンガイ」はスマホを使ったイジメをテーマにした作品だ。それはドキュメントのテーマにも充分なり得ると思う。

「これも、全国大会の決勝を見て感じたことなんだけど、ドラマ部門です、ドキュメント部門です、ってあらかじめアナウンスして始まるから、そのつもりで観るけれど、言われなきゃ、どっちの部門だかわからないような作品がけっこうあったんだ」

「ピンとこないんだけど」

「たとえば、男子校だった学校が数年前から共学になりました。女子は不便なところがたくさんあると言うけれど、生徒会の会長含めて男子三人はいまいち理解できない。そのため一週間、女子として学校生活を送ることにした。さて、この作品はどっちの部門でしょう?」

「ドキュメント、っぽいテーマですよね」

久米さんが答えた。僕もそう思う。

「ハズレ。テレビドラマ部門なんだ。それならいっそ、生徒会の男子三人が朝目覚めたら女になっていた、っていう設定にでもした方が、実際に校舎の偶数階にしかない女子トイレにおそるおそる入っていく姿なんかもいくらでもデフォルメできるのに、ただ、とりあえず女子の制服を着て、結局は偶数階の男子トイレに行ったり、調理室の器具が充実していない、って今時、男も女も関係ないだろ、みたいなことをさも発見したかのように言ってみるだけ。これ、そのまま、ドキュメント部門に応募できるよね、って感じ」

「よく、決勝に残れたな」

「女子の気持ちを慮ろうとする男子、っていうテーマがウケたのかもしれない。あとは、男子三人のキャラが立っていて、本筋とは関係ない掛け合いが漫才みたいでおもしろかったから、会場からけっこう笑いは取れていたんだよな。そこは見習わなきゃいけないところなんだけど」

「そうか。インパクトの強い作品ではあったんだろうね」

正也はため息をつきながら頷いた。

「俺の脚本の師匠が言ってたんだ。テレビドラマでもラジオドラマでもどちらでも通用する脚本ではなく、テレビはテレビだからできることを、ラジオはラジオだからできることを生かした書き方をするようにって」

正也の師匠とは、僕らの出身校、三崎中学の裏にあるパン屋「パンダパン」のおばさんのことだ。昔はプロの脚本家だったらしい。

「それと同じことが、ドラマとドキュメントでも言えると思うんだ。このテーマはドラマで表現した方が伝わる、このテーマはドキュメントで見せた方がいい。もっと厳密に言えば、今回のお題はテレビドキュメントだろ。ドキュメントで、なおかつ、テレビで見せることを意識しなきゃいけない」

「そんなところまで考えてたのか。そりゃあ、正也だって簡単にテーマが出てこないよな」

「わたしも月曜日までに思い付けるかどうか」

久米さんも真剣に悩んでいるようだ。

「そうだ、優勝作品はどんなのだった？」

それぞれの部門の優勝作品はＪＢＫでも放送されたし、決勝進出作品はＪコンのホームページで観ることもできるけれど、僕はラジオドラマ部門しか観て、いや、聴いていない。正也と一緒に聴いて「ケンガイ」の方がおもしろかったとさんざんこき下ろしただけだ。

「『幻の応援歌』という題なんだけど、新校舎移転の片付けをしていたら、音楽室から

『応援歌』と題した色紙が出てくるんだ。色紙には歌詞が書いてあるけれど、楽譜がない。だから、どんな歌なのかわからない。それを掘り下げていくんだけど、色紙に書いてある名前の人物を調べると、六〇年前の生徒だとわかった。卒業アルバムに載っていた住所を訪ねると、妹さんという人が出てきて、詞を書いたお姉さんの話をしてくれる。お姉さんは高二の終わりに難病にかかり、卒業式まで生きられないだろうと医者に宣告された。しかし、お姉さんはそれを悲観せず、むしろ、残った人生をかけて、これから社会に出て行く仲間たちを励まそうと、応援歌を作ることにしたんだ。お姉さんは詞を書き、作曲を同級生の男子に頼んだ。二人は恋人同士だったらしい。作曲した男子の名前を妹さんから聞いて、高校生たちは驚く。わが町のスターでもある有名な作曲家だったから。『君と鐘を鳴らそう』とか『北の街セレナーデ』とか、俺たちでも知ってる有名な昭和歌謡曲を作った人だった。放送部員たちがその作曲家に会いに行って、色紙を見せると、作曲家は彼女との思い出を涙ながらに語り、古びた楽譜を出してきてくれるんだ。そして、作曲家直々にピアノ演奏をしてくれて、終わり」

「あー、それは、優勝するな」

JBKのドキュメント番組としても、充分に成り立つ内容だ。

「でもさ、なんかズルいと思わないか？」

「どこが？」

「ポーカーとか大富豪やるのに、最初からやたらといいカードを持ってる、的な」

「ああ、そういうことか。でも、そういう運も込みでのコンテストじゃないの？」

放送コンテストだけじゃない。スポーツだってそうだ。スター選手のいる学校。名コーチのいる学校。どの競技においても、まったく同じ条件で競うことなどありえない。

「運か。まあ、そうっちゃそうなんだけどさ……」

正也はモヤモヤした様子で、うーん、と言葉を捻り出そうとしている。

「高校生らしさ、はないですよね」

ふと気が付いた、というふうに久米さんが言った。

「それ！ 応募要項から県予選、選評にも、とにかくこの言葉が出てくるだろ。県大会のラジオドラマ『ミッション』は、どの作品よりもラジオの特性を生かしたすごい作品だと俺は感動した。なのに、順位はいまいちで、その理由が、高校生らしくないから。単純に言って、Jコンのテーマが、高校生らしさ、と言ってもいいくらいなのに、全国の決勝の審査でそこがなおざりにされてないか、って話」

「でも、その作品だって、予選を勝ち抜いてきたわけだろ」

「まあ、そうだけど。撮影も上手かったし」

「他にいいと思う作品があったんですか？」

「そう！」

全国大会の決勝で正也が感じたモヤモヤを、その会場に行っていない久米さんがフォローできているのが不思議だ。クリスマスも近いし、付き合えばいいんじゃないか、と真剣な話の最中なのにニヤニヤと笑ってしまう。

店のBGMに多分に影響を受けているせいだけど、正也の耳にはそんな音楽は届いていないようだ。

「二位になった作品のタイトルは『中間・期末考査って必要ですか？』なんだけど、それについて全校生徒にアンケートを取るんだ。それで、テスト賛成派と反対派でディベートをする。反対派だって勉強が嫌いなわけじゃない。授業の進行速度ではなく、自分の理解度に合わせた家庭学習をしたいとか、模試に対応できていないとか。試験期間中って、授業が停まってしまうだけ。期末のみでいい、とかさ。先生たちにもアンケートを取ると、賛成派と反対派がいることがわかって、それぞれの理由をインタビューしている。そのうえ、学外の人にも取材をしているんだ。有名進学塾の講師とか、大学教授とか、教育委員会の人とか。で、それらをまとめた映像、応募作品の七分目までだな、それを全校生徒に観せて、もう一度アンケートを取って、その変化を考察して終わっているんだ」

「へえ、観てみたいなそれ。確かに、中間考査はいらないかもしれない」

「でも、そうなると、期末考査の範囲が広くなりますよ」

「そうか。成績も一発勝負になっちゃうよな。でも、うちは授業頭の小テストもあるし、やっぱり中間はいらないかな」

「数学と英語以外の小テストも始まってしまうんじゃないですか？」

久米さんにあっけなく言い負かされて、僕はため息をついてしまった。

「それだよ」

正也が身を乗り出す。

「中間・期末考査について語ってしまうだろ。それこそ、作り手の思うツボ。ドキュメントってそういう作品のことなんじゃないのか？　同じ高校生からどれだけ共感を得られるか、反応が返ってくるのか。優勝作品にはそれがない。ただ、調べたら有名人に行き当たっただけ。せめて、最後に、歌ってみるとか、文化祭で発表してみるとか、その応援歌を自分たちのものにしていたら、優勝にも納得できたんだ」

うーん、と唸るしかない。正也の話が理解できないのではない。理解できたうえで、それをどう自分たちのテーマ選びに生かせばいいのか、ますます難しく思えてきたのだ。

「来週までに思い浮かぶかな」

「まあ、ここまで話しておいてこんな言い方もアレだけど、みんなから案は募っても、やっぱり白井部長がやりたいと思ったものに決まるんじゃないかな。ちらっと聞いた話によると、ジャーナリスト目指しているらしいしさ。ドラマは一年生に譲っても、ドキュメントは譲らないって感じじゃない？」

「わかる、それ」

ダメ元の一案ということなら、リラックスして考えられそうだ。

「わたしも気負わず考えてみます。だけど、今更ですが、正也くんの話を聞いて、自費でもいいから東京に行って、決勝大会を直接観てみたかったなと思います」

久米さんが強い口調で言った。僕もそう思う。三年生の先輩たちも、内容や感想をまとめてくれていたけれど、正也が話していたようなことはどこにも書かれていなかった。勝負が終わった人の視点と、これから勝負をする人の視点では、やはり、大きな違いがあるのかもしれない。

「みんなで行こう」

正也の言葉は、俺が連れて行ってやる、というように力強い。頼もしいけど、連れて行ってもらう、のは違うだろう、ということくらいはわかっている。


店を出て、駅に向かう。

正也は二学期から自転車通学にして、学校の駐輪場も使用許可を取っているけど、電車通学の僕と久米さんに合わせて駅まで自転車を押していくのが面倒になったのか、駅前の駐輪場に自転車を停めるようになった。

僕としては、今日のように作戦会議をするならともかく、特に用のない日は、わざわざ駅まで一緒に帰る必要はないと思うのだけど、正也はそこを譲らない。

クラスも違うし、弁当も一緒に食べなくなったから、こういう時しか一年だけで話せないだろ。そんなことを言ってたけど、単に、久米さんと帰りたいだけなんじゃないか。

クラスの女子とだんだん打ち解けられるようになったとはいえ、まだ、久米さんと一番仲がいいのは、僕たちではないかと思う。だけど、ドローンが当たって以来、久米さんと急によく話すようになった人物がいる。

黒田先輩だ。二年生は怖い、とひとまとめに見ていた時期もあったけど、三年生が引退して、一緒に作業をする時間が増えると、それぞれの個性が見えてきた。

白井部長や蒼先輩は、大概のことを、僕たちの一・五倍のスピードで片付ける。部長はがむしゃらに頑張ってそうしているように見えるけど、蒼先輩は余裕をもってやりこなしているように見える。

空いた時間を利用しているから。本人はそう言うけれど、やたらとテストや課題の多いこの学校で、どこにそんな時間を作ることができるのか、僕にはさっぱりわからない。学校の提出物はいつもギリギリ。放送部でやらなければならないこと、たとえば、学校行事の日の自分のタイムスケジュールの作成なども、毎回、白井部長に催促されながら作業をしている。

正也はだいたい僕と同じペース。久米さんはそれより少し早く、提出日ちょうどに間に合わせる感じ。翠先輩もこのペースだ。それでも、まあこれでいいか、と思えるのは、僕と正也よりのんびりしているのが黒田先輩だからだ。

最終、本番に間に合えばよくね？　何度その台詞を聞いたことか。そして、頷いたことか。僕と正也はすっかり黒田派だ。もしも、派閥があるのだとしたら。

あいにく、白井部長は僕と正也には厳しいけれど、黒田先輩にはほとんど文句を言わない。三年生の先輩たちのように、始終、お菓子を食べながら世間話をしているようなことはないのに、仲がいいんだな、という雰囲気は感じる。

そんな、肩の力を抜いて向き合える先輩だからか、ドローンを当てた時はとまどっていた久米さんも、黒田先輩とドローンを操作するようになってからは、何だかリラックスして楽しんでいるように見える。

そんなこと、正也はとっくに気付いているはずだ。

駅横の、花壇とベンチのある小さな待合スポットには、クリスマスを一〇日後に控えた昨日から、ささやかなイルミネーションがほどこされている。

花壇の一番高い樹のてっぺんから八方に張られたロープにランプが吊り下げられているのだけど、ランプシェードが近所の幼稚園児と老人ホームの人たちがペットボトルで手作りしたものだというのが、田舎町らしさを全開にしている。

それぞれのランプシェードには、カラーの油性ペンでクリスマスっぽい絵が自由に描かれているけれど、中に、やたらと上手い、リアルに描かれたサンタやトナカイがいて、僕は今朝、思わず足を止めて見入ってしまった。

正也もほぼ同じ場所で足を止め、あのトナカイ！　とスマホで写真を撮って、僕たちの方を見た。

「撮らないの？」

正也に訊かれ、僕と久米さんは顔を見合わせた。僕にはそういう習慣がない。久米さんは、じゃあ、と言ってスマホを取り出した。そして、あっ、と声をあげた。

「黒田先輩が早速動画を送ってくれていました」

僕はスマホを出してみたけど、そんなものは届いていない。へえ、とだけ答えた正也のところにも来ていないはずだ。

「ところでさ、二人ともクリスマスはどうするの？」

正也が声をワントーン上げて言った。前から準備していた台詞か、今、とっさに思いついたのか。

「僕は何にも。イブって終業式だよな。部活あるのかな？」

「あっても、クリスマス会はしないだろうな。まあ、そんなに長くはならないだろうし、せっかく学校に来てるんだから、帰りに三人で、カラオケか映画に行って、その後、ケーキでも食べようよ」

昨晩辺りから用意していた言葉だな、と思う。断る理由はない。他の誰からも誘われていないのだから。クラス内で聞こえる声からも、カップル以外は、だいたい部活の仲間内で予定を立てているようだ。

「いいよ。観たい映画もいろいろあるし。そういや、このメンバーで映画観るのって初めてじゃない？」

なんとなく、うきうきしてきた。安っぽいイルミネーションも、クリスマス気分を高めてくれるのには充分だ。

「俺もチェックしてる映画が何本かあるんだ。久米さんは何かある？」

「あの……、せっかく誘ってくれたのに、すみません。実は、先にもう約束している人がいて」

久米さんは申し訳なさそうに頭を下げた。まさか、と思ったことが久米さんに申し訳ない。久米さんに友だちがいない、僕たちが一番仲良くしてあげている。そんなふうに考えていた証拠だ。

それにしても、まさか相手は……。

「わたしも観たい映画はあるんですけど、中学の部活の友だちで、普段、あまり会えないので……」

「いいって、いいって。俺たちなんて、いつでも会えるし、よかったら、映画は冬休みにしよう。な、圭祐、クリスマスは男二人でカラオケだ」

正也は残念そうではあるけれど、どこかホッとしているようにも見えるのは、気のせいではないはずだ。

放課後、放送室に向かう。

週末、僕は僕なりにテレビドキュメントについて考えた。ずっと、というわけではない。風呂に入っているあいだ、寝る前、そして、数学の課題をしている時。

特に数学の課題中は集中できた。イヤだけどやらなければならない作業中が、他のことにもっとも集中できる時間なのかもしれない。これは大発見だ、これをテーマにしようかとも考えたけど、もう少し真剣に検討してみる。

採用されないことが前提の案だなんて一時は安易に捉えてみたものの、それを前提にしたことなど、白井部長にすぐに見抜かれてしまうはずだ。もっと責任もって考えなさいよ、などと言われないくらいには、選んだ理由を言えるものにしなければならない。

ドラマかドキュメントか。テレビかラジオか。

テレビなら、ドローンを生かさない手はない。

空撮だからこそ、訴える力が強くなるテーマ。普段、自分の目の高さで見ているものを、空から見て再発見できるものとは……。

放送室に入ると、二年生と正也はまだで、久米さんだけが席についていた。

今日はドローンの練習はない。風が強いからだ。昼休みに黒田先輩からＬＡＮＤでそう連絡があった。

テレビドキュメントのテーマは昨夜、白井部長に送っている。部長から放送部グループではなく個人宛にという指示が来たのだ。だから、みんながどんなテーマにしたのかはわからない。

「あのさ……」

「あの！」

二人同時に口を開いた。多分同じ質問だろうと、先にどうぞ、と譲った。

「町田くんはアナウンスと朗読、どうするか決めましたか？」

そっちか、と意表をつかれたものの、こちらの締切も迫っている。ただ、もう答えは決めていた。

「出るなら、朗読部門かな」

久米さんと同じになるけれど、一校一人というエントリー制限はないから、ライバル宣言をしていることにはならない。

「アナウンス部門は原稿を作らなきゃいけないし、そのうえ、全国大会の決勝では、まあ、そういうレベルじゃないとしても……、先に発表されたラジオドキュメントの作品から一つ選んで、それを紹介する原稿を作って読まなきゃならないらしいから、即興性も求められるし、そういうのは、あまり得意じゃないんだ。だからといって、読書習慣もないから、今回は練習だけして、次回エントリーしようかな、と思ってる」

決して、努力を回避しようとしているのではない。週末、テレビドキュメントのテーマと一緒に、期末考査の結果と照らし合わせて考えた結果だ。

中学校の三年間はあっという間だったように感じたけれど、高校での日々はそれよりもっと早く過ぎているような気がする。

定期的に配られる進路調査票には毎回、「国立文系」としか書いていない。それすら、確定ではない。僕に国立など行けるのだろうか。我が家の経済状況を考えると、将来の目標も決まっていないのに、私立大学に進学していいはずがない。

原稿のまとめ方の練習よりも、僕にはやらなくてはならないことがあるんじゃないだろうか。その点では、読書の方がまだ受験勉強の役に立ちそうだ。

「久米さんは将来何をしたいか決まってる？」

「いえ、まだ決まっていません」

意外な答えだ。僕以外はみんな、進路などとっくに決めているのだと思っていた。

「ホントに？　アニメ関係の仕事とか考えてないの？」

「あー、それは考えていません」

テレや謙遜で言っているふうではなさそうだ。

「尊い……、いや、好きなものは好きなものとして、仕事とは距離を置いておきたいんです。仕事や家庭生活なんかで疲れた時によりどころになるようなものとして、大切にとっておきたいというか」

「そんな考え方があるんだ。いや、悪い意味じゃなくて。僕は一つのことに固執し過ぎてしまうのかな、って。陸上を頑張ってきたけど、交通事故に遭って後遺症が残った。だから、人生が終わった。目標がなくなった。放送部に入った。熱中できそうな気がするけど、そうするのがちょっと怖い」

「何が怖いんですか？」

「結果を出せなかった時に、自分を価値のない人間のように感じることが、かな」

言いながら僕は目を伏せていたようで、ふと視線を上げると、ばっちりと久米さんと目が合った。じっとこっちを見ている。おいおい、僕は何を語ってるんだ。

「なんか、ゴメン。重かったね」

「いえ、見当違いな話になるかもしれませんが、オダユーが少し前の雑誌のインタビューで、人生には三本の脚が必要だって言ってました」

　オダユー、小田祐輔。人気声優で青海学院放送部のOBだ。

「脚？」

「椅子の脚をイメージしたらいいみたいです。ちなみにオダユーの三本は、声優の仕事、趣味のサックス演奏、友だち、らしいですよ。中学時代は吹奏楽部だったそうです。脚が三本あれば、一つ折れても他の二本が支えてくれる。そのあいだに折れた脚を修復すればいいし、新しい脚を用意するのもいい、って。わたしはアニメだけが自分を支えてくれてると思ってた時期があったけど、今は、放送部も脚の一つになりました。多分、あともう一つの脚に、進路に繋がることを入れなきゃいけないんでしょうが、まだ一年だし、家族でもいいと思うんです。だから、放送コンテストで玉砕しても、それはわたしを支える全部じゃないから、再起不能には陥らないかな……、って、いや、まったくお恥ずかしい。忘れてください」

　久米さんの顔はみるみるうちに赤くなって、それを長い前髪で隠すかのように俯いてしまった。

「そんな、いや、ありがとう……」

僕の顔まで熱くなってくる。と、放送室のドアが開いた。グワッ、みたいなヘンな声が出て、椅子に座ったまま後退(あとずさ)ってしまう。ガタンと椅子が倒れた音で、再び心臓がビクンとはねる。

「もしかして、俺、邪魔した？」

正也があせった様子で僕と久米さんを交互に見ながら、部屋を出て行こうとジリジリと後退りしている。

「違う、違うから」

何が違うのか自分でもよくわからないまま、椅子を起こし、気持ちを落ち着ける。

「相談していたんだ。アナウンス・朗読部門にエントリーするかどうか」

「なんだ」

正也がホッと息を吐いて、後退する足を止めた。

「で、結論は？」

「出る」

えっ、というふうに久米さんも僕の方を見た。

「どっちに？」

「それは……、翠先輩に相談して決める」

「へえ、いいじゃん。圭祐の声が特訓したらどこまでよくなるか想像するだけで、ワクワクするよ」

正也はニヤニヤと笑いながら僕の肩を叩いた。

「わたしも楽しみです！」

久米さんも手がお祈りのポーズになっている。この二人が声フェチだったことも、久々に思い出した。

「いいじゃない、町田。なんだか、やる気出してるじゃない」

まるで顧問のようなこの物言いは、白井部長だ。部長を中心に、二年生の先輩たちが戸口に立っていた。

「最後に入ったのは誰？　ちゃんと戸締まりしてよね。ただでさえ、生徒会から部活中にエアコンを使うなって言われてるんだから」

「俺っす。すみません」

正也が頭を掻いた。どうやら、僕の宣言は先輩たち全員に聞かれていたようだ。翠先輩もニコニコ笑っている。

「あー、寒い。これで私立は恵まれてるなんて言われるんだから。ついでにお金の話をするけれど、参加費のことは三年生から教えてもらってる？」

白井部長の質問に、僕も正也も久米さんも、首を横に振った。

「参加費は、アナウンス・朗読部門は一人につき五〇〇〇円。作品部門は一作品につき八〇〇〇円。そこのところをしっかりと意識しながら、全部の部門に一作入魂で取り組んで行きましょう」

はい、と一年生が返事をした後で、そうなんだ、と、とぼけたようにつぶやいたのは黒田先輩だ。

「ああ、もう。気合い、とにかく気合いを入れて、これからテレビドキュメントのテーマを決めるわよ！」

白井部長の一喝に、正也が、おーっ、と片手を上げた。僕も倣って手を上げる。

こんなこと、陸上部でもやったことがなかったのに。

第2章　プロット

自分も末端ながら放送部員らしくなった、と、しみじみ思うことが時々ある。ドローンを使い始めて、より顕著にそう感じるようになった。

今の状況を画面に切り取るとしたら、どのアングルがいいだろう。

そんな思いが、ふと頭の中に浮かんでくるようになったからだ。たとえば、学校行事。たとえば、授業中。たとえば、部活動の最中。

放送部を舞台にした物語があるとすれば、あまり、テレビドラマ向きとは言えないんじゃないだろうか。撮影が始まるまでは、大きな動きがあまりない。つまり、目で見て楽しむ要素が少ない。結果、冒頭の印象が地味になる。

部員たちのやりとりを際立たせることができる、ラジオドラマや小説の方が適しているのではないか。いや、それとも、テレビとして面白い切り取り方があるか……。

「以上が、みんなから集まったテーマです」

白井部長の声が響き、編集中に突然、パソコンの削除キーが押されたかのごとく、頭の中の映像が一気に消えた。

放送室のいつものテーブル、それを囲む、いつもの席。部長だけがホワイトボードの前に立っている。ボードには整った字で、部員それぞれが週末にLANDで部長に送った、Jコンのテレビドキュメント部門の作品テーマの案が書かれている。

＊学校生活を空から眺めてみよう
＊鳥の視点から作る、学校周辺の防災マップ
＊放送部員、マラソンにチャレンジ！
＊放送部部長・白井、料理に挑戦
＊夢を叶えた卒業生にインタビュー
＊難病を乗り越えて
＊夢を繋げ、過去から未来へ

まずは、自分のものに目が留まり、順に、それぞれのテーマを誰が提案したのか予想していく。最初の、空から、は黒田先輩だろう。ドローンを活用できるテーマにしたいと考えたに違いない。僕と同じように。

正也は消去法で考えて、マラソンにチャレンジ、か。久米さんがドローンを当てるという大収穫があったのに、さらに、しんどい思いをした元を取ろうとする魂胆か。でも、文化部である放送部員が、機材を手に入れるために、マラソンというハードなスポーツ

にチャレンジするという内容は、見せ方によっては面白いものになるかもしれない。マラソン大会当日の映像記録もある。ただし、マラソン大会出場までのいきさつや、それぞれの部員がトレーニングしている姿は、これから撮らなければならない。それは、ヤラセになってしまうのか。

いや、こういうことをしましたという、再現映像だと断っておけばいいのでは。ドローンを手に入れたところから始まり、経緯を遡るという見せ方ができる。

久米さんの案は……、多分、卒業生にインタビュー、だろう。憧れのオダユーに取材を申し込めるチャンスだ。人気声優で忙しいかもしれないけれど、青海学院放送部OBとして、番組制作のためなら、引き受けてくれるかもしれない。しかも、オダユーの妹は久米さんや僕と同じクラスで、久米さんは弁当も一緒に食べている仲だ。ここから依頼をするという手もある。

それなら僕だって、オダユーに会ってみたい。できれば、発声練習の指導なんかもしてもらって……、やっぱり、これか。

「まずは、多数決を採ろうと思うんだけど」

白井部長が全員を見回しながら言った。

いきなりか。どのテーマも自分のものより面白そうだと感じるものの、短いタイトルだけで一つに絞るのは難しい。

「その前に、ちゃんとプレゼンしないか」

蒼先輩が座ったまま手を挙げて言った。

「そうすると、誰がどのテーマを選んだか、わかってしまうじゃない」

「別にいいんじゃない？　白井の案だから賛成する。一年生の案だから却下する。そういう選び方をするヤツなんて、この中にいないだろ」

「でも、やっぱり公平性に欠けるんじゃない？」

「弱みを握られていたり、忖度しなきゃならなかったりする状況が、このメンバーの中に生じていなけりゃ、公平だ」

蒼先輩が着席している全員を見回した。黒田先輩が、そうだな、と頷く。

「夢を繋ぐとか、具体的に何を指しているのか、タイトルだけじゃわからないしな」

「はあ？　繋ぐといえば、駅伝に決まってるでしょう」

白井部長がムキになって答え、ハッとしたように口を噤む。

「一人、バレた。どうする？　二年から順に発表するか、ホワイトボードに書いてある順にするか」

蒼先輩がもう一度、僕たちの方を向く。

「書いてある順でいいんじゃない？　似たような傾向のものをとなり同士にしてあるし、最初の案は俺のだ」

それにも黒田先輩が答え、いいよな、と言うように白井部長に確認して、立ち上がった。

「質問はあり？」

白井部長は黒田先輩とすれ違いざまに訊ねて、席に着いた。

「何でも訊いてくれ」

黒田先輩は胸を叩いて、みんなに向かってそう答えると、ブレザーのポケットからスマホを取り出した。


まさか、こういうこともあろうかと、原稿やメモ書きを持ってきているのだろうか。

部長に指示された通り、テーマのタイトルのみ送ったのは僕だけで、みんな、企画書や、それに準ずる、選んだ理由をまとめたものなども送っていたのではないか。

少なくとも、今日までには用意しているのでは？

「みんなも出して」

言われてスマホを手に取ると、黒田先輩から動画が届いた。一分程度のものだ。

「これを、今、見ろってこと？」

白井部長が動画を再生し始めたので、僕も自分のスマホを操作した。

体育館付近を空撮した映像だ。授業中なのか、渡り廊下や中庭に生徒の姿はない。そこに……。

「えっ、校長先生？」

声を出したのは、翠先輩だ。当然のことながら、僕のスマホにも校長先生の姿が映っている。体育館前のトイレから出てきたところだ。作業服のようなジャンパーを着て、片手には、掃除道具の入ったバケツを持っている。

「もしかして、校長先生がトイレ掃除をしたってこと？」

蒼先輩が驚いたような声を上げた。僕も驚いた。

普段、校長先生と接することはないけれど、庶民的な雰囲気はあまりなく、どちらかといえば、高級スーツをバシッと着こなすロマンスグレーの英国紳士、といったイメージがある人なのに。

「俺もびっくりして、校長先生に訊きに行ったんだ。まあ、取材だな。そうしたら、どこかの部活の全国大会出場が決まると、大会当日まで願掛けとして、毎日、トイレ掃除することにしているんだ、って言われたよ」

黒田先輩が、すごいよな、と尊敬の念を込めた眼差しで語る。校長先生もすごいけど、気になったことをすぐに確認しに行った、黒田先輩もすごい。提案の段階でもうここまでできているなんて、このテーマでいいんじゃないだろうか。

「うちの学校なんて、いろんな部が全国大会出場してるから、一年中、トイレ掃除しているってことっすよね」

正也も興奮気味に口を開いた。しかし、次の言葉で微妙な空気に変わる。

「放送部のためにも、トイレ掃除してくれたのかな……」

当然じゃないか、きっとそうよ、などといった言葉は誰からも出てこない。なんとなく確認するかのように、全員が黒田先輩の方を見た。

「さすがに、そこまではなあ……」

訊いたら気まずい雰囲気になるかも、ということは、のんびりした黒田先輩でも察することができたのだろう。放送部、はて？　うちの学校にそんな部活があったかな？

といった。

「ところで、黒田。これ、授業中でしょ？　あんた、サボって撮影してたの？」

白井部長がふと気付いたように厳しい口調になった。

「いや。そんなことはしない。授業態度加点は命綱だからな」

「わかります、それ」

正也がおどけた様子で同意する。僕も大きく頷いた。

「じゃあ、どうやって」

白井部長は納得できていない様子だ。

「ドローンのアプリをダウンロードしたスマホの地図に、あらかじめ飛行ルートを設定しておくと、自動で飛ばすことができるんだ。ほら、学校生活をまとめたＤＶＤに、ドローン撮影した授業風景があったらかっこいいかも、ってドローン初日に白井が言ってたじゃん。だからこの動画も、メインはグラウンドでの体育の授業で、校長先生は最初の方に、たまたま映ってたんだ」

「へえ……、そんな機能が。授業をサボってないなら、問題ないわね。でも、番組の初めに、ドローンの機能を説明しておいた方がいいか」

白井部長はすでに、大会の審査員の目線で、テーマを精査しようとしている。

「まあ、こんな感じで、上空から学校生活を眺めてみると、新たな気付きがあって面白いんじゃないかな、と思って、俺はこのテーマを選びました。以上！」

黒田先輩がそう言って笑いながら頭を掻いた。久米さんが拍手をし、僕と正也もそれに続いた。

「いいねえ、こういう盛り上がり。これまでの放送部になかった光景だ」

蒼先輩もそう言って手を叩き、他の二年生の先輩、発表した黒田先輩までも拍手をしてから、一人目のプレゼンは終わった。

次は僕の番だ。委員長といった役職に縁がなく、作文や自由研究が選ばれたという経験もないため、人前で自分の意見を発表することに、僕はまったく慣れていない。むしろ、苦手だと言ってもいい。

いったいどうすりゃいいんだ、と、ため息をつきたい気分で立ち上がると、翠先輩と目が合った。ダメだ、ダメだ。発表が苦手だなんて、アナウンス・朗読部門での出場を少しでも考えている今は、思っちゃいけない。

一度、目を閉じて、気持ちを落ち着かせた。

「僕も、せっかくなので、ドローンを生かした作品がいいのではないかと考えました。

空撮は言い換えれば鳥の目です。それを生かせるものとして思いついたのが、地図です」

　単純ねえ、などと言われはしないかと緊張したものの、誰からもそんな声は上がらない。みんな、申し訳ないほど真剣な表情で聞いてくれている。正也と久米さんの若干うっとりした表情には気付かないフリをしておく。

「僕の自宅は海に近い地区にあるので、津波の際に高台に避難する経路を示す矢印看板をよく目にしますし、小学校の防災訓練では実際に高台まで行ったりしていました。青海学院は僕にとっては、海から遠いイメージがあるけれど、駅前に、津波の際には高台に避難するよう注意喚起している看板が立てられています。だけど、そこからパッと見渡してみても、どこに避難していいかわからない。市のホームページで調べてみたところ、菜の花台に行くよう指示しているけれど、土地勘のない僕にとっては、どこだろう、という感じだし、けっこう、距離があるんですよね。私立校だから、僕よりも遠いところから通学している生徒はたくさんいる。有事にはそこに避難しなきゃいけない。パニックを起こさないためにも、何かシミュレーションできる映像があればいいんじゃないかと思って、それを作ってみることを提案しました。……以上です」

　まあまあ上手くプレゼンできたのではないかと、息をついた。大丈夫ですかね、と確認を取るように白井部長を見る。

「何か質問がある人」

　白井部長はみんなに訊ねたものの、誰からも手は挙がらない。

「すごく聞き取りやすい説明で、よかったと思う」

部長がまとめるようにそう言うと、拍手が起きた。手ごたえは薄いけれど、最低限の役割を果たせたことにホッとして、僕は腰を下ろした。

結局、褒められたのは、内容ではなく声なのか？

ドローンに固執していたけれど、もっとみんなが興味を持つことにポイントを置いて考えてみればよかった、と少しばかり湧き上がった感情は……、悔しさだろうか。


「マラソン大会は、僕の案です」

正也が立ち上がった。もったいぶったふうに咳払いをする。

「しんどかったことをできるだけ有効活用したいって気持ちもあるけど、単純にこれ、面白くないですか？　全国に何千もある高校放送部の中で、機材が必要だからアルバイトをしたり、学校や生徒会と交渉したりするところはあっても、市民マラソン大会に出場して手に入れようと考えるのなんて、僕たちくらいじゃないですかね。しかも、想像以上の成果まで出している。当日の映像も、黒田先輩がいっぱい撮ってくれてましたよね」

「おう、一人ずつのゴールシーンもちゃんと撮ってるぞ。白井の怒濤のラストスパートもばっちりだ」

黒田先輩がニヤニヤと笑いながら答えた。僕もその場面はゴール付近で直接見た。

一人ゴールするごとに、ゴールラインの横にいる係員がスピーカーを持って、順位を読み上げていた。周回コースからグラウンドに入ってきた白井部長は、ふらふらと転びそうな足取りだったのに、前方から「一四三番」と聞こえた途端、キリッと顔を上げた。三〇〇人中、上位半数以内の順位でゴールする。その目標にまだ届くと気付いたからなんだろうけど、それだけで、どこにそんなパワーが残っていたのだろうと呆然と眺めてしまうほどのダッシュが始まり、五人抜いてゴールした。

あのシーンだけでも、面白い作品になりそうだ。

「それって、ベクトルが内側に向いてない？」

白井部長が座ったまま声を上げた。決して、自分が茶化されたと不満に思っている様子ではない。

「どういうことっすか？」

「内輪で楽しんでいるのを見せているだけっていうか。ユーチューブでも、仲間内で楽しそうにゲームしているだけの映像が人気あったりするから、これもそこそこウケるとは思うけど、ドキュメントだよね。何かを外に発信してる？」

自分に問われたわけでもないのに、なるほど、と腕を組んで考えこんでしまう。正也も鼻の頭を指先でポリポリと掻いている。困った時の正也の癖だ。

「確かに、内輪向けって感じはします」

シュンとした口調で正也が答える。

「俺はそれでもいいと思うけど」

　立ち上がったのは、蒼先輩だ。

「次のテーマは俺のだけど、宮本のテーマと通じるところがあると思うから、あとは引き継ぐよ」

　正也はホッとしたように着席し、みんなの視線は蒼先輩に移った。


「ところで、宮本」

　蒼先輩が再び正也に目を向ける、が……。

「いや、宮本は応募要項を隅から隅まで読んで、ちゃんと研究していそうだから、町田」

「はい？」

　何を質問されるのかとドキドキしながら、姿勢をただす。僕は、Jコンを研究していない代表ということか？

「Jコンの応募作品に一番求められていることって、何だと思う？」

「一番、ですか……」

　それがわかれば、誰も苦労しないんじゃないか。

「言い方を換えれば、Jコンそのもののテーマ、かな」

　確かに、僕は応募要項を必要なところしか、読んでいない。前回の応募時に様々な書類を書く際、Jコンの冊子の後半ページに載っていた、それぞれの書類の書き方例を参考にしたけれど、同じ冊子の最初の方に、何か大切なことが書いてあったのだろうか。

Jコンとは！　といった。いや、待てよ……。

「高校生らしさ、ですか？」

「正解」

蒼先輩はテーブル越しに体を伸ばして、僕に握手を求めてきた。よくわからないけど、握り返しておく。

先週末の部活の後、一年生で、前回の全国大会のテレビドキュメント部門について話していた時のことを思い出して答えたのだから、正也と久米さんのおかげだ。

蒼先輩は満足そうに僕に頷き、わかったかい？　と、みんなに言うように全体を見回した。弁護士もののドラマを見ているようだ。

「応募要項、審査員の講評、Jコンのどこを切り取っても『高校生らしさ』という言葉が出てくる。じゃあ、この『高校生らしさ』っていうのは何だ？」

僕は両隣の正也と久米さんと目配せし合った。あの時は、どういう答えになったんだっけ？　と言うように。

「その前に、その言葉自体が曖昧なものだと、私は思う」

白井部長が立ち上がって声を上げた。九月の文化祭のステージで、図書委員会がビブリオバトルを開催していたけど、あれを思い起こさせる雰囲気だ。

いや、この二人、出ていなかったっけ？

「私たち現役高校生の捉える『高校生らしさ』と審査員の捉える『高校生らしさ』って違うじゃない。蒼の言う『高校生らしさ』ってどっちなの？　大人が高校生はこうあってほしいっていう姿のこと？」

　県大会の時にしろ、全国大会が終わった今にしろ、行きつくところは結局この問題なのだ。だからこそ、Jコンのテーマ？　それもおかしいのだけど。

「もちろん、同じ『高校生らしさ』でも、大きく二つの解釈に分かれる。だけど」

　蒼先輩はホワイトボードの前に出て行き、マーカーを手に取った。円を二つ描く。数学の集合の問題でよく見るアレだ。

「まったく別物ではない。重なる部分は必ずある」

　そう言って、円の重なった部分を斜線で塗りつぶした。

「全国大会進出作品、その中でも決勝に残るものは、上手くここからテーマを持ってきていると、過去の入賞作を観て、俺は感じた」

　僕の持つデータは、正也が教えてくれた、今夏の一位と二位の作品のみだけど、蒼先輩は視聴可能なすべての入賞作を観ているのだろう。

　で、分析の結果、みんなに提案したいテーマが「放送部部長・白井、料理に挑戦」？

「この斜線の中に当てはまる『高校生らしさ』、キーワードは『成長』だ」

　蒼先輩はホワイトボードの空いたスペースに、大きく整った字で「成長」と書いた。

「『進歩』と言い換えてもいい。どちらも、大概の学校が注目するワードではある。だけど、じゃあ、誰の成長を取り上げるか、と考えた時に、多くの場合は、学校の、もしくは、自分の周囲の、特別な人を思い浮かべるんじゃないだろうか。数年前までは弱小だった部活が、顧問が替わって、飛躍的に成長する。学年ビリ、赤点しか取ったことのない生徒が、一念発起して有名大学に合格する。地域の伝統を守るために、これまで見たことも触ったこともなかった和太鼓や三味線に一からチャレンジして、祭や文化祭で披露する」

なるほど、と僕の頭の中には、Jコンを通り越して、テレビドラマや映画でヒットした作品がいくつか思い浮かんだ。

「ところでみんな、スタートから成長までの差が大きい方がいいと思ってないか？」

蒼先輩の問いかけにあっさり頷いてしまった。正也も、久米さんもだ。違うのだろうか？　ヒーローアニメだって、主人公は大概、初めはおちこぼれじゃないか。

「たしかに感動はその方が大きいのかもしれない。だから、放送部員たちは、そこを基準に、対象となりそうな人物や部活を探す。急速に成績を伸ばしている部活はどこか。だけど、急成長というのは、そうは見当たらない。じゃあ、どうすればいい？　スタートの段階にハンディがあれば、そこそこの到達点でも、大きな成長に見せることができる。障がい者、生活困窮者、あとは、ケガをした……」

ドキリとした。手術をした方の膝(ひざ)に痛みが走ったような感覚になり、そっと手を当てる。

「うちは、そんなのやらないわよ！」

白井部長が遮るように声を上げた。ホッとしながらも、それが部長だったことに少し驚いた。自分の膝は関係ない。

白井部長はマラソン大会の頃から、陸上部に注目していた。案の定、ラストに挙げられているテーマは、陸上部の駅伝を取り上げようとしていることがわかるし、さっき、本人もうっかりバラしてしまった。

しかも、マラソン大会では、撮影係の僕に、良太をメインで撮るよう、指示を出した。以来、白井部長は良太が中学生の時に膝を故障したことを知っているのではないか、そのせいで三崎中学が全国大会を逃したこと、そこからの青海学院での復活、それを追おうとしているんじゃないかと、ずっとモヤモヤした気持ちを抱えていたのだ。

良太は復帰した。だから、取り上げてもいいんじゃないか。むしろ、ケガを負っているのに、目前の試合を目指して無理をしている選手に、長く競技を続けることの大切さを考えてもらえるいいきっかけになるかもしれない。そんなふうに割り切ろうとしてみても、どこかにひっかかるものがあった。

それでも、たとえば、白井部長が頼んで、良太が引き受けたら、僕は何も言えないな、とも。

「わかってる」

蒼先輩は落ち着いた声で答えた。

「俺だって、それを具体例には挙げたくない。だけど、全国大会に進出している作品はそういうのが多いんだ。災害からの復興とか、学校の多くの生徒に共通するハンディを、みんなで力を合わせて乗り越えようというのは、共感できる。でも、うちの学校のかわいそうだけど頑張っている人を取り上げてみました、というものには、まったく共感できない。むしろ、高校生は必死になりすぎて、自分たちがいいことをしていると思い込んでいるのかもしれないから、非難しようとは思わないけど、その作品に高得点を付ける審査員の大人に、それを良しとしていいのか、って問いたくなる」

僕がモヤモヤとしか感じることができなかったことを、蒼先輩はもっと広い視点から、きちんと言葉にして説明している。ただ、頷くしかない。

「私だって、同じことを考えていた。今回のテーマも、ううん、前回のだって、そこを踏まえて考えた。でも、そこから、どうして私の料理に繋がるの？」

まったく、その通り。一番差が激しいのは、蒼先輩の挙げたテーマとそのプレゼン内容じゃないだろうか。

「差の大きな成長が感動を呼ぶ、という思い込みから、解放されてみないか？　校内の特別な人を探さなくていい。普通の生徒が、自分の苦手なことを克服する。もちろん、真剣に。自分たちが創意工夫できる範囲で。多くの高校生が自分や身近な友だちと重ね合わせながら、自分も苦手なものを一つ克服してみようか、と思える作品。それって、ものすごく『高校生らしい』と思わないか？」

僕の苦手なこと。それを今考えている段階で、僕は蒼先輩の術中にはまっていることになる。

「じゃあ、蒼が苦手なことを克服すればいいじゃない」

白井部長はまだ納得できていない。

「俺、極端に苦手なことってないもん。もしかしたら、この先、出てくるのかもしれないけど、これまでの人生において、これだけはダメ、ってものがない」

「俺も白井がいいと思う」

黒田先輩が口を挟んだ。

「たとえば、じゃあ俺が、ってなっても、面白くないんだよ。苦手なことが一つじゃないから」

「ああ、俺もっす」

正也が声を上げた。黒田先輩が笑って続ける。

「その点、白井は一見、完璧に見えるじゃん。放送部の活動に専念したいからって断ったけど、生徒会長選に教師から打診を受けたくらいの優等生だ」

そんなことがあったのか。生徒会長、最初に会った時から、そのイメージだった。

「隙のない人間に、そんなことができないのか？　って、あきれるような苦手なことがあったら、なんでだろう、どう克服するんだろうって、興味を持ってもらえると思う。苦手なことが単純なことであればあるほど面白くなる。それが成り立つヤツなんてそういない。要は、キャラ。おまえは俺たちよりキャラ立ちしてるんだって」

「褒められているような、ディスられているような……」

白井部長は複雑な表情でつぶやいた。

「私も、この案で行くなら、リッちゃんがいいと思う」

ずっと黙って、手元のノートにメモを取りながら（！）聞いていた翠先輩が、顔を上げた。

リッちゃん、白井律、規律の律、部長のフルネームを思い出す。

「少し話が戻るけど、成長ものは、成長の度合いが大きいものの方がいいんでしょう？　リッちゃんはお母さんが料理研究家で、家でも完璧にやってくれるから、逆に料理をする機会がこれまで持てなかっただけだと思う。あと、ちゃんとしてるから、レシピに『混ぜる』とか『捏ねる』とか書いてあったら、私たちみたいに適当にやるんじゃなくて、徹底的に混ぜたり捏ねたりしてしまうんじゃないかな」

「そういや、白井のクッキーの生地だけ、モチみたいになってたな」

黒田先輩がつぶやいた。白井部長はブスッと黙り込んでいる。

「プロのお母さんに指導してもらってもいいし、評判のケーキ屋さんに取材に行ってもいい。コツや加減がわかれば、いち早く自分のものにして、今度は誰よりもおいしいのができるんじゃないかな。それって、すごい成長になるよね」

「放送部内だけじゃなく、他の生徒にも食べてもらって、感想を集めると、自画自賛で終わることもないしな。そういうことで、以上！」

　蒼先輩が満足そうに言って、自分の席に戻った。

「まあ、これに決まれば、仕方ないので協力するけど……。私がドローンの操作も苦手だってこと、忘れてない？」

　白井部長が落ち着いた様子で、みんなを見回した。頭の中が急速に冷めていく。重大な見落としだ。

　すっかり、蒼先輩の案が通ったような気分になっていたけれど、まだ三案残っている。

　今更だけど、ホワイトボードのタイトルの順は、白井部長がやりたいと考えている逆順だったのではないだろうか。いや、それなら今のテーマが一番にくるか。

　ともあれ、次は久米さんの案かな？


「次は『夢を叶(かな)えた卒業生にインタビュー』ね」

　白井部長が着席したまま、ホワイトボードを見て言った。頑張れ、と言うように僕は久米さんの方を見た。正也も同様の視線を久米さんに送っている。しかし、久米さんは小さく首を横に振った。どういうことだ？　と正也と顔を見合わせると、思いがけない方向から椅子を引く音が聞こえた。

　立ち上がったのは、翠先輩だ。

「久米ちゃんではなく、私の案よ」

脳に心地よい声が沁み渡る。久米さんじゃなかったのか。そして、久米ちゃん？　僕たちでさえ、さん付けなのに。そういえば小田さんも、久米ちゃん、と呼んでいた。まあ、呼び方なんてどうでもいいのだけど、翠先輩ならオダユーは関係ないか。

翠先輩はゆっくりと全員を見渡した。

「私は、私学の強みについて考えてみました」

公立か私立か。これも、今夏の大会の反省会で取り上げられたテーマだ。参加費が違うわけではない。同じ応募要項に則って作品を制作し、同じ条件で審査される。ならば意識する必要などないことのように感じるけれど、先輩たちはそうは思っていない。

「強みか……」

白井部長が両手を握りしめながらつぶやいた。

「確かに、私立は予算があるっていうイメージを勝手に持たれて、撮影や編集を技術力を以て工夫しても、どうせいい機材を使っているんだろう、なんて誤解される。そういった、マイナス点ばかり考えていたかも」

「そうか、ドローンも、やっぱ私立は金持ってんな、って見なされるわけか」

黒田先輩もハッとしたように続いた。そんな……、と僕もすでにそう判断されたかのようなモヤモヤ感が込み上げた。

だけど、と思い直す。自分だってそれと似た思いを一度も持たなかったわけではない。放送部については何も考えなかっただけで、スポーツに関しては、私立が上位にくれば、有力な選手を集めて、専門の監督が指導しているのだから当然だ、なんて平然と口にしていた。

「技術面だけじゃない」

口を開いたのは、蒼先輩だ。

「地域に密着したテーマに真剣に取り組んでも、どこかあざとく見られてしまうんだ。本気で問題意識を持っているんじゃなく、放送コンテストのために、身近な社会問題に繋がるそれっぽいテーマを選んでみましたという、対岸の火事的なイメージで」

「平たく言えば、金持ちが貧乏人を見下しているふうに見られるわけだろ。青海なんて、私立ったって、庶民の集まりだし、文化部の予算なんかないに等しいようなもんなのに」

黒田先輩がぼやきながらテーブルに突っ伏した。

「だけど、強みもある」

翠先輩が力強く言った。声がストレートに脳の奥の中心に突き刺さり、自然と背筋が伸びる。黒田先輩も体を起こした。なんだろう、この相手の動きまでコントロールできるパワーは。天然か、それとも、発声や抑揚の付け方などで計算したものなのか。全員が口を閉じ、翠先輩に注目した。

「青海の卒業生には、各界で活躍している著名人がたくさんいる。芸能人やスポーツ選手といった華やかな世界だけでなく、研究者とか、会社の社長とか。それを、私立だから当然って言う人もいるかもしれないけど、青海に入ったからといって、簡単に夢を叶えたり、成功を手に入れられたりするわけじゃない。みんな、努力したし、挫折もあったと思う。後輩である私たちは、先輩の歩んだ道から、たくさんのヒントを得ることができる。それを知ることができたなら……」

翠先輩の声は頭の中だけではなく、体全体に沁みわたる。

「それなら、俺は神木譲弁護士に取材したいな」

蒼先輩がつぶやいた。神木弁護士とは、日本中を震撼させた毒殺事件で、容疑者とされていた薬剤師の女性の冤罪を晴らした、僕でも知っている有名人だ。東大在学中に司法試験に合格したとか、ニューヨークの法律の学校にも通って、アメリカでも複雑な事件で無罪を勝ち取ったとか、大きなエピソードは知っているけど、青海学院出身だということは知らなかった。

「そのクラスの人に申し込めるなら、四谷恵理子さんだわ」

白井部長も熱く続いた。数年前に、大物政治家がからんだ贈収賄事件を白日のもとにさらした新聞記者だ。あの人も青海だったのか。

「その二人って、今、海外を拠点にしてるだろう。手紙やメールでのインタビューになるくらいなら、国内在住の人に、直接会いに行く方がよくないか？　テレビドキュメントなんだし」

黒田先輩が真面目に意見した。そうだ、ドローンがからんだテーマから離れると、テレビということまで置き去りに考えていた。白井部長もハッとしたように目を開く。

「そうね。じゃあ、黒田は誰がいいの？」

「俺はメジャーどころのOBしか知らないからな。でも、会えるとしたら、加賀誠也選手がいい」

Jリーグで活躍したサッカー選手だ。それなら、ワールドカップで日本代表選手に選ばれた岸谷選手の方が僕は会ってみたい、と思うけれど、二年生の先輩たちは納得したように頷いている。そうか、岸谷選手はドイツのクラブチームに所属しているのだった。その点、加賀選手は去年引退して、地元に帰ってきているという噂もあるくらいだから、取材の実現度は高そうだ。

「あー、加賀選手のドリブル、俺も好きっす。一〇〇メートルを全力疾走するのと、ドリブルしながら走るのと、タイムが変わらないんですよね」

割って入ったのは、正也だ。スポーツにはまったく興味がないと思っていたのに。もしかして、僕とは陸上だけでなく、スポーツ全般の話をしないように気を遣ってくれていたのだろうか。

「それそれ。むしろ、ドリブルしながらの方が速かったとか」

黒田先輩が嬉しそうに答えた。そんなことがありえるのだろうか。どんなフォームなんだろう。

「そのドリブルをドローンで撮れたらすごいですよね」

僕は思わずそう口にした。今、興味があるのはやはりドローンだ。しかも、町や学校の景色ではなく、一流のアスリートのパフォーマンスを撮るなんて、恐れ多くて考えてもみなかったことだ。

　何かを成し得たすごい人と、まだ何者でもない僕たちを結んでくれるのが、青海学院なのだとしたら、なるほど、これが翠先輩の言う「私学の強み」か。

　だけど、僕を見る正也の目に影が差す。

「それは……、無理かも。加賀選手は脚を故障して引退したから」

「そうなんだ」

　自然と左手を膝に載せてしまう。ならば逆に、訊いてみたいことはあるけれど……。

「もしかすると、サッカーの話はしたくないかもしれないな」

　黒田先輩の言葉に僕は小さく頷いた。

「待って、提案者の私がまだ誰に会いたいか言ってないのに、このテーマは終了って空気を流さないでよ」

　翠先輩が立ったまま苦笑している。なんだろう、パッと室内が明るくなったような気分になる。五段階くらいある室内灯の明るさを一段階上げた感じ。放送室の蛍光灯はそんな操作ができるものではないので、僕の気のせいだということはわかっているのだけど。

　場の空気を変えるため、大きな声を出す人はいる。もしくは、声をワントーン上げたり、表情を変えたり、手を打ったり。だけど、翠先輩のそれはどれにも当てはまらない。

なのに、室内の明るさが変わったように感じるのは、元の声の良さだけではないはずだ。

抑揚なのか、間なのか……。

「翠の会いたい人は？」

白井部長が訊ねた。翠先輩は少しもったいぶるようにして背筋を伸ばした。以前、テレビで見たことのある、アカデミー賞の発表をする人みたいに。

「小田祐輔さんです！」

僕でも知っている有名人OBの名前が響き、ガクッとなった。もちろん、アナウンス・朗読部門を目指す翠先輩にとっては（僕もだけど）、偉大な先輩ではある。でも、なんとなくこれまでの流れからいくと、その人も卒業生だったのか、と驚くような、単純に言えば隠れキャラ的な人物の名前が挙がるのではないかと、若干、期待していたのだ。

がっかりしたのは、僕だけではなさそうだ。

「もう、なによ。結局そこ？　みたいな顔は。目がキラキラしてるのは久米ちゃんだけじゃない」

抗議しているものの、翠先輩の声の明るさは変わらない。声の明度？　そんなものがあるのだろうか。

「いや、JBKのアナウンサーかな、とか思ってたからさ」

蒼先輩は申し訳なさそうに両手を合わせながらも、拍子抜けしたままの口調で答えた。

「確かに……、こういう言い方が合っているのかはわからないけど、アナウンス・朗読部門で好成績を上げて、卒業後にそれを生かした仕事をしている人という条件は同じだとしても、堅い仕事をしている人を取り上げた方が、審査員の心証はいいのかもしれない。たとえ、声優が大人気の職業であっても。むしろ、華やかすぎて、そこに至るまでの過酷な道や努力の跡が見えづらくなっているんだろうし、本人も見せないようにしているんだろうけど」

翠先輩の言葉に、そこもポイントだな、と頷いてしまう。猛練習をしている吹奏楽部を取り上げるとしても、練習曲はJ－POPよりもクラシックの方がソレっぽいんだろうな、とか。たとえ、難度はJ－POPの曲の方が高かったとしても。

そこを考慮するのも戦略と言われたらそれまでだけど、くだらない、とも思う。

「だからこそ、道のりを知りたくない？」

地方の高校生が、数々の人気アニメの主人公や主要キャラクターを演じるトップ声優になるまで。放送部員で、アナウンス・朗読部門を目指していないとしても、これに興味を持たない人などいるのだろうか。

「でも、もともと才能ある人を取り上げてもね……」

白井部長がつぶやいた。

「そう思うでしょう？　だからこそ、見てもらいたいものがあるの」

翠先輩はそう言うと、席を離れ、壁際に向かった。扉付きの棚に、過去の作品や資料、細かい機材が収納されている一角があり、その引き出しスペースの前にしゃがみこむと、ブレザーのポケットから鍵を取り出し、一番下の引き出しの鍵穴に差し込んだ。

カチャリという軽快な音に、ワクワク感がかきたてられる。

戻ってきた翠先輩の手には古い文庫本があった。それをテーブルの真ん中に置く。

ヘッセの『車輪の下』だ。

タイトルと作者名に覚えはあっても、僕はその物語を読んだことがない。だから、一冊を読み切るのに、どれくらいの時間と労力がかかるのかわからない。それでも、その文庫本を見ただけで、決して分厚いとはいえないそれが、そこそこの厚みがあるように見えるほど、何度も繰り返しページをめくられたことは想像できる。

「『車輪の下』ということはもしかして……」

震えるような声を上げながら、久米さんは翠先輩の方を見た。

「そう」

宝物を目の前にしたかのような二人の表情から、その本の持ち主が誰で、何に使われたのか、僕にも想像できた。

「小田先輩が朗読部門で優勝した時に読んだのが『車輪の下』だったって聞いたことがあるから、それがそうなんでしょう？」

特に感動した様子もなく白井部長が割って入った。久米さんに言わせてあげろよ、と胸の内でため息をつく。早く話を進めたいのはわかるけど。

「正解。この本はオダユー、いや、小田先輩がJコンで全国優勝した際の記念の品ではあるけれど、後輩のためにって、あえて学校に残してくれたものなんだって。そして、それを保存しているあの引き出しの鍵は、歴代、アナウンス・朗読部門を目指す部員に引き継がれているの」

室内の明るさに暖かい色が加わった。

「へえ、そんなの初めて聞いた」

白井部長が感心したような声をあげる。

「実は、私もこの鍵をもらったのは夏休みの終わりなの。三年生が片付けをしていたら出てきたんだって」

翠先輩は文庫本の横に鍵も置いた。キーホルダーがついている。片耳だけがピンと立ったうさぎ、JBKのイメージキャラクター「そーだくん」だ。

「月村部長がお兄さんに訊いたら、放送部の宝をそんなふうに扱ってるのか！　って。仕方ないよね、部長のお兄さんの学年以降、『ドラマの青海』を掲げるようになって、アナウンス・朗読部門に出る生徒がいなくなっていたんだから」

「ドキュメントすら出していない年もあるしな」

蒼先輩がため息まじりに言った。てっきり、毎年全部門にエントリーしているのだとばかり思っていた。

「そもそも、部員数も少ないしね。それでも、一〇年連続全国大会に出場しているわけだし、重ねてきた年数分、先輩たちが培ってきたものがあるんだから、どの部門にも誰かしらが参加して、繋げてほしかったよね。その本ももう少し早く見つけられていたら……」

白井部長は言葉を切った。翠先輩は今夏の大会で全国大会に出られていたかもしれないのにとは、今ここにいる全員が思っているはずだ。

「ううん、私はそんなふうに思ってない」

翠先輩の声で、スッと目の前に光が差し込んだように目をしばたたかせてしまう。

「そりゃあ、来年の引退後の片付けの時に出てきていたら、がっかりしたかもしれない。でも、最後の一年に間に合った」

そうだ、と頷いてしまう。なんだろう、この感覚は。声を目で見ているような、体全体で受け止めているような感覚は。

「なあ、これって俺も見ていいの？」

黒田先輩がすでに本を手に取り、翠先輩に訊ねている。素手で！　といったふうに久米さんが両手で口を押さえた。僕も同じ気持ちではあるけれど、そもそも翠先輩だって、引き出しから手袋をはめて取り出したわけではない。

「もちろん」

動じた様子もなく翠先輩が答えると、黒田先輩は両手に本を持ち替えた。と、自然にページが開く。

「すごいな、これは」

黒田先輩はそう言って、となりの蒼先輩に開いたままの本を渡した。

「教科書や参考書にだって、これだけの書き込みしないよな」

そう言いながら、蒼先輩は頭からページをめくり直した。

「ここにも、書き込みがある。『車輪の下』のどの部分を抽出するか、最初から一ヵ所に絞ったわけじゃないんだな。確かに、抜き出されたら、ここだよなって思うけど、おまえが抜き出せって言われたら、違うところを選びそうな気もするし……。おい、脚本家、見てみろよ」

蒼先輩は白井部長を飛ばして正也に本を渡した。はあ？　と声をあげる部長を無視して、正也は一年生三人で本を見られるように、テーブルの上に本を広げた。僕と久米さんとで正也の視界をさえぎらないように覗き込む。

書き込み、と聞いて、僕は文章を思い浮かべていた。感情を込めて、といった。もちろん文字もある。だけど大半は記号、たとえるなら、楽譜で見かけるようなものが、行間にびっしりと埋まっている。

息継ぎや、強弱の付け方らしき記号はなんとなくわかる。だけど、アルファベットや、波線、二重線といった数種類の線など、半分以上が何を表しているのか理解できない。

「nって何ですか？」

正也が翠先輩に訊ねた。脚本ならナレーションの意味だけど、文字の横に小さく書かれたそれは同じ使い方とは思えない。

「たぶん、子音の発声法だと思う」

翠先輩が答えた。

「『ん』の発声には、口を閉じて『ん』って言うm音と、口を開いたまま『ん』って言うn音があるの」

言われてみると、『n』は『車輪』という単語の右下に書き込まれている。

「m音は、リンパとか、『ん』の次に破裂音が続く場合で、口を閉じるから、意識しなくてもはっきり発声できる。でも、n音は口を開けたまま、舌を上顎につけないと音がぼやけてしまうから、意識しなければならない。こんな感じで」

翠先輩は『りんり(倫理)』という単語を、舌を上顎につけた場合とつけない場合で実演してくれた。先に説明されているから違いがわかるけど、それがなければ同じに聞こえる、くらいの小さな違いだ。

そんなことにも気を配りながら読むのか……。

「英語の発音記号みたいなもんだな」

蒼先輩が言った。英語の『ア』は発音を意識するのに、日本語の『ん』の発声に違いがあるなんて考えたこともなかった。しかも、本に書き込まれたアルファベットは『n』だけではない。

「このアルファベット、全部が発声記号ですか?」

僕は目が回るような思いで訊ねた。

「多分、そう」

「翠先輩も、常にこういうことを意識しているってことですよね」

「うん。でも、理屈としてはわかっていても、実際に自分の発声が正しいのかどうかはわからない。それに、わからない記号もあるの。次のページの一番上にある『び』とか」

僕はページをめくった。これか、と指を差す。翠先輩は書き込みを暗記できるほど読んだのだろうか。

「ビブラート、とか？」

白井部長が言った。

「でも、それならカタカナで書きませんか？」

正也が答え、白井部長は、ここから見えないもの、と口をとがらせた。

「そういうことを小田先輩から直々に教えてもらえたら、すごいと思わない？」

翠先輩の問いかけに、僕は大きく頷いた。久米さんは僕の二倍速で少なくとも五回は首を振っている。まだ、自分のプレゼンが残っていることを忘れているかのように。

「会場からの歓声は一番だろうな」

黒田先輩も賛成ムードを漂わせている。でも……、と浮かれた調子のまったくない声を挟んだのは、やはり白井部長だ。

「その歓声は、作品の内容に対してではなく、小田先輩に向けられたものよね。努力の跡が残った文庫本だって、その中身よりも、所有者がオダユーだっていうことだけで興奮してしまう。大きすぎる歓声は、逆効果にならないかな」

部長の伝えたいことが、わかるような、わからないような。今夏の全国優勝作品にも、有名な作曲家が出ていたではないか。

「結局、元に戻るけど、どの層から支持されているかだよな」

蒼先輩が白井部長をフォローするかのように続けた。

「高校生、特に放送部の生徒たちからは絶大な支持を受けている。上映が始まった途端、歓声が上がる。だけど、審査員たちは、こいつ誰だ？　状態。それでも、すごい実績を理解しようとしてくれればいいけど、九分間、一回限りの上映、しかも審査をしながらでは難しい。こちらがいくら偉大な先輩から学びたいという気持ちで取材をしていても、上辺の印象だけで、ただアイドルに会いに行っているだけと受け止められかねない。しかも、Ｊコンを口実にして」

「それって、有名人を取り上げるなら、審査員でも知っている、真面目な印象で、かつ、有名すぎない人にしろってことか？」

黒田先輩が間延びした声で訊ねた。もしかすると、じっと座ったまま討論するのに疲れて（飽きて？）きたのかもしれないけど、言っていることは、要点をとてもよくまとめている。

「そういうこと」

「でも、撮り方次第では、ちゃんと真剣に取り組んでいることが伝わるんじゃないかな。小田先輩が人気声優だということよりも、朗読部門の全国優勝者ということを前面に出せば、審査員の印象もそれほど悪いものにはならないと思う」

翠先輩が食い下がる。僕はまだ自分の目の前に開かれたままの文庫本に目を落とした。暗号のような努力の軌跡。それを解き明かし、ちゃんと、答え合わせをしたい。僕の中に生じているこの気持ちの何倍もの熱が、翠先輩の中にはあるはずだ。アナウンス・朗読部門の後輩として、この案に一票を投じたい。賛成、と口にしよ……。

「あの、僕からもいいですか？」

正也は遠慮がちながらもちゃんと挙手をしている。どうぞ、と答えたのは白井部長だ。

「次の大会は全部門に参加予定ですよね」

「そうよ」

今更、と言うように部長が返した。

「全部門で全国大会を狙っている。だけど、そこがゴールではなく、準決勝、決勝と残ることも視野に入れて……、いますよね？」

「あたりまえでしょ。優勝を目指さない作品なんて、決勝にも、準決勝にも残れない。いいえ、全国大会にも行けない」

部長は熱く答えたものの、僕はどうして今、このやりとりが必要なのかわからない。

「僕は決勝をＪＢＫホールで観てきました。全部門がそこで発表されます。最初がドキュメント部門。次がドラマ部門。その後、昼食をはさんで、アナウンス部門、朗読部門の順でした。僕は遠足気分で弁当を食べることができたけど、もし、翠先輩がアナウンス部門出場者としてここにいたら、大変なんじゃないかと思いました」

あっ、と声を上げたのは翠先輩だ。

「アナウンス部門は事前に作成した原稿の他に、午前中に発表されたドキュメント部門から一つ選んで、それについてまとめた原稿も、自分で書いて読まなきゃならないから」

「その課題があることは私も知ってるわ」

白井部長が答えるものの、まだ正也の言いたいことを把握しかねている表情だ。僕もわからない。だけど、翠先輩は何かに気付いたように見える。

「テレビドキュメント部門と、翠先輩のアナウンス部門、両方決勝に残ることができていたら、翠先輩が不利になりませんかね」

「自校の作品以外のテーマを選べばいいじゃない。そもそも、ドキュメントでも、ラジオの作品から選ぶんじゃなかったっけ？」

白井部長に言われて、あれ？　と正也が首を捻（ひね）る。

「いや、そこは関係ないだろ。要は、先に、全国優勝して声優になったOBから指導を受ける映像を見られることによって、翠にヘンなフィルターがかかってしまうんじゃないかってことを、宮本は心配しているんだろ」

蒼先輩が言った。ああ、と僕もようやく想像ができるようになった。

「上手に発表できても、そりゃあ、あんなすごい人から指導受けたんだから、みたいな僻みフィルターがかかりそうね」

白井部長が腕を組んで息を吐いた。

「僻まれるかどうかはわからんが、お手並み拝見、みたいな感じで、発表前に翠だけハードル上げられるのはよくないな」

黒田先輩も部長と同じポーズで意見を述べる。僕はただ頷くばかりだ。みんながテレビドキュメントのことだけを考えている中、正也だけがJコン全体を見渡していた。

ドローンの視点だ。何だっけ？　鳥瞰的視点だ。正也は全員のテーマを、JBKホールで上映されているものとして頭の中に思い浮かべているのかもしれない。そして、そのホールの中をドローンが飛んでいる。

「アナウンス・朗読部門のために小田先輩に連絡を取るのはアリだと思う。でも、ドキュメントとは切り離して考えた方がいいわね」

場をまとめる司会者の口調で言い終えた後、白井部長の口からポロリと言葉が漏れた。

「ヘンな意地をはらずに、私も自費で東京に行けばよかった」

僕も来年はそうしよう……。いや、待て。作品が選ばれて、全員が、校費で行く。そのための作戦会議中じゃないか。

大切な文庫本を翠先輩が元の場所に戻し、その間、水分補給や糖分補給をして、残る二テーマに向き合うことになった。三年生の先輩たちが引退してから、放送室からお菓子が消えた。

——私はここをサロンにする気はない。

白井部長が最初の挨拶でそう宣言したからだ。いつの代から置かれているのかわからないマンガも段ボール箱に片付けた。部長は捨てたそうにしていたけど、私物だからと蒼先輩が止め、あいだを取ったような形になっている。

ペットボトルや水筒は持ちこみ可。翠先輩が時々、のど飴をくれる。だけど今日は、なんと白井部長がキャラメルを配ってくれた。

疲れた脳にじんわりと甘さが行き届き、元気が出てきた。

さあ、今度こそ久米さんの番だ。

「次は『難病を乗り越えて』ね」

白井部長が久米さんを促すように見ながら言った。はい、と澄んだ声で返事をして立ち上がった久米さんは、放送モードに入っているようで、しっかりと背筋を伸ばし、視線を高い位置に上げている。……が、はあっ、と肩を下げてため息を漏らした。

「すみません。ちゃんとプレゼンできるように家で原稿を作って、暗記もしていたのですが、ここまでの話し合いを聞いているうちに、いろいろとテーマに欠点があることに気付きまして……、その、却下させてもらえたら、と」

「とりあえず、発表してみなよ」

そう言ったのは黒田先輩だ。

「みんないろいろ玉砕しまくってるけど、自分では気付けなかったことを発見できたし、放送部全体として得るものもそれぞれにあったと思うしさ」

黒田派の僕と正也は、そうだ、と同意するように久米さんを見て頷いた。

「すみません、自分だけ逃げるようなことをして」

久米さんはペコリと頭を下げると、再び、姿勢をただした。

「わたしの友人は『クローン病』という病気にかかっています。難病に指定されているけれど、わたしは友人から聞いて初めてその病名を知りました。主な症状は腹痛や貧血で、大袈裟に病人ぶっているだけだと、心無い噂をしている同級生もいるそうです。友人は、病気の症状よりも、病気の認知度が低いために生じる周囲の無理解の方がつらいと言っています。そのため、この病気のことを少しでも多くの人に知ってもらいたいと思い、このテーマを提案することにしました。わたしたちの知らない病気はたくさんあります。それにいつか自分がかかるかもしれない。友人や家族がかかるかもしれない。悪気はなくても、知らないということにより、病気で苦しむ人を傷付けてしまうかもしれない。すべてを知ることは難しいけれど、心のアンテナを少しそちらに向けるきっかけを作ることができないかと考えています」

久米さんは発表を終え、一礼した。下げた視線が一瞬止まった先は、僕の左手の甲だ。事故で痛めたこの膝に、無意識のうちに手を添えてしまったのは、今日、何度目だろう。

もしかすると、その度に、久米さんは自分のテーマに自信が持てなくなっていたのではないだろうか。

僕はその病気のことを知らなかったからいいテーマだと思うよ。そんなふうに言ってみようか。

「その考えが、この話し合いの中でどう変化していった？」

訊ねたのは、蒼先輩だ。白井部長は自分が口を出すと、久米さんが萎縮してしまうことがわかっている。それを察して、黒田先輩や蒼先輩が軽い口調で代弁してあげている。そんなふうに見える。

「まず、うちの学校のかわいそうだけど頑張っている人を取り上げてみました、というテーマにまったく共感できない、という蒼先輩の意見が刺さりました」

蒼先輩が手のひらで額を叩いた。

「病気への認知度が低いことがつらい。友人はそう言っていましたが、ではこういう方法で病気を取り上げることに対してはどう思うだろう、ということまでは考えていなかったことに気付きました。ましてや、取材など受けてくれるだろうか。病気を乗り越えた後ならともかく、渦中にいる時に、カメラに向かって本音を打ち明けることなどできるのだろうか。それ以前に、このテーマを放送部で提案したわたしに猜疑心を持つかもしれない。あなたは本当に、わたしのためにこの病気のことを多くの人に知ってもらいたいと思っているの？　コンテストの上位に入るにはちょうどいいネタだと思ったんじゃないの？　って。わたしはネタにするつもりなんてまったくありません。だけど、ドキュメントで取り上げるということは、本人を矢面に立たせるということです。彼女のつらい気持ちは、受け取る人によっては、ただの愚痴に聞こえるかもしれない。不認知を理解にかえたいのに、不認知を誤解に導くおそれがある。そんなリスクに対して、わたしは彼女に責任をとることができるか。できると一〇〇パーセント言い切れないうちは、テーマに挙げてはいけないと思いました」

久米さんはふうと大きな息をついた。

本人を矢面に立たせるということ。この言葉が頭の中をぐるぐると回っている。

「テレビかラジオか。ドキュメントかドラマか」

白井部長がゆっくりと声を出した。

「病気の人を取り上げるとしても、姿が映った方が説得力があるのか。つらそうな姿を映すことが、かえって嫌悪感を持たれて視聴者の目を逸らすことになるのなら、声だけの方が真意が届く場合もあるのではないか。病気で苦しむその人物のことでなく、病気のことを知ってもらいたいのなら、ドラマにして、フィクションというフィルターをかけることもできる。先に言ったことと矛盾するかもしれないけど、ここまで話してきたことはあくまでテレビドキュメントとしてのテーマであって、ここで難点がみつかったからといって、テーマそのものを否定するのはまだ早いんじゃないかと、私は思う」

そう言って部長は久米さんににっこり笑いかけた。久米さんからもホッとしたような笑みがこぼれた。取り繕うようなフォローなどしなくて、できなくて、本当によかった。

最後は白井部長の番だ。

「ギフトイヤーを逃したくないの」

そう始まった部長のプレゼンは、これまでの六テーマぶんにかけたのと同じくらいの時間に及び、青海学院放送部のJコン・テレビドキュメント部門エントリー作品のテーマは「夢を繋(つな)げ、過去から未来へ」に決定した。

第3章　トークバック

「今年は四位だったらしい」

良太は視線をグラウンドの三〇〇メートルトラックに向けたまま言った。自分が練習していた時はとても広く感じた市民グラウンドも、青海学院のグラウンドを見慣れてしまえば、それほどでもないように思える。

四位というのは、今年の三崎中学陸上部の駅伝県大会の成績を指しているはずだ。グラウンドの半周を囲むように設置されたスタンド席の片隅で、僕たちが眺めているのは、それに出場した後輩たちの姿なのだから。

去年の成績は二位。一八秒差で全国大会を逃した悔しさを、僕は何度思い出しては拳を握り、歯を食いしばっただろう。来年こそはと奮起した後輩たちは、今年の成績をどう捉えているのか。顧問の村岡先生は……、見慣れたジャージ姿で、「苦しかったら空見て走れ」と聞き慣れた掛け声を上げている。

「そっか……。偶数ってなんか悔しくない？」

他人がどんなふうに捉えているかなんてわからない。思いついたことを口にした。二位には、一位に届かなかった悔しさがある。三位だと、賞状やメダルに手が届いた嬉しさがある。四位には、そこに届かなかった悔しさがある、ような気がする。

「わかる、それ」

良太がこちらを向いて笑った。前に、こんなふうに二人で話した時は、良太は真っ黒に日焼けしていたのに、もともと色白な上に代謝がいいのか、今は僕よりも白い頬に、寒さのせいかほんのり赤みがさしている。

「あっ、でも、上位二校が全国大会進出とかだと、三位も悔しいか」

ふと、今、自分が所属している部活が目指している大会の規定を思い出した。

「結局、何を目指すかだよな。県とか、全国とか、次に繋がる試合なのか。順位なのか。タイムなのか。結果なのか。内容なのか。個人なのか。団体なのか。ちなみに、去年のタイムより二〇秒上回ってたんだって」

「じゃあ、去年なら優勝だ」

「それはどうかな。今年は天気も良かったし、強豪校がどこもベストコンディションで地区大会を上がってきて、三位までは大会記録が出たらしいから。そんな中での四位は大健闘だよ」

淡々と連なる良太の言葉で、去年の記憶がよみがえる。悔しかったこと以外の、県大会に至るまでの記憶。

去年は、脱水症状や走行中のトラブルで、強豪校が軒並み地区大会で予選落ちし、県大会はどこが優勝するか予測がつかないと言われていたのだった。

もしかすると、去年は三崎中学にとってギフトイヤーだったのかもしれない。いや、それは良太が膝を故障していなければの場合で、そんな「たられば」が付くのなら、ギフトイヤーとは呼べない。

――ギフトイヤーを逃したくないの。

白井部長の声が頭の中に響いた。

耳慣れない言葉ではあるけれど、意味合いの想像はできる。たとえば、後に日本のプロ野球界を牽引するような逸材が、二人同時に入学する。伝統ある行事の、五〇周年、一〇〇周年といった、節目の年に遭遇する……。

今夏のＪコンのテレビドキュメント部門で全国優勝した作品は、新校舎への移転の際、偶然発見された色紙が、国民的な作曲家に繋がるものだった。これだって、まさにギフトだ。放送部員たちが色紙の噂を知り、必死で捜し当てたわけではないのだから。

成功を手にするにはもちろん努力が必要だけど、それと同じくらい、運を味方につけることも重要なのではないか。部活動を自分なりに頑張っている程度の僕がそう感じるくらいなのだから、他の部員たちにも、それぞれに思い当たる例があったはずだ。

ギフトイヤーとは何か、とは誰も白井部長に訊ねなかった。だけど……。みんなを代表するように挙手したのは正也だった。

――何が、今年の陸上部のギフトなんですか？

それだ、と、まさに手を打つような気分だった。「夢を繋げ、過去から未来へ」というテーマと、白井部長がうっかり口を滑らせた台詞から、部長が陸上部の駅伝をテレビドキュメント部門のテーマとして取り上げたいと思っていることは明らかだった。しかし、そこにギフトイヤーという言葉を重ねられても、いまいちピンとこない。

青海学院高等学校陸上部は、来月に行われる全日本高校対抗駅伝大会への出場が決まっている。だけど、初出場ではない。ここ二年間は出場を逃しているものの、全国常連校の呼び名に変わりはない。五年前には全国優勝している。

今年も優勝を狙えるか、というのは難しそうな状況だ。もともと当てにしていないけれど、新聞やネットで見かける識者の優勝校予想に、青海の名前は挙がっていない。そのうえ、エースである三年生部員の一人が、県大会の後、太ももの肉離れを起こし、全国大会への出場が絶望視されている。

チームとしての優勝は難しくても、個人で活躍する選手がいるかと考えを巡らせてみても、すぐに思い当たる人はいない。それは、スター不在ということではないのか。

良太の顔が一瞬、頭の中に浮かんだものの、すぐに薄まる。良太は代表メンバーには選ばれているけれど、補欠選手としてだ。

しかし、僕は言葉の顔面パンチを食らうことになる。白井部長はみんなを見渡し、僕と視線を合わせてから、その名を口にした。

――一年生の、山岸良太くんよ。

部長と目を合わせたままだと石化してしまいそうで、息を止めたまま視線をずらし、みんなの様子を窺(うかが)った。と、一気に肩の力が抜ける。ピリピリと張り詰めた空気が発生していたのは、僕と部長のあいだくらいで、他の部員はポカンとした様子のままだからだ。

——誰？

蒼先輩が間の抜けた口調で訊(たず)ねた。だけど、そんなことで怯(ひる)む白井部長ではない。知らないの？　とバカにするような一瞥(いちべつ)を投げ返す。

それを僕は、そうそう良太を知らないの？　といった、若干、誇らしいようなくすぐったい気分と、良太は陸上部にとっての逸材ではあるだろうけど、まだ、校内にその名が轟(とどろ)くようなスター選手ではないよな、といった冷静な思いが、ぐちゃまぜになった感じで見ていた。

「どうした？　歯に何か付いてる？」

良太が口元を手でさわりながら僕に訊ねた。しまった。多分、僕は放送室にいた時と同じ表情で、良太に視線を向けていたのだろう。

翠先輩の頭全体に沁(し)み渡るような心地よい声や話し方とはまた違ったインパクトが、白井部長にはある。頭の奥に声が突き刺さり、そのまま脳内に言葉を刻み込まれるような感覚で、かなり時間が経った後でも、気を緩めていると、部長の言葉やその時の状況が、高い彩度でよみがえってくるのだ。

「いや、改めて、放送部の取材を受けてもらうなんて、練習で忙しい良太に申し訳ないなと思って」

とっさに思いついて返したことだけど、本音だ。

「だって、駅伝メンバー全員が取材を受けるんだろ。補欠なのに俺まで声をかけてもらえて、こっちの方がなんというか、恐縮っていうの？　それだよ」

テレたように笑う良太を見て、少しばかり胸が痛んだ。すべてを明かさないのは卑怯なのではないかと、自分の中の自分が責める。嘘をついているわけではない。他の補欠選手も含めて、駅伝メンバー全員に取材をすることも事実だ。

だけど、本当に言わない方がいいのだろうか。

主役は良太なのだ、と。

白井部長はなぜ良太なのかを、部員たちの前で説明した。

――部長会で、陸上部新部長の森本くんから教えてもらったんだけど、一年生の山岸良太くんは、二年生を追い越して、陸上部の長距離部門の新エースになると言われてるの。走る度に記録が伸びているんだって。だけど、今年の駅伝にメンバー入りはしたものの、レギュラーには選ばれなかった。三年生に速い人が揃っているみたい。でも、その中の一人が負傷して、一枠あくのはほぼ確実で、そこに入るのは山岸くんで決定だろうって。

良太はもうそんなところにまで行っているのか。感心すると同時にわずかな寂しさも覚えた。陸上に対する未練が完全に消え去ったわけではない。だけど、自分も陸上部に入っていたらとか、事故に遭わなければ、と考えることはほとんどなくなった。

LANDを始めたことを良太にも伝えて、スマホでのやりとりも増えた。なのに、良太を遠く感じてしまうのは、僕の知らない良太のことを、僕より良太と親しくない人から聞いているせいだ。

良太と陸上の話をまったくしないわけではない。全校集会で良太が表彰されていたので、「おめでとう」のメッセージを送った。良太からは、謙遜マークだらけの「ありがとう」の言葉が返ってきた。

ただ、良太から届くメッセージはいつも陸上に関係のない話題ばかりだ。マンガの新刊が出たとか、アニメ化されるとか、あの役の声優がいいとか……、放送部員としての僕に気を遣ってくれているんじゃないかと、開いた距離のぶんだけ疑念が生じて、それが膨らみ、さらに距離が広がっていくという悪循環。

――一年生が全国大会を走るのはすごいと思うけど、ギフトイヤーって呼べるほどのことかな。

蒼先輩がまだ興味を持てないといった口調で訊ねた。僕も、さすが良太！　と思いながらも、良太を知っている僕だからそう感じるだけであって、白井部長がこんなにも注目する理由はまだ摑みかねていた。

――プレゼンは最後まで聞いてよ。

白井部長はまったく動じない様子で話を続けた。

――全国大会を一年生が走ることは、他校ではそれほど珍しくないかもしれない。だけど、スポーツ推薦があるようなうちの学校じゃ、中学時代に学校で一番だったとしても、すぐにレギュラーに選ばれるのは難しい。とはいえ、全国大会を一年生が走るのは、実は青海初じゃない。遡ること一五年。後に、あの正月駅伝にも出場する、村岡壮一選手が第一号。

村岡先生だ！

――そして、村岡選手は、今は山岸くんの出身校である三崎中学で社会科の教師をされていて、かつ、陸上部の顧問をしているの。

恩師の村岡先生に続く第二号として、同じ舞台に立てるかもしれない良太。決して派手な繋がりとは言えない。新聞の地方欄で取り上げられるかどうかの話題性にすぎない。だけど、この事実が僕はとてもうらやましい。

誰かに伝えたい。たとえば、村岡先生の教え子たち……。

「でも、まさか村岡先生が一年生の時からレギュラーだったなんてな」

良太が視線を再びグラウンドに向けた。当然知っていると思っていたこの事実を、意外にも、良太は僕の口から初めて聞かされたようだ。誰がスポーツ推薦で入学したとか、有名なOBと繋がりがあるとか、本人の実力と関係ない話は、部内では極力避けられているらしい。だからこそ、陸上部の部長も、部外の誰かに話したかったのかもしれない。

村岡先生は整列した部員たちに何か話しているけれど、通常の話し声はここまで届いてこない。だけど、僕たちが言われてきたことを繰り返しているのだろうなと、話している様子で想像できる。

「先生って、指導に関しては長話が多かったけど、自分の選手時代のことはほとんど話さなかったよね。自慢できることばかりなのに」

「それが、村岡先生の尊敬できるところだよな。ところで、圭祐、先生にはどんな取材をするんだ？　陸上部で三崎中出身なのは、俺一人なんだけど」

「良太の恩師というんじゃなく……。全国大会を走った青海陸上部のOBとして、後輩にひと言、みたいな感じで質問事項を考えているけど……。まだ取材を受けることを許可してもらっていないんだ。今日、正式にお願いする感じかな」

村岡先生には取材の企画意図を全部話して依頼するつもりだった。

「そんなところに、俺も来てよかったの？」

「当然だよ。村岡先生がせっかくなら良太も誘って、うちで飯でも食おうって言ってくれたんだから」

放送部で陸上部の取材をすることになったので、先生にも話を聞かせていただきたい。その依頼をするために会ってもらえませんか、と村岡先生にメールを送ったところ、そんな返信が来たのだ。良太のいないところで、とは言いにくく、僕は良太と二人で、懐かしい場所を訪れ、先生を待つことになった。

「村岡先生も他の生徒だったらわからないけど、圭祐に頼まれたのなら絶対に引き受けてくれると思うし、圭祐だからこそ引き出せる話もあるんじゃないかな。去年、俺が県大会で走らせてもらえなかった本当の理由を、圭祐が聞き出してきてくれたみたいに、さ」

うしろめたい思いを抱える僕の表情に、良太は自分なりの解釈をしてくれたようだ。

「どうかな……」

僕は曖昧（あいまい）に笑い返してみた。そして、知らない顔が増えたな、と、わざとらしくつぶやきながら、グラウンドの方に目を遣（や）った。

——そういう師弟関係はJコンの審査員たちが好きそうだな。

蒼先輩も、悪くはなさそうだ、といった口ぶりに変わった。それでも、何か適切な言葉を探そうとするように片手で頬杖（ほおづえ）をつき、空の一点を見つめていた。

声を上げたのは、翠先輩だ。

——顧問の先生がOBで、というテーマは、これまでにもあったんじゃないかな。

反論する翠先輩は珍しいけれど、言ってることは、過去作を観たことがない僕でも、そうかもしれない、と思える。現に、正也は、だよな、と同意するようにつぶやいたし、久米さんも頷（うなず）いている。

——結局は、活躍している運動部をただ追っているだけ。他人の努力にぶらさがろうとしているだけ。古臭い言葉だけど、人のふんどしで相撲を取る、ってことになるよな。

蒼先輩が確認するように白井部長に向き直った。

——そもそも、山岸くんが選ばれなかったらどうすんの？　先輩である恩師の後に続くことはできなかったけど、来年はきっとレギュラーだ。この悔しさを胸に、さらなる飛躍を期待します。とかなんとか、調子のいい無責任なナレーション入れて完成？　実際、そういう、明らかに好成績を残すことを期待して追いかけたのに、結果が伴わず、結果より努力した過程が大切だという方向にシフトチェンジして、上から目線で総括して終わる作品が全国大会に出ているどころか、準決勝に残っていたりもするけどさ。俺たちの作品がそういうのでいいわけ？

結局、これまでに議論したテーマと同じような課題に行き当たってしまったのか。僕でさえ、そう感じていた。

——プレゼンはまだ終わっていない。そして、ここからは同意を得ながら話さなきゃいけなくなる。

——誰の同意？

白井部長は訊ねた蒼先輩の顔は見ず、視線を、僕に固定した。僕と無関係な人たちの話題ではなかったにもかかわらず、改めてまっすぐこちらを見られると、そわそわと無駄にうろたえてしまう。

——僕、ですか？

——そう。私は山岸くんと村岡先生の取材を、町田にしてもらいたいと思ってるの。

――それは！

息を止めた僕の代わりのように声を上げたのは、正也だ。白井部長が僕の何をどこまで知っていて、こんな提案をしているのか。部長は僕から視線を外さない。

――もし、私が触れて欲しくないことに踏み込みそうになったら、ストップ、って遠慮せずに言って。あと、ギフトイヤーに該当するのは、山岸くんと村岡先生の関係のところまでだということも、先に断っておく。

――はあ……。

返事なのか、ため息なのか。交通事故を含め、割と深いところまで知っていることをほのめかすような前置きに、この段階ですでにストップと言ってしまいたい気分だけど、白井部長がちゃんと準備してきたプレゼンを途中で遮ってしまうのも、失礼なのではないか。そんな思いもあり、大丈夫です、と小さな声で返した。

僕のことなら、僕自身以上に白井部長が知っていることなどないのだから、心配する必要はない。

――まず、順を追って。私は一五年ぶりに一年生が全国大会を走ることになるかもしれないと陸上部の新部長、森本くんから聞いて、山岸くんに興味を持った。一年生でレギュラーに選ばれるのは、山岸くんの中学時代の陸上部の顧問の先生以来だということも彼から教えてもらって、これは！　と感じた。そこで、山岸くんのことを知るために、中学時代の活躍を調べようと、ネットで検索したの。そうしたら、三崎中は去年、県大会で二位だったことがわかった。全国大会まであと十数秒だった。

ストップ、と言いそうになった。

——区間賞を獲っていないかと個人成績のページを見た。そうしたら、どの区間にも山岸くんの名前がなくて、代わりに、町田圭祐という名前があった。区間二位だった。驚いた。同姓同名かとも思った。でも、多分、町田だろうなって……、町田の脚のことを思い出した。……続けていい？

——は、はい。

心拍数がかなり上がってきているものの、まだ、大丈夫だ。僕は脚が万全でないことを放送部内で隠しているわけではないし、役割分担を決める時だって、脚に負担がかからない係にまわしてもらっていた。むしろ、脚が不自由になった理由をこれまで一度も訊かれたことがなかったことに思い当たり、気を遣われていたのかもしれない、と気が付いた。

必要なことしか話しかけてこないクールな二年生は、僕になど興味がないのだろう、などと勝手に思い込んでいたけれど、そういう人たちではない。

——町田が脚に負担を抱えていることには気付いていても、その理由をこちらから穿鑿しようとは思わなかった。だけど、去年の駅伝大会以降に何かあったんだって知ったら、合格発表の日に事故に遭った新入生がいるっていう情報と結びついた。

えっ、あの？　といった反応を、白井部長以外の二年生全員がした。

――だから、山岸くんを追うのはあきらめようと思ったの。

ありがとうございます、と喉元まで出かけたのを飲み込んだ。そうなっていないじゃないか……。

「ところでさ」

ふと思い出した、という感じの良太の声で、頭の中から放送室が消えた。

「な、何？」

うろたえた返事をしては、何かよからぬことを想像していたと勘違いされてしまいそうだ。

「マラソン大会で放送部の女子がドローンを当てていたけど、あれ、どうなった？」

良太も知っていたのか。

「使ってるよ。面白いんだ。グラウンドで部活の様子なんかも撮ってるけど、そういや、良太を見かけた憶えがないな」

「駅伝グループは外に走りに出ていることが多いからかな」

「そうか、そういえばあの頃も、本番間近は実際のコースに似ているところに、先生の車で連れて行ってもらってたな」

言った後、自分で少しテレてしまったのは、ほんの一年前くらいの出来事を、あの頃、なんて言い方をしてしまったからだ。たいして成長していないというのに。

「そうだ、動画見る？」

上着のポケットからスマホを取り出して、これまでに撮りためた動画（正確には、久米さんのスマホで撮った出来のいい動画を僕のスマホに転送したもの）を、再生して良太に見せた。

「へえっ、ちょっ、これ、すごいじゃん！」

良太が画面を凝視しながら声を上げた。良太でもこんな弾んだ声を出せるんだと、テンションの上がりっぷりに驚いた。

「他のも見ていいよ」

僕はスマホを良太に渡した。

「記録狙いだから景品なんか関係ないって開き直ってたけど、俺ももっといいもの当たかったたな。ていうか、陸上部、他にも五人、マラソン大会に出てたんだけど、全員、ハズレ景品ばっかりで、くじ運悪すぎ」

ワクワクすると饒舌（じょうぜつ）になるのか、良太はそれほど悔しくなさそうに、陸上部員が当てた景品を挙げていった。

「部長の米五キロが一番マシなくらい」

おしゃべり森本部長だな、と反応してしまう。良太は次の動画を再生し始めた。

——なのに、またどうしてテーマに挙げたわけ？

蒼先輩が白井部長に訊ねた。僕が一番したかった質問だ。

——グラウンドでドローンを飛ばしていたでしょう？　それを見た森本くんが休憩時

間にわざわざ私のクラスまで来て、言ったわけよ。町田圭祐の無駄遣いだ、って。どういうことだ？

――遊ばせておくなら、陸上部に入るように放送部部長から説得してくれって。

――ドローン撮影の練習は遊びじゃない。

黒田先輩が不機嫌そうに口を挟んだ。

――それ、今ツッコむところじゃないから。

白井部長は軽くいなして、またみんなを見回し、最終、僕に視線を合わせた。

――私は、森本くんは町田の脚のことを知らないんだろうな、と思って、言ってやったの。町田圭祐は放送部のホープなんだから、絶対に陸上部に勧誘しないで、って。

事故のことを打ち明けずに、守ってくれたことになる。

――そうしたらよ。

部長は今度は僕以外の人に訴えるように、顔ごと視線を上げた。

――もう断られた、って。

これに対しても、白井部長以外の二年生全員が驚いた顔で僕の方を見た。それをどんな表情で受け止めていいのかわからず、俯いてしまったのだけど。

――交通事故に遭ったらしいけど、夏休みに手術を受けて順調に回復するようだったら、リハビリも兼ねて陸上部に入らないかと顧問の原島先生が誘ったんだ。でも放送部で頑張りたいからと言って断られた、って。

――本当に、そんな返事をしたのか？

蒼先輩に訊かれ、僕は俯いたまま、はい、と答えた。とにかく、恥ずかしい。白井部長は感極まった様子で、興奮気味に続けた。

――私は町田のことを誤解していた。部活に休まずに来てはいるけど、宮本や久米ちゃんと違って、なんとなく他にしたいこともないから、放送部にいるんじゃないかと勘違いしていた。でくれたことがすごく嬉しかった。それと同時に、放送部員としての町田の目を通した陸上部を見てみたいと思った。町田の撮る陸上部なら、成績のいい部活動にただぶらさがっているだけの作品にはきっとならないはず。たとえ、山岸くんがレギュラーに選ばれなかったとしても、無責任なナレーションで終わらせたりしないはず。これまで、どこの高校も気付けなかった陸上部、いや、他の部活の、新しい取り上げ方や切り取り方を見せてくれるんじゃないか、って。

長い議論の最終局面で、まさか自分が矢面に立たされることになるなんて。多分、褒められているのだろうし、過大評価と言っていいくらいの期待もされているのだろうけど、それが重い。

僕に陸上部が撮れるのか？　どこの高校も気付けなかった？　新しい？

放送部を選んだことは事実だけど、だからといって、僕は抵抗なく陸上に正面から向き合えるのか？

胸をざわつかせることなく、良太に陸上の話を訊けるのか？

そこまで、吹っ切れちゃいない……。

「これ、すごいよ。テレビで見るより迫力ある。圭祐、声だけじゃなくて、撮影の才能もあるんだな」

良太が興奮した様子でスマホを僕の目の前に寄せてきた。こそばゆい気分で画面を見ると、スクラムを組むラグビー部員の映像が、ドンと僕も強い圧力を受けたかのような勢いで目に飛び込んできた。

「ああ、これは二年の先輩が撮ったんだ」

撮影の参考にするために、黒田先輩にいくつか送ってもらった動画の一つだ。

「そうか、さすが二年生」

取り繕うように良太が言う。いや、ドローンを使い始めたのは同時なんだけど。

「真似てみようとはしているんだけど、違うんだよな。やっぱ、センスかな」

僻（ひが）みも卑屈も入る余地がない、尊敬に値する映像に僕も目を遣（や）った。他のも見る？とサッカー部を撮影した動画を再生する。日が傾く中、良太はさらに顔を画面に近付け、そして少し、首を捻（ひね）った。

「このサッカーのも上手（うま）いけど、ちょっと違うな。二年の先輩はラグビー経験者？」

「どうだろう？　体型はそんな感じで、実は入部したての頃、『ラグビー部先輩』って陰で呼んでいたんだ。でも、この辺の中学でラグビー部があるところなんて聞かないしな。けど、なんで？」

「なんだろう。パッと見た時の第一印象？　ラグビーの方が引き込まれたっていうか、
ああそうだ、選手の動きをコンマ数秒先取りしている感じなんだ」

コンマ数秒……。長距離走のタイムでも、○・○一秒に一喜一憂していた自分が、ほんの一年前まで目の前のグラウンドにいたというのに。もう一度、ラグビー部の方の動画を再生した。確かに、良太が言ったように見える。

「今度、訊いてみる。撮影のアドバイスもしてもらえるかもしれないし。そうだ、これから陸上部の練習風景も撮らせてもらう予定だから、いい動画があったら良太にも送るよ」

「それは、二年の先輩が撮るの？」

「メインはそうなるかな」

「そっか。でも、俺は圭祐が撮った陸上部の動画が見てみたいな」

それは、僕が陸上経験者だからか。それとも……。

――俺は、このテーマでやってみたいな。

ポツリと言ったのは、黒田先輩だった。

――いいの？

白井部長が確認するように訊ねた。

――私学の強み の話をしていた時から、アスリートをドローンで撮りたいって思って、

それって、別に卒業生じゃなくても、在校生でも青海ならゴロゴロいるし。そういう中でも、駅伝って、俺、あんまり知らないから、追ってみたらおもしろそうかな。

——じゃあ、俺も賛成。

蒼先輩も手を挙げた。じゃあ？

——ちゃんと、自分たちのこととして撮れそうだし、駅伝は、生徒も審査員も両方が興味持ちそうなテーマだ。

——わかってくれた？

白井部長が蒼先輩と黒田先輩にハイタッチを求めている。

——ちょっと待って、圭祐は？

僕の慌てふためいた気持ちを代弁してくれたのは、正也だ。僕の意向ありきの展開だったはずなのに、急に置いてけぼりにされていないか？　しかも、この盛り上がりの中で断れるわけがない。

——町田は……。

呑気な声で答えたのは、黒田先輩だ。大きな欠伸をする。

——取材に抵抗があるなら、そういうのは後回しにするか、白井や翠にまかせて、ドローンで陸上部を撮ってみないか。俺、ただ走ってるだけのヤツをどう撮っていいか、わかんねえし。

ただ走ってるだけ？　カチンときた気持ちが膨らむ前に、頭の中に良太の走る姿が広がった。繰り返し見た、母さんがカメラで撮った映像。それが、スッと高度を上げて、鳥の視点に変わっていく。重心のぶれない体幹の強さ、腕の振り……。

——撮りたいです！

「良太は特別に僕が撮ってやるよ」

思わずそう宣言したけれど、そこで議論が終了したわけではなかった。

おどけた調子でそう言って、ニッと笑ってみせた。

グラウンドに夜間照明が灯る。今日はまだこれから、どこか別の団体が使うのか。

「おおい、待たせたな」

村岡先生が市民グラウンドの事務所と僕たちのいる席の中間地点辺りまで走ってきて、声を上げた。部員たちもぞろぞろと更衣室に向かっている。

「荷物を取ってすぐに行くから、駐車場で待っていてくれ」

言われて立ち上がると、グウとお腹が鳴った。

「夕飯、なんだろ？」

良太が笑いながら僕を見る。村岡先生の家に招待されるのは初めてだ。

村岡先生の家は市民グラウンドから車で二〇分ほどの住宅街にあった。玄関ドアには、銀色の松ぼっくりと赤いリボンのついたリースがかけられ、案内されたリビングの一角にも、僕の身長くらいのクリスマスツリーが飾られていた。

村岡家の子どもは二人。五歳の女の子と三歳の男の子で、どちらも帰ってきたばかりの父親に、おかえりなさい、と言う前に、お兄ちゃんたちと晩ご飯を一緒に食べたい、とねだっている。

ダイニングテーブルの上には、ホットプレートを中心に、焼き肉の準備が整っていた。

「騒がしくなってもいいか？」

子どもたちを両腕に一人ずつ抱えながらそう訊ねる先生に、僕と良太は同時に、大丈夫です、と答え、二人で顔を見合わせて笑った。言葉にして確認したりはしないけど、きっと、教師ではなく父親の表情になっている先生を見て、良太も気持ちがほっこりと和んだのではないか。

部屋の片隅にリュックを置きながら、手土産を持ってきていたことを思い出した。白井部長に、村岡先生から取材の許可はもらえたのかと訊かれた時に、家に招待されたことを伝えると、準備してきてくれたのだ。

金の星形のシールで封をされた赤い紙袋を、先生の奥さんに渡した。

「アイシングクッキーです」

部長に教えられたまま伝えたものの、僕はそれがどんなクッキーなのかわからない。冷やして食べるのだろうか。

「そんな、気を遣ってくれなくていいのに」

「放送部の部長の……、手作りなので」

遠慮されたらこう言えと、まるで母親のように指導されていたものの、部長の「お母さんの」は何となく省略してしまった。

あらまあ、と奥さんは笑顔で封を開け、その顔をさらにほころばせた。子どもたちもやってくる。奥さんはリビングのガラステーブルに、クッキーを一枚ずつ並べていった。

かわいい、と子どもたちから声が上がる。

クリスマスツリー、サンタクロース、トナカイ、長靴、プレゼントボックス、それぞれの形をしたクッキーが二枚ずつ、色とりどりの砂糖らしきものでコーティングされている。それらが一枚ずつ透明の袋に入っていて、袋の頭には金色のリボンが輪っか状につけられていた。

「オーナメントになるのね」

奥さんはそう言って、子どもたちにクッキーをツリーに飾るよう促した。子どもたちから、クッキーを今すぐ食べられないことへの不満は出てこない。本物のお菓子を飾れることに興奮気味だ。

へえ、と感心しながら見ていると、村岡先生からもお礼を言われ、良太からも、なんかいいね、と褒められた。それを部長に報告するため、僕はツリーの写真を一枚撮らせてもらうことにした。

和やかな雰囲気は食卓にまで続き、遠慮せずに食ってくれ、と言う先生の言葉を額面通りに受け取り、良太や子どもたちと競うように肉をお腹いっぱい食べた。訪問の理由を忘れてしまうくらいに。

用件をちゃんと憶えてくれていたのは先生の方で、食後は、先生と良太と僕の三人でリビングに席を移し、奥さんがあたたかいカフェオレを淹れてくれた。

「良太が主役で、青海陸上部のOBであり、中学時代の顧問でもある俺が、良太について語ったり、応援メッセージを送ったりするわけじゃないんだな」

先生が念を押すように言った。

「はい。後輩である青海陸上部、駅伝メンバー全員に向けて、激励のメッセージをいただけたらと……」

用意してきた言葉ではあるものの、ためらいなく言えているか、自信がない。

先生は、メッセージか、と腕を組んで考え込んだものの、びしょびしょの裸の体にマントのようにバスタオルを巻き付けて風呂からあがってきた息子に、背後から思い切り跳びつかれ、しばしの父親タイムとなった。

良太は追いかけてきた奥さんからパジャマを受け取り、おもしろそうに眺めている。

——ちょっと、いいかな。

放送室での議論の中で、良太を主役にすることに異を唱える声が上がった。それが誰から発せられたのか、僕は一瞬、判断に迷い、消去法で翠先輩だとわかった。

翠先輩は地声もアナウンサーのようだと思っていたけれど、普段から意識してそういう声の出し方をしていたのだと、その時、初めて気が付いた。だけど、その後に続いたのは、いつものアナウンサー声だった。

――私も町田くんの目を通した陸上部という案は賛成。黒田くんは撮影を勧めたけど、私は自分に運動部の経験がないぶん、町田くんがどんなナレーション原稿を作るのかに興味があるし、この作品に関しては、ナレーションも町田くんがやった方がいいんじゃないかと思ってる。

さらに、ハードルを上げられた。先輩たちはみんな、僕を過大評価しすぎだ。しかも、今になって突然。僕が急に立派になったわけではない。そうか。これは、白井部長が語る僕への評価だ。他人の目を通過した僕。

僕の目を通過した陸上部、良太、村岡先生……。それを見て、評価する、大勢の、おそらく、陸上のことをあまり知らない人たち。なんだか、急にズシリと背中が重くなったような気分だ。

その重さを感じたからこそ、次に続く翠先輩の言葉に納得できた。

――誰かを主役にすることによって、レギュラー選考に影響が出てしまわないかな。補欠は山岸くんだけじゃないし。ほら、正月駅伝なんて、当日に走者の変更があったりするじゃない。誰が走るのか、大会当日までわからない。監督のひと声で決まる。そういう緊張感のあるところに、外部の私たちがスター選手を作ろうとしていいの？　ギフトイヤーかどうかは、全部が終わった後でわかるものなんじゃないかな。

正直、翠先輩が白井部長にここまではっきり意見するなんて、想像もしていなかった。

白井部長に反論できるのは蒼先輩だけで、でも、根本的なものの考え方は二人似ているから、最終的には、白井部長の意見が通る。それをあたたかく見守る翠先輩と、大らかで少し面倒臭がり屋の黒田先輩。二年生の四人は僕にはそんなふうに見えていたのに。

だけど、翠先輩の意見はもっともだ。

放送部が取り上げることにより、その対象にどんな影響が生じるのか。

――原島先生はそういうことに惑わされるような人じゃないと思うけどな。

つぶやくように答えたのは、なんと、黒田先輩だ。

――私も、自分でこんな言い方するのはナンだけど、放送部ごときの取材で、方針を揺るがすような部活なんて、少なくとも、この青海にはないんじゃないかと思う。

校内での放送部の存在感の薄さを、部長自らが認めている。これらの意見にも、僕は頷(うなず)くことができた。

だけど、ふと、僕の頭の中に浮かんできた光景がある。去年の、三崎中での、駅伝県大会の走者発表。そこで、名前を呼ばれなかった良太。本当の理由は後からわかるのだけど、その時は、代わりに選ばれた選手の家庭の事情が影響してそうなったと信じていたから、良太は割り切れない悔しさを味わった。

――あの……。

僕はおずおずと手を挙げた。

――原島先生が公平に選んでも、落とされた選手は、放送部のせいだと思うかもしれません。ダメだった時こそ、納得できる理由がほしいから。たとえ、自分の実力不足でも、他の要因を見つけてしまったら、落ち込んでいる時は、そっちのせいにしたくなるかも……。

言いながら、自分のズルさを感じた。僕が心配しているのは、そちらの立場の人ではない。良太がせっかくレギュラーに選ばれても、放送部が取り上げたからだ、中学時代の顧問が村岡先生だったからだ、原島先生と村岡先生は大学も同じで強い結びつきがあるからだ、などという声が聞こえてきたら、素直に喜ぶことができないんじゃないか。

自分が少しでも良太の足を引っ張ることになってしまうのが、怖かった。

意外にも、白井部長からの反論はなかった。確かにそうね、と頷くと、こんな提案をしたのだ。

——個人ではなく、まずは、駅伝メンバー全員を平等に取材させてほしいと依頼しましょう。ギフトイヤーかどうかは終わってみなければわからない。翠の言う通り。最初に的を絞り過ぎると、望む方向に事態が進まない場合に、収拾がつかなくなってしまう。だけど、まずは広範囲で追って、流れに沿って的を絞っていけば、どんな結果になっても、柔軟に対応できるはず。これでいい？

翠先輩が、それなら、と答えたので、僕も同意するように首を縦に振った。

白井部長は改めて、「夢を繋げ、過去から未来へ」というテーマに決定してよいかと、正也と久米さんにも確認し、長い、長い、議論が終わった。ホッと肩の力が抜けた。

にもかかわらず……、その時の僕は、自分の胸にモヤモヤと小さくわだかまっているものがあることに気付いたものの、その正体が何かまではわからなかった。ならば、帰り道、正也や久米さんに相談すればよかったのだけど、上手い訊き方すら思いつくことができなかった。

ああ、そういうことか。そんなふうに、モヤモヤの正体がわかったのは、家に帰って、自室で一人になってからだ。

陸上部に入りたくて、僕は青海学院を受けた。そんな憧れの場所に部員として参加することはできなかったけど、放送部員として取材のために足を踏み入れることができる。なのに、ワクワクしないのだ。黒田先輩から撮影の提案をされて、撮りたい！　と僕が思ったのは、良太の走る姿であって、他の部員たちではない。駅伝メンバー全員にスポットを当てるなら、別に、僕の目を通す必要はないんじゃないか。

そう考えて、大きくため息をついたところに、白井部長からＬＡＮＤでメッセージが届いた。放送部のグループではなく、僕個人宛に。

『町田は山岸くんと村岡先生の取材に専念してください』

僕のモヤモヤの正体を、部長は僕より先に気付いていたということか……。

とはいえ、駅伝メンバー全員を平等に取り上げるという態で、良太や村岡先生に取材の依頼をするのは難しいし、本当に知りたいことを訊いていいものか迷うし、何より、本人たちに対して、騙していているような気もしてうしろめたい。

「よし、完了！」

パジャマの上着の裾を全部入れて、ズボンを臍の上まで上げてから、村岡先生がおしりをポンと叩くと、男の子はボールみたいに飛び跳ねながら、リビングを出ていった。

「すまん、話の途中に」

先生は真顔に戻り、僕の方に体を向けて座り直した。

「ところで、このドキュメント作品だっけ？　の、核になるテーマは何なんだ？　青海陸上部が全国大会に出場するのはめずらしいことじゃないし、他に活躍している部活動もたくさんあるだろう。どうして、陸上部を取り上げることになったんだ？」

村岡先生は、良太がレギュラーに選ばれたら、一年生レギュラーが自分以来一五年ぶりとなることを、知らないのだろうか。でも、そこが核だと気付かれても困る。

どう答えたものかと考え、そうじゃないんだ、と気付いてしっかりと先生を見返した。

「それは、僕が中学時代に陸上部で、駅伝の選手だったからです」

うん？　と眉を寄せる先生と同じように、良太の顔も険しくなった。そんな二人に、僕は白井部長が僕についてみんなの前で語ったことをかいつまんで説明した。

「圭祐は、それを自分でちゃんと納得して、引き受けたんだな？」

先生がさらに強く念を押すように訊ねる。

「はい。陸上に、競技者とは別の視点で向き合えるんじゃないかと思って。あと、これから先の、陸上との関わり方を考えるチャンスを与えられたような気もして」

白井部長は僕のためにこのテーマを提案したんじゃないだろうか。というのは、考え過ぎか。

「なるほど。俺は、競技者以外の陸上との関わり方として、指導者しか思い浮かばなかったけど、陸上競技を伝える、という向き合い方もあるんだな。よし、しっかり取材してくれ。俺に答えられることなら、なんでも話すぞ」

胸を叩く先生に、僕の頭は自然とさがり、お礼の言葉が流れ出た。村岡先生ならこうやって快く引き受けてくれるだろうと、想像すればわかることなのだから、質問用紙もちゃんと作ってくればよかった。この場で一つくらいかっこいい質問を思いついてもよさそうなのに、それも難しい。

ニュース原稿を書くなんて、やはり、僕には無理なんじゃないか。それは措いといて。

村岡先生の前で取り繕うのはあきらめた。

「取材原稿はこれからちゃんと作ります。実は、このテーマをやりたいと思ったのは、陸上に向き合うとかそういうのは後から考えたことで、陸上の動画を撮ってみたいと思ったのがきっかけで、原稿の方はなかなか……」

頭を掻くしかない。

「そうだ、圭祐、先生にあの動画を見てもらったら？」

助け舟を出すように、良太が声を上げた。

あの？　と首を傾げる先生に、僕はスマホの動画ページを開いて差し出した。

「今、ドローン撮影にはまってるんです」

　再生ボタンを押す。

「おお、すごいじゃないか、これは」

　村岡先生は僕の手からスマホを取り、近づけたり、遠ざけたりしながら、うおっ、とか、ほほう、などと感嘆の声を上げだした。そのはしゃぎっぷりは、教師でもなく、父親でもない。僕たち高校生や、もっと小さな子どものようにも見える。

「他のも見ていいか」

　先生は画面から目を離すことなく訊ねた。どうぞ、と答える。

「これは、ラジコン飛行機のように操作をするのか？」

「いや、僕、ラジコンで遊んだことがないので」

「そうか……。俺も近所の友だちが持っているのを、少しやらせてもらったくらいだけど、楽しかったなあ」

　言いながら、先生は動画をどんどん再生していく。

「うはあ、これはたいしたもんじゃないか」

　先生が興奮したように言った。良太の例があるので、察しがついた。覗（のぞ）いてみると、案の定、黒田先輩が撮ったラグビー部の動画だった。

「これは、二年の先輩が撮ったんです」

　僕は冷静に伝えた。

そうか、と先生は僕の方を見て、やっと、スマホをテーブルの上に置いた。

「それにしても、今時の高校生はドローン撮影までするんだな。まったく、ハイテクな時代になったもんだ」

「使い始めたのはつい最近なんです。三崎ふれあいマラソンの景品で当たって」

「あれか！」

先生が手を打つ。ドローンが当たった瞬間の抽籤会場にいたらしい。

「確か……、あの子、五本松中の久米だ。なるほど、青海に行ったんだな。せっかく、特賞を当てたのに、放送部に譲ってくれたのか？」

先生の質問に僕は五秒ほど考え込んだ。

「久米さんは陸上部じゃなく、僕と同じ放送部なんです。だから、ドローンの所有者は一応久米さんで、動画も、基本、久米さんのスマホで撮って、転送してるんです」

「なるほど」

「でも、先生、他の中学の陸上部員の名前も憶えているんですね」

「全員じゃないけどな。確か、久米は走り幅跳びをしていたけど、何かで走っているところを見て、長距離向きじゃないかと思ったこともあって、憶えていたんだ。マラソン大会で表彰されているのを見て、やっぱり、俺が見立てた通りだったなと思ったんだが……、そうか、放送部か」

先生の表情に残念そうな気配が窺える。もし、久米さんが三崎中だったら、などと考えてしまう。

「まあ、五本松中は松本きょうだいを中心に、長距離選手の層が厚かったからな。種目ごとに各学校のエントリー数も決まっているし、確実に試合に出られる種目を選んだんだろう」

五本松中は陸上の強豪校だ。松本きょうだい、にも憶えがあった。僕より一つ年上の兄と、僕と同い年の妹で、表彰式の時にはいつも上位で名前を読み上げられていた。おまけに二人とも、見た目もモデルのようにかっこよかった。

「松本兄の方は、俺の先輩です。妹は青海に入らなかったみたいだけど」

良太が補足するような感じで言った。

「そうか……。ところで、陸上部の動画はないのか？」

村岡先生は再び、僕のスマホを手に取った。

「残念ながら」

「でも、今度、俺、圭祐に走っているところを撮ってもらうんです」

良太が自慢するように言った。

「それはいいな。取材の時でいいから、三崎中の後輩も撮ってやってくれないか」

村岡先生がそう言うと、良太はどのアングルから撮るのがフォームの確認にいいかと訊ね、僕もしっかり聞いておかねばと、気持ちを集中させた。

良太と一緒に、村岡先生から陸上の指導を受けている。もう二度と、そういう日は戻ってこないだろうとあきらめていたのに。

クリスマスイブでもあり、終業式でもあるその日の部活は、冬休み中のスケジュール確認だけで、一時間にも満たずに終わった。

その後、約束通り、正也と二人でカラオケ店に向かったわけだけど、一度学校を経由する遊び場など限られているのか、空室待ちで並んでいるのは青海学院の生徒ばかりだった。しかも、僕たちのすぐ前に並んでいたのは、なんと二年生の先輩たちだった。一人足りないけれど。

「翠先輩は一緒じゃないんっすか？」

正也が白井部長に訊ねた。

「うん。他に約束があるって。そっちこそ、久米ちゃんは？」

「久米さんも先約があるみたいで。あっ、彼氏じゃなくて、友だちみたいっすよ」

何故か、正也は後半、黒田先輩の方を向いて言った。先輩はまったく気にしているふうではないのに。

「そう。で、あんたたちには女の子からのお誘いはなかったわけね」

「このメンバーで来ている部長に言われたくないっすよ。ていうか、どっちかと付き合ってるんですか？」

平然と訊ねる正也に感服だ。どっちだ？　と興味津々で男子の先輩二人を見ると、どちらもが、ないない、と言いながら首と片手を大きく横に振った。

「どう考えたって、ないでしょ」

白井部長が念を押すようにきっぱりと言い切った。

結局、カラオケも五人で一室を借りることになり、そうなると、カラオケルームは狭くなった放送室みたいなものだった。飲み物を注文し、それぞれが曲を入れ、トップバッターの蒼先輩が人気グループの新曲を歌い始めると、白井部長はとなりに座る僕に、距離をつめるわけでもなく、普通に話しかけてきた。

「村岡先生に取材の返事はもらえた？」

「はい。何でも訊いてくれって。あと、部長に持たせてもらったクッキーも、奥さんや子どもたちにすごく喜んでもらえました」

僕はスマホを出して、先生の家で撮ったクリスマスツリーの写真を部長に見せた。

「すごいですよね。本物のクッキーを飾れるなんて」

「ああ、そうね……。喜んでもらえたのなら、よかったわ」

部長はそっけない口調で答えた。僕は、アイシングクッキーとは結局、砂糖のコーティングのことを指すのかとか、訊いてみたいこともあったけど、クッキーに関してはそれ以上触れないことにした。

料理が得意なお母さんと、クッキーすらまともに作れない部長。単純に、お母さんに教えてもらえばいいのでは、と思うものの、部長がそうしていないということは、何かしらの理由があるのだろう。とはいえ、手土産にお母さんの手作りクッキーを持たせてくれるくらいだから、深い確執があるわけではなさそうだし、僕が追及することでもない。

誰にだってコンプレックスはある。

蒼先輩の歌が終わった。点数が出るようで、結果は八五点。もっといくと思ってたのにな、と言う声はそれほど悔しそうではない。次の曲のイントロが流れ出した。

「これ、私」

部長が立ち上がってマイクを手に取る。まさかの、いや、部長ならこちらの方がしっくりくる、洋楽だ。発音もきれいだし、音程も正確だし、声もいい。

得点は九八点。クッキーがうまく作れないことなど、そりゃあ、どうでもいいに違いない。

二時間歌って店を出た後も、五人で一緒に行動している。

黒田先輩が家電量販店に行ってドローンを見たいと言い出し、みんなで向かうことになったのだ。二年生の先輩たちとクリスマスイブを過ごすなんて、夏前には想像すらできなかった。

「声はいいのにな……」

白井部長が僕のとなりでつぶやく。僕の歌が期待に添えなかったせいだ。一番自信がある曲で、八一点。高校に入り、やたらと声ばかり褒められ続けて自分でも気付いていなかったけれど、僕はどうやら音程を正確に取るのが苦手なようだ。

「もったいない……」

いっそからかってくれればいいのに、割と真剣に考え込まれ、僕は落ち込む一方だ。

「翠は一〇〇点出したことがあるのにな……」

さらに、追い打ちをかけられる。

「そうだ。翠先輩って、今日はデートなんすかね」

正也がふと思いついたように言った。僕への助け舟ではなさそうだ。

「なに、宮本。翠のことが気になるの？」

蒼先輩が冷やかすように訊いた。正也に動じる様子はない。

「いえ、普通にどうなのかなと思って。だって、知りたくないですか？　自分の周りの人のこと。プライバシーに踏み込んじゃいけないけど、できることなら、履歴書を埋めていきたいというか」

「履歴書？」

「脚本を書く際に最初に作る、登場人物の履歴書みたいなものです。実際にそういうシーンが出てこなくても、趣味とか得意なこと、苦手なことなんかを決めておくと、台詞(せりふ)を書く時でも、この人物ならこういう言い方はしないなとか、こういう行動を取らないなとか、動きが見えてくるんです」

「すごいな脚本家。じゃあ、俺が『ケンガイ』で演じた意地悪クラスメイトBにも、特技とかあんの？」

「ああ、あいつはバスケ部です」

正也はまるで実在する人物のようにさらりと答えた。

「おもしろい。宮本の頭の中には俺の履歴書もあるわけだな？」

「一応……」

「そうか。翠の履歴書を埋めるのに、ひと役買いたいところだけど、残念ながら俺も知らないんだ。今日がデートかっていう以前に、彼氏がいるかどうかも」

「そんなに気になるなら、明日、本人に直接訊けばいいじゃない。昨日は誰と会っていたんですかって」

白井部長が割って入った。

「それより私が気になるのは、宮本、あんた、久米ちゃんのことどう思ってんのよ」

僕が越えられなかったハードルを、白井部長はひょいと越えた。

「え、あ、う……」

正也は耳たぶの先まで赤くして、うろたえている。

「自分のことは話せないくせに、他人の履歴書を埋めたいなんて、まだまだ修行が足りないんじゃない？」

軍配は確実に白井部長に上がった。僕は正也へのなぐさめの言葉を探すように、視線を少し遠くにやった。と、向こうからやってくる男ばかりのグループの中に、知った顔を見つける。

同じクラスの堀江(ほりえ)だ。こちらを向いたので、片手を上げようとしたら、頭を深めに下げられた。が、視線は僕の方にない。

「こんにちは」

その声も僕の前を素通りした。

「よっ」

軽く返したのは、黒田先輩だった。それから、堀江はすれ違いざまに僕に手を振ってくれ、僕も同様に返した。

知り合いですか？　そんな顔を黒田先輩に向けてしまったようだ。

「中学の時の後輩なんだ」

そう言われた。ほぼ同じメンバーが持ち上がる中学までとは違い、高校は、特に私立だからか、色々な中学から集まってきているぶん、誰がどこの中学出身かだなんて、よほどのことがなければ確認しようと思わない。

久米さんが五本松中だったことでさえ、村岡先生の家で初めて知ったくらいだ。

「先輩たちはみんな、同じ中学出身っすか？」

正也が訊(たず)ねた。これなら、自分のことでも堂々と答えられる。

「中学どころか。私たち三人は幼稚園から一緒よ」

白井部長が答えた。なるほど、と納得できる距離感だ。

「宮本と町田はいつから仲がいいの？」

「圭祐とは同じ中学だけど、初めて口をきいたのは、高校の入学式の日っす」

「へえ、そうなんだ。一緒にいる年数が、繋がりの深さと比例するわけじゃないってことね」

　部長はさらっと言ったけど、僕は部長の目から、正也と僕がそういうふうに見えていることがなんだかとても嬉しかった。

　中二までサンタクロースの存在を信じていた白井部長に、現実を突きつけたのは蒼先輩で、以来、ジングルベルが流れてくると、部長は蒼先輩の背中をとび蹴りしたい衝動にかられる。そんな話を笑いながら聞いているうちに、家電量販店に到着した。

　こんな田舎にもあるのかな、などと言い合いながらデジタルカメラやカメラの棚の前を通りすぎると、狭いながらも確かに、ドローンが並んだコーナーがあった。だけど、僕はドローンよりも、その前に立つ見憶えのあるうしろ姿の方に釘付けになった。

「先生！」

　驚いた顔で振り返り、照れ笑いを浮かべるのは、やはり、村岡先生だった。

「動画を見せてもらって以来、自分でもほしくなってな。買い物ついでに寄ってみたら、思ったより安いんで、今日、買ってしまおうかと検討していたところなんだ」

　奥さんと子どもたちはキッチン家電のコーナーにいるという。どうやら、手作りクッキーに触発されたらしい。

ドローンは大小合わせて五機並んでいて、一番安いものだと一万円以下だ。僕でもお年玉で買えるじゃないかと、ドローンが気になりながらも、まずは、先生と先輩たちに、互いを紹介することにした。

目の前にいるのが村岡先生だと知り、白井部長は背筋を伸ばした。

「このたびは取材を受けてくださり、ありがとうございます」

先生が恐縮するほど、深々とおじぎをしている。

ドローンですごい動画を撮ったのはこの先輩だと、黒田先輩を紹介すると、先生はおどけた様子で、師匠！　と呼びながら握手を求め、黒田先輩もテレた様子でその手を握り返した。

「やっぱり、自分で買わずに、ドローン撮影もプロにお願いしようかな。取材を受けるのは恥ずかしいが、どんな作品が出来るのか期待しているからな。それで、全国に行ってくれよ」

「はい！」

ひときわ大きな声で返事をしたのはやはり白井部長だった。

こうして、自然とみんなが集まることができたのも、クリスマスプレゼントのようなもので、作品づくりもきっとうまくいくに違いない。

第4章　CUEシート

年が明け、全日本高校対抗駅伝大会まであとひと月を切った。

陸上部員がそれぞれ抱負を語る個別取材などは、年内に終わらせている。

テレビドキュメント部門のテーマ決めミーティングの時は、僕が企画、撮影、ナレーションを中心になって担当するような流れになったものの、蓋を開けてみれば、主導権を握っているのは二年生の先輩たちだ。

企画は白井部長、撮影は黒田先輩、ナレーションやインタビューは翠先輩。蒼先輩は編集作業を担当する。

若干、肩すかしをくった気分になったけれど、文句や不満はない。先輩たちはみんな、行動は早いし、下調べや準備にも抜かりがない。そんな、真剣な姿を見ていると、とてもじゃないけど、自分がそれ以上のクオリティで取り組めるとは思えない。

白井部長は今や駅伝マスターだ。「ねえ、町田。全日本高校対抗駅伝大会の大会理念についてなんだけど……」などと質問されても、そもそも、どこにそんなことが記されているのかもわからないし、読んだところで、僕に部長以上の何が読み取れるというのか。

とはいえ、どの仕事に対しても、僕は優秀な助手としては役に立てているような気がする。それで充分。いや、むしろ、それくらいの位置にいて、来年、ちゃんと自分が後輩を引っ張ることができるよう、学んだ方がいい。

スマホにLANDのメッセージが届いた。久米さんからだ。

『スタートしました』

『了解』と返信する。

青海学院陸上部駅伝チームの今日の練習の起点は、県の山間部にある「県民の森広場」だ。今まさにそこを出発して公道に出て、アップダウンを三キロ繰り返した先にある、僕のいる牧場のゲート前を通過するコースを走る。

僕はミラーレス一眼カメラを持って待機している。一般開放していない牧場なので、広場には複数いた休日を楽しむ地元民らしき姿もここにはなく、僕は一人で立っている。正也にでもついてきてもらえばよかった。

それか、車で送ってもらえば。学校から車で一時間弱かかる広場まで、陸上部は部専用の車（ほぼすべての運動部に専用の小型バスがある）で来ている。そして、僕たちのために車を出してくれたのは、顧問の秋山先生だった。放送部員全員が乗れるように、普段乗っている軽自動車ではなく、実家から八人乗りのバンを借りてくれたらしい。

初めて顧問らしいことをしているところを見た。自分の脳がそう感じたのに、なぜか頭の中で再生されるのは、引退した三年生の先輩たちの声だった。

送迎以外何の役割もない先生は退屈そうにベンチに座っていたので、頼めばすぐに応じてくれたはずなのに、広場を出る時の僕にその発想はなかった。

――牧場まではすぐなんで。

ドローンを準備していた黒田先輩に笑ってそう言い、僕はカメラのバッグを肩にかけて広場を出た。

たいした速度ではないけれど、歩くペースは徐々に速くなり、気が付けば下り坂を走り出していた。息が上がり、足を止める。だけど、すぐに走り出す。登り坂でも走る。また息苦しくなる。

三キロって、こんなに長かったっけ？

ほんの一年前に挑んだこのコースは、こんなにハードな道のりだったっけ？

本番を間近に控えた陸上部が練習場所に選んだのは、全国中学駅伝の県予選大会のコースだった。行くと決まってからはなんとなくそわそわし、だけどそれは、三崎中陸上部の練習場所でもある市民グラウンドを久しぶりに訪れた時とさほど変わらない程度のものだった。

だから、油断していたのかもしれない。胸がギュッと締め付けられる感覚を意識しながらも、懐かしさに駆られて走ってしまい、自分が失ったものを改めて思い知らされる。

実際に僕が大会で走ったのは、牧場前から山の麓（ふもと）、市街地の外れにある材木工場前までで、もう少しゆるやかなコースではあったのだけど。

ここでタスキを受け取って……。

感傷に浸っている場合ではない。蛇行した坂道の向こうにすっかり見慣れたユニホーム姿が現れた。慌ててカメラを構える。

先頭は三年生、桂木(かつらぎ)先輩。県大会でアンカーを務め、青海学院を全国大会に導く立役者となった一人だ。正月駅伝常連の陸上強豪校に進学が決まっていて、高校最後の大会を大学での活躍のステップになるものにしたい、と放送部の取材にも、熱く真摯(しんし)に答えてくれた。

空気の抵抗を感じさせない、流れるような良太のフォームと違い、一歩一歩が力強い。

——俺の武器は足首の硬さなんだ。

取材の後、白井部長から、具体的にどういうこと？　と、その発言の解説を求められたものの、僕にも上手(うま)く答えられず、今日改めて本人に訊(き)くか、原島先生に教えてもらうことになっている。

二位もレギュラーの三年生。カーブを曲がり切り、選手たちの全身を正面からカメラに捉(とら)えることができる。三位も三年生。そしてそのうしろに、良太が続いている。

いけ、良太！　と心の中で声を上げる。

その背後に見えるのは、二年生の松本兄だ。同じ学校に妹はいないのだから「松本先輩」でいいのに、中学時代の通り名がやはり先に出てきてしまう。

個別取材を通じて驚いたのは、中学時代に表彰台の常連だった松本兄が補欠だということだ。ケガ等の不調があるとは聞いていない。自己ベストは直近の大会記録だ。つまり、成長が止まったり、後退したわけではない。それほどに、青海学院の選手層が厚く、レギュラーに選ばれるのは容易ではないということだ。

他にも、二年生を中心にそういった選手はたくさんいて、全国大会のレギュラーも、エースが抜けた一枠に、良太が謙遜しているのではなく、本当に誰が選ばれるのかわからない状態であることを知った。

交通事故に遭わず、陸上部に入れていたとしても、卒業まで補欠が約束されたような場所で、僕は泣き言をこぼさず、腐らず、続けることができていただろうか。取材直後にはそんなことを考えた。

自分の実力を思い知り、勉強を言い訳にして逃げるように陸上部を去った後で、放送部に出会えただろうか。もしかすると、正也は声をかけてくれたかもしれない。だけど、僕は少しでも興味を持とうとしただろうか。部活動そのものに背を向け、放送室に足を運ぶこともなかったかもしれない。

半分は自分への言い聞かせ。半分は本心だ。

放送部に出会えてよかった。

トラック練習のドローン撮影は僕が担当した。動きを予測できないサッカーやラグビーといった球技と違い、被写体となる選手を常に撮りたい角度から画面に収めることができた。

他の運動部の部員と同様に、陸上部員も動画に興味を持ち、食い入るように見ていた。疲れてきたら頭が少し右に傾いてくるな、とか、うしろへの腕の振りをあと一〇度広げることを意識しよう、などと意見が出ているのを、僕もメモを取りながら聞いていると、陸上部の戦力になれているようで嬉しかった。

──ドローンで撮った動画で動きを分析するなんて、実業団の選手にでもなったみたいだよ。すごいな。

良太は僕が転送した動画を暇さえあれば見ているのだと言う。

カメラを構え直した。

そういえば、一年前、母さんもここでカメラを構えていた。息子がタスキを受け取り、駆け出す姿を撮るために。

当日、駅伝のコースは車両通行止めとなっており、見物人の並走も事前に禁止の通知が各学校に届いていたため、応援にやってきた保護者たちは、各自でカメラを持ち、数百メートルおきに離れて自分の持ち場を撮影することになっていた。それらを編集してスタートからゴールまでまとめたDVDを、僕は見ていない。

トップを走る桂木先輩が目前まで迫ってくる。ここがゴールではない。全国大会の区間最長距離となる一〇キロを駅伝メンバー全員が走るらしく、ここからさらに二キロ先の地点に折り返しポイントを設け（陸上部のマネージャーが待機しているらしい）、広場まで戻っていくコースとなる。

風が吹いた。いや、桂木先輩が僕の目の前を走り抜けたのだ。次いで、二位の選手、三位、そして、良太、松本兄、また三年生……。

次々と風が僕の眼前を吹き過ぎていく。何だ、これは。

また風が。僕の前を一人通り過ぎるたび。

知らない感触じゃない。むしろ、よく知っている。だけど、違う。

この風は、かつて、僕が真正面から受けていたものだ。

僕のおでこはまあまあ広い。母さんは「優秀そうに見えていいじゃない」と、まるで、私から受け継いだものをありがたく思え、といった口調で言うけれど、僕としてはやはり隠しておきたいところなので、散髪に行ってもなるべく前髪は長めに残してもらい、おでこが隠れるようにおろしている。

だけど、走れば、おでこ全開だ。だから、それをカバーする鉢巻が好きだった。そんなこと、すっかり忘れていた。もちろん、強風時には同じ現象が起きる。でも、ただ受けるだけの風と、自分が起こす風とではまったく違う。

爽快(そうかい)さがまるで……。

僕の頬をしずくが伝った。これは、涙か。よかった、全員が通過した後で。放送部員が近くに誰もいなくて。

取り繕う相手などいないのに、目にゴミが入ったのだとアピールするかのように、フリースの袖口(そでぐち)で目を押さえ、カメラをしっかりと構え直す。撮影に集中しろ。

トップを維持したままの桂木先輩は僕の予想よりもはるかに早く姿を現した。三〇〇〇メートルを九分。そんな目標はとっくに通過した人たちなのだ。

カメラに集中する。レンズ越しに被写体を捉える。二位も通過する。三位は……、良太だ。そのうしろに張りつくように松本兄。二人分の風が通り過ぎていく。頑張れ、良太。松本兄を引き離せ、というか……。

なんで、僕はレンズのこちら側にいるのだろう。

陸上部員全員が通過した後で、カメラをケースに仕舞い、広場に向かった。もう、脚が勝手に走り出すこともない。だらだらと歩く。

三キロは長い。

広場の入り口に正也と久米さんが立っていて、僕の姿を見つけると、二人で大きく手を振ってくれた。僕が一人で泣いていたんじゃないかと案じて……、というわけではないだろう。僕自身でさえ予想がつかなかったことなのだから。

少し速度を上げると、お腹が鳴った。時間を確認しようとスマホを取り出すと、正也からＬＡＮＤのメッセージが届いていた。

『昼メシだぞ～』

五分前に送信されたものだ。それでお迎えか、と合点がいき、僕は二人のもとに走って向かった。

今の僕にとっては精一杯のスピードなのに、おでこが全開になることはない。

広場では二年生の先輩たちも、昼食を取らずに待ってくれていた。その向こうでは、陸上部がすでに食事を始めていた。いつから来ていたのか、保護者らしき人たちが数人集まっていて、アウトドア用のテーブルと椅子が用意され、その上に、大きなタッパーに入れたおにぎりやから揚げなどが並べられている。

その中に、良太のお父さんの姿も見えた。

一年前に、村岡先生と共に、良太のためにひと芝居打ったお父さんは、県大会で息子を走らせないことに、きっと、一〇〇パーセント賛同はできていなかったはずだ。大会の後、やはり走らせておけば、と悔やんだかもしれない。だけど今は、そうしてよかったと村岡先生に感謝しているに違いない。

息子が走っているのだから。全国大会に向けて。

放送部のエリアには大きなブルーシートが敷かれていた。

「放送室のロッカーで見つけたんだ。なかなか用意がいいだろ」

蒼先輩が得意げに笑った。放送室と同じ並びで円形になって座り、僕はリュックからコンビニの袋を取り出した。白井部長以外はみんな、冬休み中まで弁当を作ってもらうのは母さんに申し訳なく、そうしたのだけど、白井部長はどこかで買ってきたものだった。

「よかったら、これも食べて」

白井部長は大きな紙袋を引き寄せて、中から箱を取り出した。ラップにくるまれた黄色い筒状のものが並んでいる。海苔の代わりに卵で巻いた洋風巻きずしといった見た目だ。

一本ずつ配ってもらうと、ご飯はチキンライスで中央にエビフライとレタスが入っていることがわかった。

黒田先輩が早速かぶりついた。

「うまい。わざわざ俺たちのために作ってくれたのか？　その、お母さんが」

「次の料理教室の試作品だから。ついでに言っておくと、巻いたのは私よ」

おおっ、と正也が感心した声を上げた。僕も改めて手元を見る。卵もやぶれていないし、具もちゃんと中央に収まっている。ひと口かじってみると、味もさることながら、かためられたご飯の具合もちょうどいい。

「あーあ、弱点克服か」

言葉とは裏腹にまったく残念そうな様子もなく、蒼先輩もおいしそうに食べている。

「タルタルソース、おいしい。レシピ欲しいな」

翠先輩も大きな口を開けてかぶりついている。

みんないい人たちで、楽しい。うん、楽しい。

僕も何か感想を言わないと、と思いつつ、頬張り過ぎて、なかなか口の中がカラにならない。そこに、秋山先生がやってきた。

「よかったら、これ」

そう言って、ブルーシートの端に先生がそっと置いたのは、「パンダパン」の袋だった。一五センチサイズのフランスパンのサンドイッチが、多分、一人二個分くらい入っている。

「先生も一緒に食べませんか？　洋風恵方巻き、先生のもあるので」

背を向けようとする先生に声をかけたのは、白井部長だ。えっ、と、とまどった様子の先生のために、蒼先輩と黒田先輩が体をうしろにずらして、一人分のスペースを空けた。じゃあ、と先生は遠慮がちに座る。

誘ったものの、先輩たちは先生に何か話しかけることはなく、無言の空気が流れた。それを打ち破るように、正也が先生の持ってきた袋からサンドイッチを取り出し、中央に並べながら、それぞれの具の解説を始めた。

僕と正也以外は「パンダパン」は初めてらしく、先輩たちは、きんぴらごぼうなどサンドイッチの具材としては少し変わったものに対して、おいしそう、とか、合うのか？といった声を上げ、再び場が賑（にぎ）やかになった。

僕は麻婆（マーボー）ナスのサンドイッチをもらった。新商品らしく、食べるのは初めてだ。

「うまっ」

声を上げた直後に、唐辛子の刺激が遅れて口の中に広がり、むせてしまう。それをみんなに笑われ、俺は大丈夫、と豪語しながら同じものを食べ、同じ反応をした黒田先輩に笑わされ、やっぱり僕のおすすめはピーナツバターだ、と「パンダパン」のピーナツバターが市販品といかに違うのかを力説するうちに、ほんの半時間前に胸の内に生じたモヤモヤというか、ムズムズとした気持ちは消えていった。

「先生！」

いきなり、白井部長が黙って恵方巻きを食べていた先生に声をかけた。先生はまだ口に残っていたご飯をこぼさないようにしながら、はい？　と答える。

「本当は何部の顧問になりたかったんですか？」

先生が答えないのは、口の中のものを飲み込み切れてないから、ではないはずだ。自分にされた質問ではないのに、僕までドキッとしてしまった。ふいうちで、手りゅう弾を投げ込まれた。たとえるなら、そんな感じか。

秋山先生は膝（ひざ）の横に置いてあったペットボトルのお茶を飲んで、部長の方を向いた。

「放送部で貴重な経験をさせてもらってるな、とは思ってるけど、赴任時に希望を出したのは、陸上部。中・高とやっていたから」

「陸上！」

弾んだ声を出した白井部長とは裏腹に、まったく予期していなかった答えに僕は口をあんぐりと開けた。

「専門は何ですか？」

訊（たず）ねたのは、久米さんだ。

「ハードルよ」

「じゃあ、短距離部門ですね」

久米さんは嬉しそうだ。

「一〇〇メートルの自己ベストは？」

黒田先輩が訊ねた。

「一二秒八」

かなり速い。続けて黒田先輩が学生時代の大会結果を訊いた。ハードルで県大会三位だったと、遠慮がちだった先生も、どんどん積極的に話し出した。とはいえ、国語の授業は毎回こんなハキハキとした話し方だ。体育会系の部活動だったと充分納得できるくらいに。

Jコン一〇年連続全国大会出場というプレッシャーがなければ、三年生の先輩たちだってもう少し先生と打ち解けることができたかもしれない。

「私たちが知らない陸上部ネタって何かありますか？」

白井部長が訊ねた。常に作品制作が頭の片隅にあることを、もっと見習わなければならない。

「うーん、ネタってわけじゃないけど、ハードルの練習に一〇円玉を使うのは、町田くんなら知ってるかな？」

みんなに注目される中、僕は首を横に振った。それよりも、僕が陸上経験者だということを先生が知っていたことの方が驚きだ。

「もしかすると、うちの部オリジナルの練習方法かもしれない。ハードルに当たらないすれすれの高さに脚を上げる練習として、ハードルの上に一〇円玉を載せて、それを落とさないように脚の上げ下げをするの」

へえ、と数人から同時に声が上がった。質問した部長だけでなく、みんなが興味深そうに聞いている。続く、蒼先輩からの質問で、先生が青海学院の卒業生であること、在校期間は重なっていないけれど、原島先生や村岡先生の後輩に当たることを知った。

「じゃあ、あれも原島先生に訊きに行かなくても、秋山先生に教えてもらえばいいのか」

白井部長が僕の方をちらりと見る。

「足首の硬さのことですよね」

答えると、正解と言うように大きく頷いて、部長は秋山先生に「足首の硬さが武器」とはいったいどういう意味なのかと訊ねた。

「そもそも、足首が硬いってどういうことですか？　関節の柔軟性ですか？　それとも、骨の強度とか？」

質問を補足するように蒼先輩が訊ねた。

秋山先生は恵方巻きのラップを丸め、膝を払って立ち上がった。

「みんな、これ、できる？」

先生は両手を前に出し、両膝をつけて立ち、両足の裏を地面にぺったりとつけたまま、膝を曲げて深くしゃがみ、立ち上がった。

「小学生の時から四月になるとやらされる運動器検診の一つですよね」

白井部長が、これしき、といった様子で立ち上がり、その場で先生と同じ動作をした。

二年生の先輩たちが続き、正也と久米さんも少し遅れて、軽々とその動作を行った。

こうなると、僕もやらないわけにはいかず、ゆっくり立ち上がり、左膝を確認してから腰を下ろしたものの、しりもちをついてしまう。

「町田は無理しなくていいって」

白井部長に言われ、僕は照れ笑いを浮かべながら、左脚を伸ばして座った。実は、僕がしゃがめないのは事故で痛めた膝のせいではなく、そのずっと前からだ。運動器検診では少しかかとを上げてズルをすることもあったけど、そこで引っかかったからといって、病院に行くようにといった指導を受けるわけでもなく、足首のストレッチ法がイラスト付きで描いてあるプリントを渡されるくらいだ。

「これが苦手な人が、一般的に、足首が硬いって言われるの。和式トイレにしゃがめないとか、ケガをしやすいという問題があるから、欠点のように取られがちなんだけど、近年、足首の硬さが足の速さに繋がるといった論文が発表されるようになって。特に、このことが大きく知られるようになったのは、鴨志田選手が、自分の武器は足首の硬さだ、って公言してから」

一〇〇メートル走の日本記録を持つ陸上選手だ。

「鴨志田選手もしゃがむのが苦手だって、雑誌のインタビューで答えていたわ」

「硬いの意味はわかったけど、そこから生じる利点って何ですか？」

　白井部長が訊ねた。

「硬いバネと柔らかいバネをイメージしてみて。同じ強さで地面に押しつけた時、どっちがよく跳ねる？」

「なるほど。地面から跳ね返る強さか」

　いち早く納得した声を上げたのは蒼先輩だ。とはいえ、理系科目が苦手な僕でもこれくらいなら理解できる。

「速く走ることに関しては足首が硬い方がいいと、まだ断定はされてないけど、いろいろな分析はされているみたいで、短距離だけでなく、五〇〇〇メートル走においても、足首の硬さによる効果がいくつか実証されているみたい」

　それは、僕の足首も武器だった、ということだろうか。

「こういうのも、作品に入れたらおもしろそうね」

　白井部長の声が聞こえたものの、僕に言ったのか、全員に提案したのかわからないまま、はい、と、はは、が混ざった、同意しているのか愛想笑いをしているのか判別しがたい返事をした。

　午後からは、広場に併設されている陸上競技場でのトラック練習だった。

　四〇〇メートルトラックを四周半走った後、ラスト二〇〇メートルを全力でダッシュする。一〇分休憩して、同じことを行い、また一〇分休憩して、三たび同じことを繰り返す。三崎中では「地獄の二キロ×三」と呼ばれていた。

ここでは、僕がドローン撮影を担当することになった。リモコンを操作する僕の横で正也がトラックを眺めながら、うへえ、と声を上げている。

「かなりのスピードで走ってんのに、さらにダッシュとか、ありえねえ」

二回目のダッシュが一番キツいんだよな、と心の中でつぶやいた。この練習になると、一年生の頃は、陸上部に入ったことを後悔した。二年生になると、早く引退したいと思い、三年生になると、高校では絶対に陸上以外の部活に入ってやる、と脳内の血液をバクバクさせながら頭の中で叫んでいた。

その通りになったのに、どうしてまた胸がムズムズしてしまうのだろう。大好きなドローン撮影をさせてもらっているのに、自分がやりたいのはこっちじゃない、なんて思ってしまう。


帰りも、学校まで秋山先生が車で送ってくれた。撮影機材などの片付けは一年生が引き受けることになった。準備をしたのは、二年生だからだ。

僕はミラーレス一眼カメラを、久米さんはドローンをケースから取り出し、放送室に置いてある不織布のクリーナーで、丁寧に磨く。正也はブルーシートについていた芝生を払いに、外に出て行った。

「あのさ」

僕はカメラに視線を固定したまま口を開いた。

「何でしょう？」

「久米さんは、何で、陸上部に入らなかったの？」

「えっ」

さらりと訊いたつもりだったけど、久米さんは予想外だと言わんばかりの声を出した。

「三崎中の村岡先生が久米さんのことを憶えていて、陸上部に入ってないことを残念がっていたからさ」

「わたしなんて、中学時代、まったく活躍できませんでしたし」

「走り幅跳びが向いてなかったのかも。先生、久米さんは長距離向きじゃないかと思ったことがあるって」

「そうですか……」

こちらは褒めているつもりなのに、久米さんはどんどん困った様子になっていく。

「それにさ、マラソン大会も速かったし。もしかして、普段から定期的に走ってない？」

「それは、ボイストレーニングのために」

「たとえば、さ、今日なんて、陸上部が走っているのを間近で見て、自分も走りたいって思わなかった？」

僕はこれを訊きたかったのだ。自分に湧き上がったのは、特別な感情ではない。陸上経験者なら、誰でも普通に感じることだと、久米さんに確認して、安心したがっている。

「えっと、ですね……」

意を決したような口調に顔を上げると、久米さんはまっすぐ僕の方を見ていた。

「わたしからも町田くんに質問していいですか？」

「いい、けど」

「わかったフリしてえらそうだ、なんて思わないでくれますか？」

「僕は、久米さんがえらそうだと思ったことなんて一度もない」

「ありがとう、ございます……。じゃあ、訊かせてもらいます。町田くんは、もし、山岸くんが中学で陸上をやめていても、高校で陸上部に入ろうと思いましたか？」

これまでに、誰からも訊かれたことのない、自分でもまったく考えたことがなかった質問に、僕はしばし黙り込み、息をするのも忘れてしまった。

「良太が……、陸上をやめるなんて、ありえないよ」

またまたご冗談を、と言うように片手を振った。僕は何を誤魔化そうとしているのだろう。

「でも、山岸くんは中学の時、膝を故障しましたよね。うちがライバル視していた選手なので、確かだと思います。復帰できて本当によかったけど、もし、もしもですよ。そのまま膝が治らず、陸上をあきらめることになっていたら」

良太のぶんまで頑張るぞ、とは思えないはずだ。

「まず、青海学院は目指していないだろうな」

口にできるのはそこまでだった。

家から近い公立校を受験し、そこで陸上部に入っただろうか。良太がやらないのなら、僕もやらない。僕の陸上に対する思いはその程度だったのか？

いや、違う。陸上を続けたいという思いはあるはずだ。悔しさを残した引退だったのだから。だけど、良太が、僕を陸上の世界に誘ってくれた、僕の何倍も才能に溢れる良太が陸上を続けられないのに、僕がやってもいいのだろうか。僕にそんな権利があるのだろうか。そんなふうに考えて、違う部活を選ぶような気がする。

良太はそんなことを望んでいない。そうわかっていたとしても。

そして、今日のように陸上部が走るのを間近で見て、風を感じて、どうして自分はこちら側にいるんだ？　と胸がざわついても、良太もいないもんな、と唱えればやり過ごすことができる。

そんなものなのか？

そんなものだったのか？

「久米さんは……」

どうして、僕にこんな質問をしたの？　僕に何を気付かせたかったの？　声に出すと、八つ当たりのような口調になってしまうかもしれない。

バン、とドアが開いた。

「やっと、きれいになったよ。何でブルーシートと芝生ってこんなに相性がいいんだろうな」

正也がブルーシートを抱えて入ってきた。僕と久米さんを交互に見る。

「また、内緒話？」

また、とはいつのことだ？　ああ、アナウンス・朗読部門に出るか出ないかを相談した時のことだ。僕は熱く決意表明したくせに、その後のテレビドキュメントのテーマ決めで舞い上がり、疲れ果て、すっかりそちらは棚上げしてしまった。何なんだ、いったい。

「正也、脚本書いてる？」

「えっ、俺のこと？　もちろん書いてるさ。冬休み中に、ラジオドラマ二本書いたんだ。まだどっちもブラッシュアップしなきゃいけないんだけど、今度持ってくるから、二人で読んでくれよ」

一つはワンシチュエイションものなんだ、と正也は興奮気味にしゃべり続ける。退屈させないための工夫としてさ、と止まらない。久米さんだって走っているだけでなく、毎日、本を読み、発声練習をしているはずだ。そんな人に、どうして陸上部に入らなかったのかと訊ねるなんて。

久米さんは陸上部と放送部を秤にかけたことすらないはずなのに。

「僕も、足首のこととか興味深いし、これまで撮影した陸上部のデータ、家のパソコンに取り込んで、編集方法をいろいろ研究してみようかな」

「いいじゃん、いいじゃん。遠征した甲斐があったな」

「ドローンのデータも全部送りますよ」

何度目かもわからない僕の頼りない決意表明を、正也も久米さんも、あきれずちゃんと受け止めてくれた。

冬休み最後の部活の後、正也の提案で、一年生の三人でカラオケに行くことになった。

カラオケで始まりカラオケで終わる冬休みとなる。今回は久米さんも二つ返事で参加を
オッケーしてくれた。

声を褒められるからといって、歌も上手いとは限らない。僕が実証した仮説に、久米
さんも一票、とはならなかった。人気の深夜アニメの主題歌を、普段、テレビではかか
らない三番まで、正確に歌いこなしたのだ。得点は九五点。

「すごいな。もしかして、歌の練習もしてる？」

正也が拍手しながら久米さんに訊ねた。

「実は、週に一度、声楽のレッスンを受けています」
「本格的じゃん」
「そんな大袈裟なものじゃなく、母の友人の娘さんが音大を卒業して、ピアノと歌の教
室を開いたので、付き合いも兼ねて入れてもらった感じです。成果があがっているのか
どうか」

「いや、しっかり身についてると思うよ。そうか、声優って、特に最近は、歌の上手さも求められるもんな。そういや、オダユーもユニット結成していなかった?」

「〈スパークス〉ですね。『勇者のきみと従者のぼく』の主題歌『地平線の先へ行け』。わたし大好きなんです」

「それ、かっこいいよね」

自然と口を挟んでしまった。主人公の親友、勇者エリック役でオダユーが出演しているため、録画して全話見ている。

「町田くん、一緒に歌いませんか? オダユーのソロパートは譲れませんが」

久米さんの目がキラキラと輝いている。僕の歌の実力を久米さんは知らない。だけど、アニソンならいけるのではないか。何の根拠もないけれど……。

そして、撃沈した。

注文していた飲み物とフライドポテトが届き、僕はストローでコーラを吸い上げた。

「この作詞家さんは最近出てきた人なんですけど、漢字の読み方が独特って評判なんです」

だから上手く歌えなくても当然よ。気にしないで。決して、町田くんが音痴なわけじゃないから。久米さんは暗にそうなぐさめてくれているように感じる。

確かに、今回は音程以前の問題だったとも言える。聞き慣れている一番はどうにかなったものの、二番以降は、画面の小さな文字を追うのに必死で、気が付けば、マイクの位置は僕の臍の辺りまで下がっていた。

　難しい言葉が多用されているわけではない。小学校で習うような漢字ばかりだ。しかし、「真実」の上には「ほんとう」とルビが振られている。「命」を「たましい」、「明日」を「みらい」、この辺りは納得できても、「友情」を「えいえん」と読むのはどうなのだろう。「本当」、「魂」、「未来」、「永遠」じゃダメなのだろうか。

　そんなことは一切気にならない様子で歌っていた久米さんは、字幕を見ずに洋楽を歌うのと同じかっこよさを醸し出していた。

「ガチンコファンか、にわかファンか、試すための作戦だったりして」

　正也がふとひらめいたように言った。

「なるほど、その発想はなかったな」

　僕はにわかと自ら暴露したようなものだ。だけど……。

「いや、多分、久米さんや翠先輩なら、初見でも歌えるんじゃないかな」

　アナウンス部門、朗読部門ともに、本番直前に渡される当日課題がある。「真実」に大きかろうが小さかろうが「ほんとう」というルビが振ってあれば、そう読まなければならないのだ。

「そういや、全国大会の朗読部門、このあいだの当日課題は、芥川龍之介だったな。しかも、俺、芥川の短編はかなり読んでいるつもりだったけど、知らない話だった」

　正也が言った。もちろん、三年生からの報告書にそんな記載はどこにもなかった。

「古典ならではの言い回しもありますもんね」

久米さんはちゃんと自分でチェックしていたのだろう。

「しかもさ、決勝に残っていた人たち、一〇人くらいかな、誰もとちったりしないんだ。みんな、正確に、澱みなく、感情を込めて読んでいた」

読めて当然、なのか。

「じゃあ、点数ってどうやってつけられるんだろう」

「審査員によって注目するところは違うんだろうな。ゲスト審査員で呼ばれていた作家、誰だっけ？　は、講評で、文中の鉤カッコや読点について話していたな。あと、この作品のタイトルをちゃんと意識しましたか？　とか」

「そこは、わたしも注目していませんでした。指定作品の長編から、どの部分を抜粋するか選ぶ時も、大きなポイントになりそうですよね」

久米さんは、講評も読んでいるようだ。多分、大会ホームページに掲載されているのだろう。それとも動画か？　どちらにしろ、三年生の先輩たちに不満をもらすのは、お門違いということだ。

「でも、そのくらいなら、その部門を目指してない俺でも、こういうことかって想像できるけどさ。部門別のちゃんとした講評になると、異次元の世界っていうか」

「どんなこと言ってたんだ？」

「圭祐、さしすせそ、って言ってみて。よかったら、久米さんも」

どういうことだ？　と首を捻りながらも、僕はフライドポテトを片手に持ったまま少し咳払いして、さ、し、す、せ、そ、と発音してみた。久米さんも続いた。

「で、これがどうしたの？」

「いや、やっぱ、俺にはわからない」

「はあ？」

「講評をしたのは、ＪＢＫの元アナウンサーで、プロ向けのアナウンス講座の講師も現役の頃から務めているっていう人なんだけど、その人が言ってたんだ。さ行の発音が正しくできている人が半数くらいしかいなかった、って。俺は、全員の朗読を聴いて、おかしい、って思った人なんて一人もいなかったのに」

「久米さん、わかる？」

「よく、『す』が『ｔｈ』の音になってしまう人が多いという話は聞きますが、『さ行』となると、それだけじゃないと思うので、わたしもわかりません。自分が正しく発音できているのかどうかも、町田くんがどうなのかも」

久米さんにもわからない、とは。

「やっぱり、その道の専門家に教えてもらわなきゃ、全国大会レベルにはなれないのかな」

秋山先生は国語教師とはいえ、元陸上部だ。僕は半ばあきらめるような気持ちで言ったのに、久米さんの顔に、ぱあっと笑みが広がった。

「それって、オダユーにアドバイスをいただくってことですよね」

その手があったか、と気付きながらも、同時に、恐れ多さが込み上げてきて、安易に同意することができない。せめて、全国大会出場が決まって。いや、それでは遅いのか。先に久米さんだけでも……。

誰かのスマホが鳴った。

「ごめんなさい、わたしのみたいです」

久米さんは笑顔のまま、脇に置いていたリュックのポケットからスマホを取り出した。と、久米さんの顔がみるみる曇っていく。

「あの、すみません、急用ができて、帰っていいですか」

言いながら、久米さんの腰はもう半分浮いている。

「もちろんだよ」

正也が答えた。それでも財布を取り出そうとしている久米さんに、いいからいいから、と言いながら、壁にかけていたコートを手渡しているのを、僕は気持ちばかりあたふたとさせながら、黙って見ていた。

「気を付けて」

「気を付けて」

正也の言葉をこだまのように後追いしながら、久米さんがカラオケルームを駆け足で出て行くのを見送った。久米さんは、悲しそう、心配そう、というよりは、もっと顔にグッと力を込めたような、険しい表情になっていた。

誰に何があったのだろう。

僕には、「駆け付ける」という経験はない。

その経験をしたのは母さんの方だ。

合格発表の日の交通事故。その時、職場で勤務中だった看護師の母さんは、僕が救急車で運び込まれた病院に、ナース服のまま駆け付け、その後、説明にきた警察官を身内か病院関係者かと迷わせた、というエピソードを持っている。母さんにとっては、笑い話のネタだ。

いや、深刻な顔で容体を訊ねてくれる人を安心させるために、あえて、そこを笑いながら話すようにしていたのかもしれない。

「友だちかな」

正也が氷で薄くなったコーラをすすってから言った。

「クリスマスイブに会っていた？」

カラオケ繋がりで思い出す。

「同じ人かはわからないけど、久米さん、テレビドキュメントのテーマ決めの時に言ってたじゃん。難しい病気にかかっている友だちがいる、って」

ああ、と、言われてやっと思い出した。あの日の話し合いは、自分に関することを受け止めるのに精一杯で、他のことがすっかり抜け落ちている。

「何ていう病気だっけ？」

「ちょっと待って」

正也がスマホを取り出した。メモしていたようだ。

「『クローン病』だった」

「それが悪化したのかな」

「なのかな。メモしたまま、これがどんな病気なのか、結局調べずじまいだよ。テーマに選ばれなくてもさ、久米さんがこの病気のことを多くの人に知ってほしいっていう気持ちはあの場で聞いたんだから、もうちょっと、気に留めていればよかった」

正也はそう言って、はあ、と、ため息をついた。

「病名をメモしているだけえらいよ」

僕は自分が労られることを受け入れたり、反発したりを繰り返していたけれど、最近、誰かを労ったことがあっただろうか。自分以外の人が抱えている問題を、一緒に考えようとしたことは……。

「何か歌う？」

正也に訊かれる。

「うん。単純に、叫べる系」

僕たちはコーラをもう一杯ずつ注文した。

三年生も一月末までは登校するらしく、久々に先輩たちの姿を見た。受験のストレスなのか、激太り（本人には絶対に言えないけど）したアツコ先輩、対して、こちらもストレスなのか、激やせした月村元部長。

先に、クラスごとのホームルームがあり、それから体育館に移動して始業式が行われる。式の後、三年生の受験成功を祈願して、吹奏楽部の演奏と応援団の演舞がステージで行われるからだ。

僕は初めからクラスの列にはつかず、ミラーレス一眼カメラを三脚にセットして、体育館のうしろに控えていた。

そこに、ひょっこりとやってきたのは、ジュリ先輩だ。

「何か手伝おうか？」

「大丈夫です。大変な時期に、そんな」

僕はこんな時に気の利いた言葉が出てこない。そもそも、受験生をねぎらう言葉を知らない。

「遠慮しなくても。私はもう決まってるから」

ジュリ先輩は公募推薦で私立の芸術大学に合格したそうだ。映像学科だという。

「映画を撮りたいんだよね」

ジュリ先輩はそう言って、はにかむように笑った。部活内での声の大きさが、作品制作への熱量と比例しているわけではない、ということか。

「他の先輩たちも、放送関係の学部を目指しているんですか？」

「ううん。薬学部とか、教育学部とか。まあ、入学後の部活やサークルは、どうするかわかんないけど」

「そうですか」

せっかく先輩から話しかけにきてくれているのに、話の繋げ方がわからない。すぐに他の先輩のことなんか訊かず、ジュリ先輩の大学のことを掘り下げればよかった。推薦入試なら面接があるはずだから、そこで部活動のことを訊かれたか、とか。

その時、頭上でキュルキュルと音がして、すぐに遠ざかっていった。黒田先輩がドローンのテスト飛行をしているのだ。

室内で飛ばすのは初めてだし、生徒たちが密集した中、墜落でもしてケガ人が出たら大変だからと、初めは先生たちに難色を示されていたけれど、ぜひドローンで撮影して欲しい、という応援団長の校長先生への直談判によって、許可が下りた。

「町田は操作できるの？」

ジュリ先輩の視線はドローンに向いている。

「はい。おもしろいですよ。そうだ、動画あるけど見ますか？」

やっと盛り上がれそうになったのに、ジュリ先輩は時計を確認した。

「そろそろ戻んなきゃ。卒業記念のＤＶＤ、うちのクラスはほぼ全員注文してるみたいだから、この後も頑張ってね」

そう言って、小走りでクラスの列に戻っていく。ただの、暇つぶしだったのか、激励に来てくれたのか。

僕も、カメラを設置した三脚を抱えて、撮影用に空けてもらっている、体育館の中央に移動した。

吹奏楽部の演奏も応援団の演舞もすばらしく、その魅力を僕はカメラに半分も収めきれなかったような気がして、ジュリ先輩からアドバイスでもらっておけばよかったと後悔しながら、生徒たちのいなくなった体育館で後片付けをした。

カメラと三脚を放送室に運んで戻ってくると、ステージ脇のドアが開き、正也と久米さんが出てきた。箱型のスピーカーを正也は両手に一つずつ、久米さんは片手に一つ持っている。

「正也、手伝うよ」

駆け付けて（という速さではないけれど）、正也の手から一つスピーカーを受け取った。けっこう、重い。上部に取っ手が付いているとはいえ、こんなもの、よく二つ同時に持てたなと感心する。

うっかり舌でも噛んでしまったら大変なので、三人とも無言で放送室まで移動した。

倉庫に片付けて、ふうと息を吐く。

「あの、昨日はすみませんでした。せっかく誘ってもらったのに」

久米さんが口を開いた。多分、スピーカーを置いたら謝ろうと、移動中、ずっと考えていたのではないか。

「いや、全然。それより大丈夫だった？」

正也は明るい口調で答えた。僕は、そうそう、といったふうに正也の横で首を振った。

「えっ？　っと……」

久米さんが口ごもる。そうか。久米さんは、急用ができた、と言って帰ったのだ。友だちの具合が悪くなった、というのは僕たちの想像でしかない。とはいえ、何があったのかと訊ねていいものだろうか。

「あ、はい、大丈夫です。お母さん、いえ、は、母が包丁で手をちょこっと切ってしまって。それを大袈裟に連絡してきたものだから……、はい」

久米さんはあたふたとそう答えて俯いた。

「お母さん。そうか、でも、無事でよかったね」

正也も取り繕うように言う。友だちかと思ってたよ、と正直に打ち明ける気はなさそうだ。あたりまえか。事実が異なれば、縁起の悪い空想をしていただけになるのだから。

「カラオケなんて、またいつでも行けるよ」

僕はそう言って、今度は二番もちゃんと歌えるようにしないとな、と頭を掻いた。

「へえ、またカラオケ行ったんだ。いいなあ」

続いて、まったくうらやましくなさそうな口調でそう言いながら入ってきたのは、白井部長だ。二年生の先輩たちもそれぞれ荷物を抱えてやってきた。

「原島先生が体育館を施錠するって言ってたから、カバン、持ってきたぞ」

蒼先輩がテーブルの上にリュックを二つ置いた。

すみません、ありがとうございます、と正也と久米さんがそれぞれ軽く頭を下げた。

「あれ、僕のは？」

放送部は片付けがあるため、荷物を先に体育館に置いていてもいいことになっていたから、僕も始業式の前に教室から持って行っていたのに。

「他に荷物、残ってたっけ？」

蒼先輩が翠先輩に訊ねた。

「最後に確認したのは私だけど、何もなかったはずよ」

美しい声はこういう時にも説得力がある。本当ですか？　と問い返しにくい。

「応援団か吹奏楽部の誰かが、間違えて持って行ったのかな」

黒地に白でスポーツメーカーのロゴが入った、ありがちなリュックだ。クラスにも、同じリュックを使っている人は女子も含めて三人ほどいる。

「町田、カバン、どこに置いた？」

ハッとした様子で蒼先輩に訊かれた。

「舞台上手の端っこです。白井部長からそこに置くようにLANDでメッセージもらったので」

「それだ！」

白井部長が、謎は解けた、と言わんばかりに手を打った。俺に言わせろよ、と蒼先輩がぼやく。当然、部長はそんなの無視だ。

「町田、舞台上手って演者から見てどっち？」

部長に訊かれて、両手を顔の高さに上げた。僕は今日、客席側から撮影していたことになるので、頭の中の舞台を左右反転させる。

「右、ですよね」

ああ、と残念そうな声を上げたのは正也だ。

「えっ、逆？」

「そう、逆。舞台上手は演者から見て左側」

白井部長が両手を腰に当て、左側に首を振った。

「えっ、えっ、えっ」

漫才師は？　歌手は？　年末に見たお笑い番組や歌合戦を思い返す。それより、さっきの始業式、校長先生はどちらから出てきた？　こんがらがっているのは、僕だけだ。それはそうだろう。だから、僕だけカバンがないのだ。

「ちょっと、取ってきます」

僕は放送室を飛び出した。

「おお、町田圭祐」

渡り廊下で僕をフルネームで呼んだのは、原島先生だ。スティック状のホルダーのついた鍵を片手でグルグルと回している。グッドタイミングだ。先生にとってはそうではないかもしれないけれど。

「すみません、体育館にリュックを置いたままなんです」

「そうか」

先生は面倒くさそうなそぶりも見せず、踵を返した。僕は半歩うしろから付いて行き、正面のドアが開けられると、僕なりのダッシュで舞台の左側に向かった。

暗闇の中にポツンと取り残された黒いリュックは、なんとなく捨て犬のように見え、僕は両手でそっと持ち上げて背負った。そしてまた、走って戻る。

「お待たせしました」

たいした距離じゃないのに、息が上がる。

「かなり、回復しているな」

「はい？」

「脚だよ」

「ああ、はい……」

嬉しい言葉であるはずなのに、喜べない。先日、県民の森広場で突きつけられた現実は、そう簡単に消えてはくれない。

「ところで、町田。おまえに頼みたいことがあったんだ。ちょうどよかった」

「何で、しょうか」

教師からの頼まれ事でよかったことなど、これまでにあっただろうか。

「このあいだの県民の森広場での練習の動画を、シェアしてもらえないか？」

まるで、僕の頭の中の映像を先生が読み取ったのではないかと思うような展開だ。

「ドローンの方ですか？」

これはすでに、多数の陸上部員から頼まれていて、黒田先輩のスマホから森本部長に送り、それをシェアしてもらうことになっている。

「それはもう、ここに」

先生はわざわざズボンのポケットからスマホを取り出した。始業式の日から上下ジャージ姿だ。待ち受け画像の雪をかぶった富士山は自分で撮影したものだろうか。正月駅伝を観に行って？

「じゃあ、どれを？」

「部員たちが走っている姿を、正面から撮ったのはないか？」

「あります」

坂道を下り、折り返して、同じコースを登る。並走していないので、目の前を通過する時は横向きだけど、走者との距離に余裕があるところは、正面から捉（とら）えた。

「じゃあ、電話番号を教えるから、LANDで送ってくれ」

原島先生とLANDか。いや、抵抗があるのはそういうことではない。

「カメラで撮った動画のデータは放送部のパソコンに保存しているので、できたら、先生のパソコンのメールアドレスを教えてください」

「そうか。……あれ？　そういうのって、生徒に教えていいのかな」

スマホとパソコン、どう違うというのだろう。

「ＵＳＢかＤＶＤに落としましょうか」

「いや、直接送ってくれ。早めに確認したいことがあるんだ。メモ、持ってないか？」

僕はリュックを片側だけ外し、がさごそとかきまわして、Ｂ５サイズのルーズリーフを一枚とシャーペンを一本取り出し、先生に渡した。

先生は紙を横向きにして壁に押し当て、書き出そうとしたものの、シャーペンをカチカチと数回ならしてこちらを振り返る。

「芯(しん)が入ってないぞ」

「すみません」

僕は急いで一番に手に触れたオレンジ色の蛍光ペンを渡した。

「よしよし、これくらい太い方が書きやすいな」

先生は紙のサイズに合わせるような大きさで、メールアドレスを書いていった。

ｈａａａｒａｓｉｍａ＠、後は、放送部のアドレスと同じ学校のものだ。

「ｓｈｉじゃなく、ｓｉな」

念押しもされた。

僕は放送室に戻って作業がすぐにできるよう、その紙を手に持ち、放送室に戻ると、部専用のノートパソコンの上に伏せて置いた。

すぐに作業ができなかったのは、ミーティングが始まったからだ。ジュリ先輩が言っていたように、今年は卒業記念ＤＶＤの注文が例年より多く入っているため、クラスや部活動の取り上げ方に偏りが出ないよう、もう一度、役割分担を見直すためだった。

とはいえ、注文数が少なければ手を抜いていいと考えるような先輩たちではないので、当初の予定から大きな変更はなく、ただの確認作業に終わった。

その後、各自の自主練習や作業が始まってから、僕は先生に動画を送った。念のため、アドレスを書いた紙は放送室内にある手回しシュレッダーにかけ、送信履歴も削除した。


小学校、中学校……。三学期もしっかりと授業があった憶えがないのは、単に、僕が正月ボケのまま春を迎えていたからだろうか。

始業式の翌日から六時間授業が始まった。もちろん、英語と数学の授業頭の小テストもあり、補習もある。一週間経ってもそれに慣れないのは自分だけかと心配になったけど、昼休みに弁当を食べながら堀江も同じようなことを言っていたので安心した。

一度、教室で食べるようになると、外が気持ちのいい季節になったからといって、正也や久米さんと屋上に続く非常階段で食べるのを再開するということはなかった。部活仲間以外の同級生と親睦を深める、貴重な時間だ。

冬休みはみっちりと塾の冬期講習を受けていた、なんて話を聞くと、部活に熱中しているだけでいいのか？　と不安になってくる。

――バランスだよ。

ラグビー部に熱中している堀江には笑いながらそうなぐさめられたけど。

それでも、毎日、放送室の重いドアを開けると、勉強のことはとりあえずいいか、と思えてくる。肩の力が抜けるのを感じる。たとえ、数学の補習を受けることになったとしても。東京に行くために一念発起して数学の勉強をした正也が、それ以降、まったく補習を受けなくなったとしても。僕だけ、部活に遅れて行くことになったとしても。

暖房がほどよく効いてナイスタイミングじゃないか、と自虐的に自分に言い聞かせながらドアを開けた。

何だ、このどんよりとした空気は。僕以外の部員全員が、立ったままテーブルの片隅を小さく囲んでいる。

「あ、圭祐」

正也が振り向いた。ヘンな作り笑いをして僕の方にやってくる。

「あのさ、ちょっと図書室で調べたいことがあるから、付き合ってくんない？」

そんなことを言いながら僕の背中に手を遣って、回れ右をさせる。

「何だよ。リュックくらい降ろさせてくれよ」

僕はやや反抗気味に背中を回した。久米さんと目が合う。久米さんはすぐに体の向きを変えて顔を伏せたけれど、泣いていなかったか？

「何かあった……」

の？　んですか？　誰に向かって問えばいいのかわからず、言葉尻が途切れた。

「町田に隠しても仕方ないでしょう」

静かに声を上げたのは、白井部長だ。何だ？　僕に関わることなのか？　僕には内緒にしなきゃならないことなのか？

「でも、圭祐は良太と！」

正也は僕をかばうように開いた口を、片手で押さえた。

「良太に何かあった？」

僕は一度息を吐いてから正也に訊ねた。正也は答えない。それが、何かよくないことが起きた証拠だ。もしかして、事故？　また、膝を痛めた？

「見せていい？」

部長は久米さんに問うた。久米さんは伏せた頭をさらに少し低くした。よく見れば、みんなが囲んでいるのは、テーブルの端に置かれた一台のスマホだった。それを手にしたのは、黒田先輩だ。

ドローンを使い始めてから、一日一回は生じる光景。久米さんのスマホを黒田先輩に渡される。でも、黒田先輩がこんな厳しい顔だったことは一度もない。

僕はそれをおそるおそる受け取った。覚悟を決めて目を遣った画面は真っ黒だ。ロックを解除する番号を僕は知っている。久米さんが教えてくれたからだ。だけど、その数字が何を意味するのかまでは知らない。久米さんの誕生日ではない、ということくらいしか。

とっくに覚えた番号を、今更、他人のスマホをさわるうしろめたさを感じながら押した途端、その画像は現れた。

陸上部の部室の前に良太が立っている。その片手にあるのは火のついた煙草だ……。

第5章　デジタイズ

「ウソだ……」

自分の目に映ったものが信じられず、スマホの動画の一部、一五分中最後の三分間をもう一度、再生させた。

ドローンでの空撮。グラウンドから移動し、校庭の隅にある運動部の部室棟の上空。二階建ての上階、一番奥が陸上部の部室だ。そのドアが開いて、ベランダと通路を兼ねたスペースに良太が出てくる。キョロキョロと周囲の様子を窺う。片手を手すりにかけ、階下を見下ろす。誰の姿もない。そして、手すりを持っていない方の手を見る。

そこには、火のついた煙草がある。それを持ったまま、良太は再びドアを開け、部室の中に入っていった。カメラは高度を上げ、校舎の屋上へと移動していき、部室棟は見えなくなる……。

「どうして、こんな動画が？」

僕はスマホの持ち主である久米さんに訊ねた。

「あの、その……。昼休みに……」

久米さんは俯いたまま、消え入るような声を出したけれど、何を言っているのかよく聞き取れなかった。それがなんだか、イラッとする。大切なことなのだから、ちゃんと顔をあげて、しっかり声を出せよ、と。

「俺が撮ったんだ。久米のスマホを借りて」

黒田先輩が一歩前に出た。間一髪のところで、久米さんを責める言葉を飲み込む。

「アッコ先輩から、卒業記念DVD用に、三年の女子が中庭で弁当を食べている風景を撮ってほしいって頼まれて。ヤラセみたいな日常風景になるけど、始業式のドローン撮影がかっこよかったって言われたら、なあ」

そういえば今日は、晴れてはいるものの「暖かい」とは言えないのに、昼休みに校舎の外から、はしゃいだ様子の甲高い声が聞こえていたことを思い出した。

「でも、何で久米さんのスマホで？」

誰のものでも関係ないのだろうけど、訊かずにはいられない。

「四時間目の三年男子の体育の授業の空撮も、原島先生から頼まれていたから、スマホのバッテリーが足りなくなりそうだなと思って」

黒田先輩がみんなを見ながら説明する。どうやら、僕以外の部員たちも、動画を見てあせったまままスマホを囲んでいただけで、詳しい経緯はまだ何も知らないようだ。

黒田先輩の話をまとめるとこういうことになる。

黒田先輩がアッコ先輩と原島先生からドローン撮影の依頼を受けたのは、一昨日の昼休みのことだ。レポート提出のために職員室の原島先生のところに行った際、ドローン撮影を頼まれ、その時偶然、職員室の別の先生のところに来ていたアツコ先輩が、職員室を出た黒田先輩を追いかけてきて、あたしも……、という流れになった。

ドローンを使い始めた頃は、黒田先輩はドローン撮影を頼まれる度に、久米さんから許可を取っていたけれど、久米さんに「放送部に寄贈したものなのでご自由に使ってください」と言われてからは、使用前に報告することはなくなっていた。けれど、昨夜、四時間目と昼休みに続けて使用するのであれば、バッテリー不足になるのではないかと気付き、LANDで久米さんと連絡を取って、四時間目の方は久米さんにスマホを借りることになった。

久米さんは二時間目と三時間目のあいだの一〇分休憩に放送室に来て、ドローンの箱の上にスマホを置いて出て行った。

黒田先輩は三時間目と四時間目のあいだ、まずは放送室へ行き、久米さんのスマホとドローンを持って屋上に向かった。

「動画を見た時から思ってたんだけど、なんで屋上？」

白井部長が口を挟んだ。放送部部長であり、同級生である部長が理解できないことは、当然、僕にもわからない。

「俺だって、授業があるじゃん。だから、あらかじめドローンのコースをスマホで設定して、タイマーで時間がきたら自動的に飛ぶようにしていたんだ。リターン機能を使うためにリモコンも一緒に置いて。屋上だと、その離着陸がしやすいだろ。コース取りもミリ単位で完璧ってわけじゃないし」

確かに、窓枠や樹にひっかからないようにするには、屋上がベストだ。

「ヘリポートみたいなもんだな」

蒼先輩が言った。

「でも、屋上って勝手に入っていいの？　確か、非常階段は避難経路になってるから自由に出入りできるけど、屋上に入るドアの鍵はかかっているでしょう？」

白井部長が訊ねた。校舎内の階段は最上階の四階までで、屋上に行くには、各階の廊下の端にある非常口から外の階段に出なければならない。そこは、僕や正也、久米さんにとっては、出会いの場所でもあるのだけど。

「ちゃんと顧問に頼んで、鍵も借りてるって。職員室に行って、教頭席のうしろにあるホワイトボード見てこいよ。『四時間目、昼休み、放送部ドローン撮影。屋上使用』って書いてあるから」

初耳だった。これまでも、ドローン撮影する際は、たとえ僕が撮る時でも、黒田先輩は先に放送室に来てドローンの準備をしてくれていたけれど、毎回、学校への申請もしてくれていたのかもしれない。

「へえ、黒田にしてはちゃんとしてるじゃん」

白井部長が感心したような目を向ける。

「ドローンの禁止や没収は避けたいからな」

黒田先輩はテレたように頭を掻きながら答えた。が、今はそれどころではないことを思い出したのか、その後の経緯の説明に戻った。

昼休みに入るとすぐに、黒田先輩はドローンとリモコンを回収するため屋上に行った。ドローンはちょうど着陸しようとしているところだった。原島先生から、集団行動の演技を通しでやる最後の一〇分間をしっかり撮ってほしいと頼まれていたので、チャイムが鳴り終わった後にグラウンドを離れるよう設定しておいたのだ。

ドローンのリモコンから久米さんのスマホを取り外してポケットに入れ、自分のスマホをセットし、ドローン本体のバッテリーを交換して、黒田先輩は中庭に向かった。

そして、待ち構えていたアツコ先輩を中心とする三年生の浮かれた女子グループ数組の中庭ランチピクニック風景を撮影して、放送室に行った。

「なあ、宮本」

確認するように、黒田先輩が正也を振り返った。

「そうっす」

「なぜ、宮本？」

これも、白井部長が訊ねる。

「今日は俺、昼休みの音楽当番だったんで。そうしたら、黒田先輩が来て、昼メシ食ってないって言うから、放課後用に残しておいたパンをあげて、俺がドローンを片付けたんっす」

そうそう、と言うように黒田先輩は頷いた。

「あんことマーガリンのフランスパンサンド、うまかったなあ」

「そりゃあ、『パンダパン』っすから」

本心からなのか、みんなを和ませるために二人ともわざとおどけているのか。後者だとしても、笑ってる場合かと腹立たしさが込み上げてくる。

「それで、ドローンを片付けたのは正也だとして、その後、久米さんのスマホは？」

なるべくトゲトゲしい口調にならないよう意識しながら訊ねた。

「黒田先輩に久米さんは放送室に来なかったかと訊かれて、来てないけど俺が届けましょうかって答えたけど、もうチャイムが鳴る寸前だったし、バッテリーが切れそうになってたから、そこの充電コードに挿して、二人で放送室を出たんっすよね」

正也が壁際の台に置いてあるノートパソコンの横から覗くコードを見遣り、黒田先輩に確認するように答えた。

「鍵もかけていないところに、長時間スマホを置いておくって、不安じゃない？」

白井部長が久米さんに訊ねた。放送室は職員室や事務室と同様、朝と晩に鍵当番の教員が開閉することになっている。ただし、地域のイベントの手伝いなどで休日も放送室に出入りすることがあるため、放送部用の鍵が一つ支給されていて、それは白井部長が管理している。

ゴメン、と口にした。

「あ、いえ、あまり……」

たどたどしく答える久米さんを見て、白井部長はハッと気付いたような顔になり、ゴメン、と口にした。


久米さんがスマホ恐怖症だったことを白井部長は知らないはずだ。だけど、正也の書いたラジオドラマ「ケンガイ」や、部長に勧められるまで久米さんがLANDをやっていなかったことから、察するものはあったのだろう。

「黒田先輩とはスマホの受け取り方までは決めていなくて……。昼休みに放送室に行かなかったのは、五時間目が英語だったので、小テストの勉強をしようと思ったからです。昨夜はどうしても見たいテレビ番組があって、あまりできなかったので……」

部長が謝ったにもかかわらず、久米さんは放送室に来られなかった理由を説明した。

「その後は？」

僕は何となく久米さん以外を見回しながら訊ねた。

「放課後でいいのね？」

白井部長が答えた。まっすぐ、僕に向き直る。

「それなら、私と蒼が一番に放送室に来て、その後、翠、久米ちゃん、宮本、黒田の順。黒田がリュックも降ろさずに充電コードからスマホを外して久米ちゃんに渡したから、何を撮ったのか訊いて。三年男子の集団行動だって言うから、面白そうじゃない。それで、みんなで見ようってことになったんだけど、最後にあれが……、映ってたのよ」

部長の視線を手元に感じて、僕はずっと久米さんのスマホを握っていたままだったことを思い出した。じっとりと手汗の付いたそれを、申し訳程度にポケットに入れてあったレンズ用ハンカチで拭いて、久米さんに差し出した。

撮影の機会が増えてからは、いつでも機材の手入れができるよう持ち歩いている。

久米さんは申し訳なさそうに両手でスマホを受け取った。久米さんが意図してあの動画を撮ったわけではないのに。まるでそうであるかのように僕が苛立っていたからだ。

「じゃああれは、今日の昼休みが始まったばかりの時間、ってことですよね」

気持ちを落ち着けて、ゆっくり話しながらも、肝心な言葉を省いてしまう。

良太が部室の前で火のついた煙草を持っていたのは。

「まあ、吸ってるところじゃないからな。吸うなら、最後まで部室の中で吸い切って証拠隠滅するだろうし」

蒼先輩が言った。

「良太は煙草なんか吸うヤツじゃありません」

僕は断言した。むしろ、嫌悪しているくらいだ。中学の時の試合で、応援に来た保護者がスタジアムの外で煙草を吸っているのを見ても、顔をしかめていた。臭いをかいだだけでも吐きそうになるのだ、と。

「俺だって、山岸くんが吸ったなんて思ってない。吸うとしたら、の話だ。部室に入ったら火のついた煙草があって、あわてて外に持ち出したものの、今度は人目が気になって逃げるように部室に入った。俺には、そんなふうに見えたけどな」

「僕もそうだと思います」

もやっと感じていたことが言語化されると、そうとしか想像できなくなる。

「久米、画像送ってもらっていい？　エアで」

黒田先輩が久米さんに言った。

エアチェンジ。同機種のスマホを近付けるとファイル交換できる機能だ。これなら、一五分の動画を一度で送ることができる。

いったいどういう意図で？　久米さんはためらいながらも動画を黒田先輩に送った。僕たちが見ている前で、黒田先輩は自分のスマホを取り出して、動画が届いているのを確認すると、最後の三分間を削除した。

僕は……、息を呑むしかなかった。

「黒田、あんた、どういうつもり？」

あわてた様子で白井部長が訊ねる。

「集団行動の演技は授業時間内にちゃんと終わっているんだから、チャイムが鳴ったところで動画が終わっていてもおかしくないだろ。俺はこれを原島先生に送る。早く見たそうだったからな。あと、さらに編集して、集団行動の一部を卒業記念ＤＶＤに載せる。それで今回の依頼は果たせたことになるんだから、久米は動画を消せばいい。ごめんな。最初から全部俺のスマホで撮影していれば、ヘンな罪悪感持たなくてよかったのに」

「え、あの……」

言葉を切った久米さんの言いたいことは僕にはわかる。多分、正也も、他の先輩たちも同じ気持ちなんじゃないか。

動画を削除してしまっていいのか？

「待って、消していいはずないじゃない。ちゃんと、報告しなきゃ」

声を上げたのは、やはり部長だ。

「誰に？」

冷静、かつ、真面目な口調で黒田先輩が訊ねる。

「そりゃあ、生徒指導部の先生とか……」

「少なくとも、原島先生には相談した方がいいんじゃないか」

白井部長の言葉を蒼先輩が継いだ。

ちょっと待ってくれ、と声にならない言葉が頭の中をぐるぐる回る。黒田先輩の行動より、この二人の言っていることの方が正しい。だけど、そんなことをすれば……。

「そうした後に起こることの責任を、おまえら取れんの？」

今まで聞いたことのない、黒田先輩の凄味（すごみ）のある声だった。

「見て見ぬフリをしろって言いたいの？」

問い返す白井部長に怯（ひる）んだ気配はない。僕は陽気な黒田先輩しか知らないけど、部長は両方を知っているということか。

「正義の報道の先に起こることを想像してみろ」

黒田先輩の口調はさらに厳しくなる。

良太は……、退部させられるだろうか。そこまでの処分は受けないとしても、次の試合、全国大会には出場させてもらえないのではないか。

白井部長は黙ったままだ。

「だけどさ、さっきも言ったけど、山岸くんは煙草を吸っているわけじゃない。それどころか、穿（うが）った見方をすると、誰かが山岸くんを罠（わな）にはめようとしているようにも解釈できる。それなら尚更（なおさら）、原島先生に報告した方がよくないか」

蒼先輩が落ち着いた口調で返した。蒼先輩も、黒田先輩の両面を知っているのだろう、きっと。それにしても、罠だなんて。

「僕も原島先生には言った方がいいと思います。先生はちゃんと生徒の話を聞いてくれる人だと思うので、誤解もすぐにとけるんじゃないかと……」

僕も勇気を出して意見を言った。黒田先輩は大きく息を吐いた。

「動画を見せられたら、検証しないといけないだろ。山岸くんがなぜ煙草を持っていたのか。本人が吸っていたにしろ、いないにしろ、煙草は陸上部の部室にあったんだ。誰か別のヤツが吸っていたのか？　それは、陸上部員なのか、そうじゃないのか。そうじゃなくても、青海の生徒の可能性は高い。全国大会を一〇日後に控えている時に、犯人捜しをさせるのか？」

「それは……」

　想像力が追い付かない。

「なあ、町田。駅伝は一人ずつ走るから、チームワークは関係ないのか？　自分が当事者じゃなけりゃ、ベストコンディションで走れるのか？」

　僕は黙って首を横に振った。僕の三〇〇〇メートルの自己ベストは、トラックでの記録ではなく、最後の駅伝の地区予選時のものだ。トラックの大会が先で、駅伝がさらに数カ月トレーニングを重ねた後だったから……、という理由だけでないことはわかっている。

　良太のぶんまで。その思いがプラスαの力となったのだ。

「今更だけど、俺も黒田先輩に賛成っす」

　おそるおそるといった調子で正也が小さく片手を挙げた。そして、全員を見回す。

「テレビドラマなら、熱血先生が一人で問題解決しているけど、実際は、特に最近は、小さな問題でも、ちゃんと校長や他の先生に報告して、教師全員で共有しなくちゃいけないルールになってるはずです。でも、原島先生ってなんとなく、生徒を守るために一人で抱え込みそうだし、それが後からバレると先生が処分を受けることになるだろうし。だからって、ルールを守って職員会議で報告なんかしちゃったら、頭の固い教頭辺りのひと声で、最悪、陸上部、全国大会出場辞退なんてことになりかねないっすよね」

息を呑む音が聞こえた。白井部長、翠先輩、久米さん。女子三人だ。そして、いち早く気を取り直したのは、やはり白井部長だ。

「放送部からの報告は見送った方がいいかもしれない……。でも、久米ちゃんのスマホの動画は残しておきましょう。もし、それが久米ちゃんの負担になるなら、そこのパソコンに保存するとか。うん、そっちの方がいい」

「何で動画を残すんだ？」

黒田先輩が納得できない様子で訊ねた。僕も同感だ。

「部室に煙草があったことを、山岸くん本人が原島先生に報告するかもしれない」

それは、ありえる。どうして、思いつかなかったのか。白井部長は続けた。

「だけど、たとえば他の部員から、山岸くんに嫉妬している人だっていそうだし。山岸くんに喫煙の疑いが持たれるかもしれない。山岸くんは、誰かに見つかったから第一発見者のフリをしているんだろう、とか言われて。そんな時に、今度はこの動画が、見つけただけだという証拠になるかもしれないでしょう」

「そうか……」

僕はもう感心するしかない。僕の想像力は、その百歩手前にも及んでいなかった。

「そうだな。そこは白井の言う通りだ。久米も今からPCに動画送ったら？」

黒田先輩が頷きながら言った。

「はい。でも、一五分の動画は重すぎてメールの添付で送れないかもしれないから、そのまま持っていても……」

「集団行動は黒田が保存してるんでしょう？　だったら、今度は最後の三分だけ残しておけばいいじゃない。それなら、送れるでしょう？」

白井部長がてきぱきと指示を出す。じゃあ、と久米さんもスマホを操作し始めた。

「送信しました。あと、わたしのスマホのデータは削除しました」

久米さんは証拠を見せるかのようにスマホの画面をこちらに向けた。が、ＬＡＮＤのメッセージが届き、慌ててポケットにしまいこんだ。

「男からか」

黒田先輩が茶化す。そして、いつもの陽気な笑顔に戻り、みんなを見回した。

「案外、煙草を吸ってたのは原島先生で、山岸くんの報告に、悪い、悪い、なんて頭掻(か)きながら平謝りしているかもしれないな」

これにて一件落着と言わんばかりの口調に、張り詰めていた放送室内の空気が少し和んだような気がする。

「じゃあ、今日の作業に入りましょう。ＤＶＤも卒業式に間に合うように、今週中に編集を終わらせなきゃいけないから、これ以上、注文受けるのはナシよ」

白井部長がそう言って手を打つと、みんな、それぞれの持ち場に移動した。僕は黒田先輩に頼まれて、三年生のランチ風景の編集を手伝うことになった。

ノートパソコンを立ち上げながら、ふと、思う。

原島先生は四時間目にグラウンドで体育の授業を時間いっぱいやっていたのだから、

煙草を吸うヒマなんてないよな、と。それとも、職員室に戻る前にどうしても一服したくなって、グラウンドから直接、部室に向かった。それなら、間に合うか。

これくらい、みんなとっくに想像済みだろうと気を取り直して、僕はノートパソコンに向き直った。

久米さんからのメールも届いている。添付された動画を確認する。

部室の前で火のついた煙草を手にしている良太……。もう、動揺はない。


昨夜はよく眠れなかった。授業中は爆睡。昼休みの弁当さえ、船を漕ぎながらだ。良太に連絡してみようかと考え、やめた。煙草のことを訊ねれば、どうして知っているのかを訊かれ、動画のことを打ち明けなければならなくなる。かといって、何かあった？　というのも、不審に思われそうだ。

そんなふうに自分に言い聞かせて目を閉じると、夢を見た。

部室の中で煙草を持ったまま、火も消さずにおろおろしている良太。そこに原島先生が入ってくる。

――先生、煙草が。

――ああ、すまん。俺の吸いかけだ。ちょうど火をつけたところで、便所に行きたくなってな。

――もう、先生。勘弁してくださいよ。

苦笑いをする良太。

いや、夢じゃない。僕の下手くそな脚本で進行する、「そうだったらいいな劇場」だ。それでも、朝からこの昼休みまで、生徒たちが陸上部や煙草のことを噂している気配を感じないことに、ホッとしている。

いち早く情報を仕入れて言いふらすのは、木崎(きざき)さん辺りか。つい、教室内の女子の方を見てしまう。大方が、弁当を食べ終えて片付けているところだ。と、木崎さんがリュックから大きめの箱を取り出した。

「バレンタインの試作品。味見してよ」

そう言って、まずは同じグループ、そして、立ち上がって周辺の違うグループの女子たちにクッキーのようなものを配り始めた。女子全員……、いや、久米さんを外した。目の前まで行って、一度は箱を差し出したのに、ひゅっと引っ込めたのだ。

まだ、そんな陰湿なことをやっているのか。みんなの目の前で、堂々と。

睨(にら)みつけてしまったかもしれない。木崎さんと目が合った。なんと、こちらに向かってズンズンとやってくる。

「仲間外れじゃないからね。さくらん、いや、咲楽(さくら)が病気の友だちのためにチョコレート断ちをしてることくらい、同じ放送部の町田くんなら当然知ってるでしょ。ほら、お一つどうぞ。ついでに、堀江くんも」

鼻先すれすれに箱を突きつけられた。甘いチョコレートの香りがする。チョコチップクッキーだ。いただき、と言いながら僕の横にいた堀江がクッキーを一つつまみ、箱を押し返してくれた。

「いただきます……」

疑ってすみませんと言うように頭を下げて、クッキーを一つもらった。おいしいです、と付け加えると、木崎さんは満足そうに自分のグループのところに戻っていった。途中、久米さんの前で足を止める。

「この前、大変だったんでしょう？　早く元気になるといいね」

僕に聞かせるかのような大声だ。久米さんはとまどったような表情で、うん、と頷いている。

木崎さんから善意はまったく感じられないけれど、同じ放送部なのに事情をよく知らない僕は、その様子を見ていることしかできなかった。

なんという病気だっけ。クローン病。その病気で苦しんでいる友だちのために、久米さんはチョコレート断ちをしているのか。この前、大変だった。というのは、やはりあのカラオケの日に、その友だちに何かあったんじゃないだろうか。

直接、何も訊けないけれど。久米さんからもヘルプの視線はない。

小田さんがカバンから文庫本を取り出して、これ読んだことある？　と久米さんに訊ね、木崎さんは何事もなかったかのように、自分の友だちのところに戻り、最近デビューしたアイドルグループの話を始めた。

放課後、放送室の前で久米さんと一緒になった。

大丈夫だった？　と訊いてみようかと迷っているところに、正也がやってきた。ホッとしたものの、三人で放送室に入った後、僕は久米さんに質問することにした。

「久米さんは、クローン病の友だちのために、チョコレート断ちをしていたの？」

なんだ？　というように正也も耳を傾けてくる。

「すみません。最初にチョコを断った時に、ちゃんと話せばよかったのに……、すみません」

久米さんは申し訳なさそうに頭を下げた。

「そんな、謝ることじゃないよ。僕だって、プライベートなことなのに、ゴメン」

「いいえ」

顔を上げた久米さんの表情は案外厳しいものだった。

「断るなら、ちゃんと話した方がいいって、中学の時からわかっていたのに。木崎さんがわたしを嫌うきっかけになったのも、調理実習で同じ班になった時、木崎さんが担当したチョコレートムースを、何の説明もせず、ただ、食べられないからと、となりの席の子にあげてしまったからなんです。木崎さんはお菓子作りが得意だから……」

久米と木崎、同じ班になってしまうよなと考えて、そういうことじゃないと首を振る。

「だからって、イヤな態度を取っていいわけじゃない」

「そう、ですけど、わたしも学んでいないな、と。チョコレートのことは、まだその時、学校に来れていた友だちが、自分のために願掛けとして二人でチョコレート断ちをしているんだって、木崎さんに言ってくれて。いや、言わせてしまって。ただ、彼女も木崎さんとはあまり仲良くなかったから、誤解がとけるどころか、今度は彼女の方が、仮病だとか、かまってちゃん病とか、推薦が……、その、進路のことでネットに悪口を上げられたりするようになって……。不登校に追い詰める原因をわたしが作ってしまったんです」

久米さんのスマホ恐怖症は、自分への誹謗中傷ではなく、友だちへの攻撃の方が原因になってしまったのかもしれない。できることなら、昼休みに食べたクッキーを吐き出してしまいたい。

「大変だったね」

正也が口を開いた。三人とも立ちっぱなしだったことを今思い出したかのように、テーブルの角にひょいと座る。

「でも、久米ちゃんが、あ、いや、二年がそう呼んでるなら、俺もいいかなって」

正也は頭を掻きながら笑った。

「久米ちゃんが俺たちの前でチョコを断ったのって、ポテトにチョコソースをかけた時だったじゃん。俺ならそんなものを前にして、真面目な話なんてできないのに、久米ちゃんはちゃんと、チョコレート断ちをしていることは教えてくれた。充分だよ」

そうそう、と大きく頷く。また、これだ。なぜ、こういうことを自分は言えないのだろうと、正也に嫉妬さえ覚えてしまう。

「ありがとうございます。でも、何か言葉足らずになっていたら、遠慮なく指摘してください」

久米さんの顔に少し笑みが浮かび、肩が下がったように見えた。

僕もなにか気の利いたことを、と考えていたら、ドアが開き、失礼しまーす、と黒田先輩の陽気な声が聞こえ、二年生の先輩たちがぞろぞろと入ってきた。外で様子を窺っていた、ということはないか。

ドアが閉まっていれば、完璧な防音なのだから。そのドアがきちんと閉まっていたかは定かではないけれど。

そうだ、と、僕は白井部長に確認事項があったことを思い出した。テーブルに筆記用具を出している部長の横に行く。

「卒業記念DVDの部活動の部分なんですけど、陸上部の長距離部門は外に練習に出ることが多いから、校内で撮影したものにはあまり映っていなくて。三崎ふれあいマラソンの映像も入れていいですか？」

「いいんじゃない？　でも、三年生も出てたっけ？」

部長の指摘に、そこは見落としていたと気付く。陸上部を追いかけることになって、三年生、二年生の先輩たちの区別もつくようになったけど、マラソン大会の頃は、良太とその他、くらいの識別しかできなかった。

「確認します！」

今日の作業はこれだな、と思ったところで、ドアの開く音が聞こえた。部員は全員揃っている。秋山先生だ。撮影のために車を出してくれ、少し打ち解けることもできたけど、その後、秋山先生が放送室を訪れたことはなかったのに。

「俺っすか？」

秋山先生のクラスの正也が訊ねた。

「ううん。全員に。ちゃんと話したいから、作業を中断して席についてくれる？」

先生の口調は重く、表情も厳しい。イヤな予感がむくむくと込み上げてくるのを感じながら、テーブルのいつもの席についた。普段は上座の中央に座っている白井部長は、自分の椅子をずらして、先生のために壁に立てかけてあったパイプ椅子を広げた。

ありがとう、と小さくつぶやいて先生は浅く腰掛け、僕たち放送部員を見回した。座り位置として、先生の正面が僕だからか、最後にしっかりと目が合ってしまう。

秋山先生は意を決したように息を吸った。

「原島先生から、陸上部の取材を中止してほしいと言われました」

息を呑む。吐き出すことができない。僕も、他の部員たちも……。しばらく重い空気が流れた後、先生はわずかに首を傾げた。どうして？　そう、どうして、だ。この子たちはどうして理由を訊ねないのだろう、と不審に思ったのかもしれない。何か知っているのだろうか、と。

だけど、動画のことだとは限らない。僕が訊いてもいいのか？

「どうしてですか？　理由を説明してください」

蒼先輩が落ち着いた口調で訊ねた。

「そう、理由を！」

ハッとしたように、白井部長が続いた。

秋山先生はもう一度、全員を見た。今度は、視線は僕でなく、白井部長の前でとまった。

「これは決して口外しないで。実は、原島先生の職員室のパソコンに、陸上部員の校内での喫煙を疑わせる画像が届いたの。これから、その調査を行うことになるから、取材は遠慮してほしいって」

僕の頭の中に、保存ファイルをクリックしたかのように、あの動画が浮かび上がってきた。

良太、と、こぼれ出そうな声を必死で飲み込んだ。

良太、大丈夫か！　と今すぐ立ち上がり、良太のもとに駆け出したい衝動を抑え付けるために、僕は膝の上に載せた両手の拳を強く強く握りしめた。

「何かあった？」

生姜の香りがほわんと立ち上るから揚げから視線を上げると、母さんの心配顔とぶつかった。

母さんが僕にこんなことを訊くのはいつ以来だろう。脚のケガで沈んでいた時期でさえ、ストレートに問われることはなかったのに。それは、原因を母さんが知っていたからか。そういえば、いただきます、と言ったきり、僕は食事中ひと言もしゃべっていない。

食事時に一日の出来事を母さんにすべて報告することはないけれど、ドローンを使い始めてからは、その話をよくするようになった。スマホの動画を見せてあげたこともある。母さんは、プロみたい、と毎回同じ言葉で褒めてくれる。

だけど、毎日ではない。

僕の進学費用のためか、夜間に放置しても問題ない年齢になったからか、夜勤のシフトが増えた母さんと向き合って夕食を取るのは、久しぶりのことだ。だからこそ、温め直すよりも出来立ての方が断然おいしい僕の好物のから揚げを、昨日から特製ダレに漬け込んで、皿に山盛り作ってくれたのに。

のっそりと一つだけ食べて箸を置かれたのでは、母さんも「何かあった」と気付くだろう。むしろ、マイナスアピールをしてしまったようなものだ。

話してみようか。そんな気持ちが若干でも生じるのは、「何か」が僕に直接関係ないことだからかもしれない。実は、と答える代わりに僕はから揚げを頬張った。嚙んでも噛んでも喉(のど)の奥に進もうとしない肉を、麦茶で一気に流し込む。

から揚げが喉を通らない、なんてことがかつて僕にあっただろうか。自分のことで悩んでいる時は、むしろ、やけ食いのように食べまくっていた。余計なことを考えたくないから、どんなに悩んでも事態が変わらないことを知っていたから、食べることに気持ちを集中させていた。

心配事の種類が違うのだ。良太を案じるのは初めてではない。ケガのこと、駅伝県大会の走者に選ばれなかったこと。今回はそれらとは違う良太の危機、なんだろうか。

「ゴメン、せっかく作ってくれたのに。何があったのか、僕にもよくわからないんだ」

僕は一度持ち上げた箸を置いた。

「大丈夫よ。冷めてもおいしいから」

笑いながらそう言ってくれた母さんに、喉元まで込み上げてきた再びのゴメンを飲み込んで、ありがとう、と口にした。

自室に戻り、ベッドに寝転んだ。

満腹感がないぶん、頭の中はクリアだ。そのクリアな画面に、秋山先生が出て行った後の放送室が浮かび上がる。

原島先生に動画を送ったのは誰だ？　僕は秋山先生の話を聞いた途端、そう思ったし、先生の退出後は犯人捜しが始まるものだと身構えてもいた。もちろん、誰のことも疑いたくなかったけれど、放送部用のパソコンに問題の動画が保存されているのは、動かしようのない事実だ。

秋山先生は必要事項だけ伝えると、足早に放送室を出て行った。これ以上質問は受け付けません、と逃げるように。

——どうしよう。

放送室のドアが閉まると同時に、白井部長がつぶやいた。いつものようなキレがなく、とまどっていることが伝わってくる声は、僕自身の気持ちを代弁してくれているかのようで、少し肩の力が抜けたのだけれど……、続いた言葉に僕は耳を疑った。

——テーマ、変更することになるのかな。

まさか、良太や陸上部ではなく、自分たち、放送部のことを心配していたとは。

——そんなことより、動画がなぜ流出したのか調べる方が先じゃないですか？

自分の声に驚いた。とっさに立ち上がったことにも。

——圭祐、落ち着けって。

正也にブレザーの裾（すそ）を引っ張られるほど、僕は前のめりになっていた。なのに、白井部長からはさらに唖然（あぜん）とさせられる言葉が返ってきた。

——まさか、放送部、この中の誰かが原島先生に動画を送ったと疑ってるの？

そう思っているのは、僕だけなのか？　部長から目を逸（そ）らしつつ全員を見回した。顔を伏せている久米さん以外のみんなと目が合った。それぞれの本心はわからない。だけど、責められているような気がした。実際、僕を援護する声は上がらなかった。

ただし、確認は行われた。

——黒田、原島先生に送った動画を確かめて。

部長に言われて、黒田先輩はその場で自分のスマホを出して操作し始めた。ほら、と、まるで僕に見せるかのような角度で差し出されたスマホの画面には、三年生男子の集団行動の演技が映し出されていて、終了の合図と思われる太鼓の連打が終わり、数秒の余韻を残したところで、映像も終わった。

——そもそも俺、この動画、原島先生のスマホに送ってるし。

黒田先輩はチラッと僕を見たものの、白井部長に向き直ってそう言った。

念のため、パソコンの確認もされた。操作は引き続き黒田先輩が行ったけれど、メールの送信履歴に原島先生宛はなかった。

——まあ、送信後に削除できるんだから、ここから送られていないって証拠にはならないけど。

僕が考えていたことを、黒田先輩が言ってくれた。

——でも……。私は昨日、この件を先生に報告した方がいいって言ったから、念のために弁解しておくけど、そもそも、原島先生のPCメールのアドレスを知らないし、報告するなら、直接、先生のところに行く。こっそり動画を送るなんてことはしない。

白井部長は胸を張って言い切った。

——ここまでにしよう。

声を上げたのは、蒼先輩だ。

——この流れじゃ、皆がアリバイを主張し始めて、犯人捜しが始まってしまう。だいたい、俺はこの中に犯人がいるんじゃないかなんて、最初から一ミリも疑っていない。動画についてはそれぞれの意見を出し合って、どう扱うかを決めた。白井だけじゃなく、放送部全員、それを覆してまで密告する動機が思い当たらない。それどころか、自分たちの活動にも影響が出て、困っている。秋山先生の言葉をもう一度思い出してほしい。

僕は蒼先輩が何に引っかかっているのかよくわからなかった。

——原島先生のPCに届いたのは、画像って言わなかったか？

そういえば、と思い出す。

——そりゃあ、動画も画像と呼べるけど、原島先生は、動画を撮ってくれとか、あの時の映像はあるか、とは言うけど、画像って呼んでるのを、少なくとも俺は聞いたことがない。だから、写真が届いたんじゃないかと思ってる。昼休みのことだから、誰かがあの現場を偶然見かけて撮っていてもおかしくない。

校舎の廊下から見える場所ならともかく、あんな奥まった場所を偶然？　と白井部長も思ったらしい。あっ、と声を上げた。

——やっぱり、罠かも。煙草をしかけて、隠れてカメラを構えていたんじゃない？

それなら逆に、こっちの動画に犯人の姿が映っていたら解決できたのに。

白井部長は悔しそうに言いながら、あきらめきれない様子でパソコンに保存してある動画を再生した。僕も自分の席を立ち、部長のとなりに行って画面の端から端まで食い入るように眺めたけれど、良太以外の人の姿も、隠しカメラも、見つけることはできなかった。黒田先輩も加わり、スロー再生やコマ送りにしても、結果は同じだった。

僕と部長、どちらが大きなため息をついただろう。

——わざわざ屋上発着にしなくても、部室棟にしておけば、全部の真相がわかったかもしれないのに。

部長が黒田先輩にぼやいた。僕も根本的な問題に気付かされ、ハッとした。原島先生に画像を送ったのが誰かと言う前に、誰が陸上部の部室に煙草を持ちこんだのか。

それは、良太を罠にはめるためのものなのか。誰かが吸いかけの煙草を放置して部室から出たタイミングで、たまたま良太が運悪くやってきてしまったのか。

——個人じゃなく、陸上部の全国大会出場を阻もうとたくらんでいるヤツがいるのかもしれない。

正也が言った。そこは思いつかなかったものの、一番当てはまるような気がした。

——それを、原島先生を中心に陸上部で検証していくんだろ。俺たちがここで議論しても仕方がないよ。

蒼先輩がそう言って、テレビドキュメント部門のテーマをどうするかも、原島先生からの報告を待ってから決めることになり、その後、個別の作業をすることになった。しかし、一〇分も経たないうちに、白井部長は何だか気が乗らないと言い出し、翠先輩も風邪気味だということで、全員が下校することになった。

みんなでぞろぞろと歩きながら、ふと、グラウンドに目を遣ると、陸上部の長距離部門だけでなく、短距離部門の部員の姿もなかった。サッカー部やテニス部といった、他の運動部は普段とかわらず練習しているのに。

——なんか、男子校みたい。

白井部長がつぶやくのが聞こえ、改めてグラウンドを見渡した。確かに、目に映る八割方が男子だ。グラウンドの中央で部員数最大のサッカー部が練習しているからそう見えるのか。

——男子校だった頃の名残だろうな。

蒼先輩が答えた。そうだったのか、と心の中で驚いた。中学三年生の後半に入って、良太と一緒に陸上部に入りたいという理由で急遽、青海学院を目指した僕は、学校の沿革をあまり知らない。合格発表時に受け取った学校案内の冊子は、開いてもいない。

——共学になったのって、もう二〇年も前のことでしょ。前世紀の名残がまだ感じられるなんて、進化の遅さの証明じゃない。

白井部長はあきれたように両手を広げ、さらに続けた。

——それに、文理科は男女比が半々だけど、スポーツ推薦の人間科学科は九割方男子。ちらっと聞いた話じゃ、推薦は男子にしか声がかからないみたいじゃない。

——それは、女子の運動部が全国大会出場レベルに達してないからだろ。五年前に剣道部が初めてインターハイ出場を決めて、女子の推薦枠も広がったじゃないか。

黒田先輩が言った。スポーツ推薦とは無縁そうな先輩たちが、どうしてこんなに詳しいのか。

——女子の推薦枠が少ないから、男子の運動部に実績が及ばないんじゃない。ねえ、翠。

——そうね。女子陸上部も長距離部門があれば……、久米ちゃんが活躍できたかも。でも、それじゃあ、私たちが困るか。

久々に翠先輩の声を聞いたような気がした。確かに、声にいつものハリがない。そんなことよりも、僕は女子陸上部に長距離部門がないことを初めて知った。グラウンドでは女子の陸上部員も見かけるけど、全員、短距離なのか。それとも、部員が少ないからわかれていないのか。

自分がいかに外に向かってアンテナを張っていないかを思い知らされた。

駅に着くまで、画像の話は一度も触れられなかった。白井部長が校内における男女差別を挙げては、蒼先輩が女性優位と平等は違うと言い返す。そして、黒田先輩が競うより仲良くする方法を考えろと仲裁に入る。その繰り返しだった。

——ラジオドキュメントのテーマはそれにして、おまえたち二人で作れ。

黒田先輩がそう言い、今の会話も録音しとけばよかったっすね、と正也がおどけ、みんなで笑って解散したのに。

一人になると、頭の中に三分間の動画が勝手に再生されていった。今頃、陸上部ではどんな話し合いが持たれているのか。

本当に、原島先生のパソコンに届いた画像は、放送部の動画とは無関係なのか。白井部長は原島先生のPCメールのアドレスを知らないと言った。だけど、僕は知っている……。

ハッと思い出した。僕はミラーレス一眼カメラで撮影した陸上部の動画を原島先生に送るため、先生からパソコンのメールアドレスを教えてもらった。B5サイズのルーズリーフに蛍光ペンで大きく書いてもらって。それを、伏せてはいたけれど、しばらく放送部用のノートパソコンの上に置いていた。

誰でも見ることができた。覚えにくいものではない。むしろ、覚える気がなくても、目に留まれば自然に印象付けられてしまうような文字列だ。

どうして、あの場で思いつかなかったのだろう。いや、言えたか？

数少ない放送部員の誰かを疑うようなことを。

そもそも、誰を疑えというのだ。

天井を眺めているから映像が現れてしまう、と気合いを入れて立ち上がり、勉強机に移動した。が、勉強はしたくない。

ゲームでもしようとノートパソコンを起動させ、確認しなければならない作業があったことを思い出した。一度、放送部や陸上部から頭を切り離した方がいいのかもしれないけれど、卒業記念DVDは別物だ。締め切りは近い。

動画はこのパソコンにも取り込んでいたはずだ。

僕は「三崎ふれあいマラソン大会」の動画ファイルを開いた。

今はすっかり僕専用になっているミラーレス一眼カメラで、黒田先輩が撮ったものだ。これまでじっくり見たことがなかったけれど、黒田先輩はドローンの操作が上手いだけではないことが、最初の数分を再生しただけでわかる。

僕とは違う切り取り方。陸上経験者だからといって、僕の方が上手に撮れるというわけではない。そう痛感させられる。「マラソン」ではなく「マラソン大会」なのだ。黒田先輩の映像からは、ただ選手が記録に挑戦するだけではない、地方都市の祭りのようなのんびりとした賑わいも感じ取ることができた。走ることが苦手な人でも、見学に行ってみたいと思わせるような。

しかし、今の目的はカメラ技術を学ぶことではない。青海学院陸上部の三年生の姿を探す。一人も見当たらない。参加メンバーを見る限り、駅伝レギュラー以外の一、二年生ばかりだ。

おそらく、三年生がみんなレギュラーに選ばれているのではなく、レギュラーに選ばれなかったり、メンバー入りすらできなかった三年生は、多くの他の部がそうであるように、夏前、もしくは夏で、引退したのではないだろうか。

強豪校で頑張ったからといって、簡単に推薦を受けられるわけではない。卒業後も陸上を続けるとは限らない。次の進路のために、いさぎよく線引きすることも必要だ。

それでも最後まで見てみようと、早送りで再生をする。そして、一時停止した。三分戻る。通常再生する。もう一度、三分戻る。画面の右端上部を拡大した。

どうして、この二人が一緒にいるんだ？

二人とも、二個入りのおはぎのパックを持って木陰に移動し、一方のパックだけ開けて一個ずつ仲良く食べている。参加賞であるマラソン大会のロゴが入ったタオルを首にかけているのに、一方だけがそれを首から外し、二人で両端を持って、多分……、あんこで汚れた手を拭いているのだろう。

ほほえましい、いや、うらやましい光景であるはずなのに、モヤモヤとした黒い雲のような思いが広がっていく。

ビクリ、とした。ベッドに放り投げていたスマホが音を上げたからだ。

良太からＬＡＮＤでメッセージが届いている。二人で話をしたい、と。

もしかすると、良太も犯人捜しをしているのではないだろうか。そして、この二人の関係に気付き、疑った。

放送部が関与しているのではないか、と。

昼休みに堀江から、塾でも通い始めたのかと訊かれ、五時間目の英語の小テストで、僕が午前中に居眠りをしているのは夜中に勉強をしているせいでないことがバレてしまった。

放課後、補習のために別のクラスの教室に移動している最中に、「何かあった？」と少し心配そうな顔で訊かれた。ちなみに同じく補習を受ける堀江はラグビー部の練習でへばっていたらしい。

中学時代の僕にとっては日常茶飯事で、今更ながら、スポーツで疲れてスコンと寝落ちしてしまう感覚を懐かしく思い出した。もう、あれを体験することはできないのだろうか。

ともあれ、母さんならともかく、クラスの友人にまで気にかけられているようではダメだ。せっかく、今日も陸上部の噂は耳にしていないのに、何か起きていることを僕が知らしめるような態度を取ってはならない。

「部活のためにお年玉を全額費やしてノートパソコン買ったのに、ゲームにはまっちゃってさ」

そう答えて、頭を掻（か）きながら笑ってみせた。

「そういえば」

堀江は何か言いかけたけど、移動はたいした距離ではない。ゲームに誘われると断り辛（づら）いので、ホッとした。

ホッとし続けに、補習で良かったという思いもある。

昨夜、偶然見つけてしまった動画の一場面。思いがけない放送部員と陸上部員の繫(つな)がり。それはそのまま良太に罠(わな)をしかける動機と結びつく。だけど、確証とはならない。おそらく良太を好ましく思っていないだろうと思われる陸上部員の一人が、親しそうにしていただけ。

僕の知る限り、あの人は他人を貶(おとし)めようとする人柄ではない。みんなの前でさりげなく関係を問いただしてみるか、そっと呼び出して、僕の疑念を打ち明けるか。どちらにしても、僕の方が単純な思考や浅はかな人格を軽蔑(けいべつ)されることになりかねない。それに、今日の部活のあいだは、何事も気付かなかったフリをして過ごさなければならない。

今晩、良太と会う約束をしているからだ。

文字で残したくないのか、文字では伝えにくいのか、表情を見ながら話したいのか、良太は直接会って話したいとメッセージを送ってきた。学校の外で、と。

煙草や画像という言葉は出てこなかったものの、困ったことになっている、とは書いてくれた。それを僕に伝えるということは、ただ、友人に悩みを相談したいのではなく、困ったことに放送部が関与していると疑っているけれど、おまえも察していることがあるんじゃないか、と、さぐりをいれているようにも感じた。

さぐり？　いや、良太は本当に困っているのだ。

良太と話すまでは、僕が勝手に暴走するわけにはいかない。とはいえ、放送室に行くと僕がモヤモヤした気分でいることを、おそらく、ほぼ全員に気付かれるはずだ。良太を心配していることを差し引いても、昨日と様子が違う、とバレるに違いない。それだけならまだしも、白井部長から、何かあった？　と大声で訊かれるおそれもある。

そうなると、僕の視線はどこを向く？　おかしなジグザグを描き、ああ、それが「目が泳ぐ」という表現なのだろう。

いっそ、休んでしまおうか。でも、休む理由を訊かれたら？

そもそも、黒田先輩は自分で撮影したのだから、あの二人が映っているのを見逃したはずがない。いや、駅伝メンバーの実力を把握しておらず、誰が最後のひと枠に近いのかを知らないから、今回の件に結びつかないのかも。

違う。仲間を信頼しているのだ。

そんなことばかりが頭の中を駆け巡っていたのだから、当然、僕は再テストの再テストを受けるハメになった。日を改めてではない。採点の三〇分後。

おかげで、放送室には、通常より一時間半遅れて行くことができたのだけど……。ドアの前で秋山先生と鉢合わせした。

何か進捗があったのだ。再テストなど受けている場合ではなかった。先生は僕と目が合うと、申し訳なさそうに微笑んだ。いい報告ではなかったということか。僕も先生から聞こうかと思ったところで、先生の方が先に口を開いた。

「先輩たちから報告を受けると思うけど、無駄にはならないはずだから。力になれなくてゴメンね」

ドアの向こうで何が待っているのか。詳細にふれず謝罪だけする先生をズルいと感じ、先生を追わずに、勇気を振り絞って重いドアを押した。

昨日と同様、僕以外の部員全員がテーブルを囲むように席に着いていた。しかし、想像していた光景とは様子が違う。

テーブルの半分を覆うかのように両手を広げて突っ伏しているのは、黒田先輩だ。その背を白井部長がポンポンと叩き、横から蒼先輩が、元気出せよ、と声をかけている。正也と久米さんが困った様子で先輩たちを眺めている中、翠先輩が立ち上がった。

「紅茶でも淹れようか」

その柔らかい声がじわっと頭に沁み込んで、つい、翠先輩を凝視してしまった。

「ああ、町田くん」

僕に気付いた先輩は秋山先生と同様に、困った様子で微笑んだ。町田？　と黒田先輩も首を持ち上げこちらを向いた。

「なんかもう、ダメだわ、俺。おまえと酒でも飲みたいよ」

「バカなこと言わないの」

白井部長が黒田先輩の背中をはたいた。

「アイス、奢ってあげるから。大奮発して、あんたの好きなハーゲンダッツ。よし、みんなで食べよう」

エアコンの効きがいいとはいえない放送室でアイスを食べることに異を唱える声は上がらない。少なからず、みんなに悔しい思いが生じているのだ。クールダウンが必要な事情。もしかすると、テレビドキュメントのテーマに陸上部を取り上げること自体をやめて欲しいと言われたのか。

しかし、それに一番ショックを受けるのは、黒田先輩ではないはずだ。

「俺、買ってきますよ」

正也が言った。学校から一〇〇メートルも離れていないところにコンビニがある。

「じゃあ、わたしも」

「じゃあ、一年で」

僕も片手を挙げた。先輩たちからアイスの種類を第二希望まで聞き、三人で放送室を出た。

「秋山先生、昨日の続き？」

校内では、どのアイスにしようか、などとどうでもいいことを話し、正門を出てから正也に訊ねた。

「いや、別件」

意外な答えが返ってきた。

「卒業記念ＤＶＤにドローン撮影の映像を使わないでほしい、ってさ。ついでに、校内でのドローン撮影もしばらく禁止」

「どうして」

正也が言い終わらないうちに、かぶせぎみに訊ねてしまった。校内で飛ばしていいのか、文句を言われないかと、使用当初は心配していたことを今の今まで忘れていたほどに、様々な部から依頼を受け、正式な学校行事まで撮影するようになっていたのに。

「三年生の一部から、生徒指導部に嘆願書が出されたらしいよ。プライバシーの侵害だって」

「じゃあ、ミラーレスで撮影した体育祭や文化祭の映像は？　卒業記念DVD自体をやめてほしいってことにはならないの？」

「放送室に戻れば嘆願書のコピーがあるけどさ、秋山先生が要約したところによると、ドローンは隠し撮りされているようで気持ち悪いんだってさ。撮影者の視界の範囲外から撮ったものに、責任が伴っているとは思えない、とか」

そんな捉え方があるのか、と言葉を失ってしまう。

「でもさ、更衣室を撮るとか、プライバシーって言うなら、補習風景？　そういう、撮られて困るような場所で飛ばしているわけじゃないのに……」

語尾に力が籠らないのは、実際に、プライバシーの侵害に当たりそうな映像を撮ってしまったからだ。ドローン撮影を見越しての罠だったとしたら。

「多分だけど。まるで正義の糾弾って感じで、それっぽい言葉で文章化されてしまったけど、きっかけは大した理由じゃないのかもしれない。センター試験で実力が発揮できなくて落ち込んでいたところに、ドローンが飛んでいて、今の顔、撮られちゃったのかって思ったり。一人で弁当食うことなんて何とも思っていなくても、それが映像に残って、親とかに見られるのはイヤだなって思ったり」

「あっ、それはわかります」

久米さんが言った。久米さんは入学当初、非常階段で一人で弁当を食べていた。そんなところ、映っていても編集時にカットするだろうけど、撮られた方は気になるはずだ。

応援団の演舞だって、みんなが目を輝かせて見ていたわけではない。居眠りしていたり、雑談していたり、スマホを操作していたり。僕はそういう人たちがなるべく画面に入らないように心掛けた。精一杯応援する応援団とそれに勇気付けられる受験生、という画が撮れるように。

「でも、校内でのドローン撮影禁止ってことは、部活の動画も撮れないってことだろ。極端すぎない？」

そりゃあ、黒田先輩が落ち込むはずだ。

「線引きが難しくなるから、仕方ないよ。それにしても、黒田先輩、なんで圭祐と飲みたいなんて言ったんだろ。圭祐が来るまでずっと黙って伏せてたし。俺もドローンチームの一員だと思っていたのに。なあ、久米ちゃん」

正也が拗ねた口ぶりで言った。

「そうですね。ドローンを当てたのはわたしなのに」

久米さんも納得できていないようだ。

「そんなの、正也は脚本、久米さんは朗読がメインだからだよ」

「そうかな。熱意の量は別として、才能的には圭祐も、撮影よりアナウンスや朗読じゃないか？」

正也がしれっと突き刺さることを言う。だけど、僕には他に黒田先輩との共通点がわからない。性格的に特別好かれているとも思えない。

だとすれば、やはり、黒田先輩は僕の中に撮影の才能を見出してくれているのではないだろうか。だけど、この状況になって気付く。僕はドローン撮影が禁止されることを残念には思っているものの、それほどショックは受けていない。

むしろ、良太の状況が悪化している報告でなかったことにホッとしている。

二人で検討したものの、内緒話ができる場所は一カ所しか思いつかなかった。

中学時代、朝晩、毎日のように通った市民グラウンドだ。短い距離なら、自転車に乗っても膝にそれほど負担を感じなくなった。家に帰って制服を着替え、途中のコンビニで肉まんを二個買って自転車置き場に到着すると、良太はすでに自転車を停め、外灯の下に立っていた。

グラウンドにはライトが灯され、野球をしている音が聞こえた。僕たちは中には入らず外周にあるベンチの一つに並んで座った。二人同時にコンビニのレジ袋を差し出す。

先に笑ったのは良太だ。僕たちはまったく同じものを買っていたのだから。

「でもさ、一個ずつ交換しようよ」

僕の提案に、良太は、いただき、と言いながらレジ袋に手を突っ込んだ。僕も同様に良太の袋から肉まんを一個、取り出した。思い切りかぶりつく。

やっぱり、良太の持ってきた肉まんは少し冷めていた。

「困ったことになってるんだ」

肉まんを二つとも食べ終え、ゴミを入れたレジ袋をフリースジャケットのポケットにねじ込んでから、良太は僕の方を見てそう言った。レジ袋を握ったままの僕は、手のひらにさらに強くその感触を覚えながら、どう返そうかと考えた。

「喫煙画像が原島先生のＰＣメールに届いた、んだよね」

秋山先生からの報告の範囲内に止める。

「そう。俺が部室の前で煙草を持ってる写真」

写真……、と思わずつぶやき、反応を間違えたことに気付く。今更不自然に、良太が？　とは驚けない。

「やっぱり、何か知ってるんだ」

良太の口調はいつもの落ち着いたもので、僕を責める様子はない。ドローン撮影のことから順に話せばいいのだろうか。それとも、僕の推測から？　その前に、良太が置かれている状況を詳しく訊ねた方がいいのだろうか。

「圭祐は……」

僕の考えがまとまらないうちに、良太が口を開いた。

「あの子をどれくらい信頼している？」

思いがけない問いかけに、口を開けたまま見返す。

「あの子？」

オウム返ししかできない。良太が「あの子」と呼ぶからには同級生か年下の女子で、「信頼」という関係に当たる相手は、僕にはたった一人しかいないのに。

「久米咲楽。俺、あの時、見たんだ。非常階段にあの子がいるのを」

声が出なかった。ただ、答えるとしたら「何も知らない」だ。良太が疑っていることについて、僕は何も知らない。

第6章　リアクションショット

勉強机に置いたスマホを睨(にら)みつけて思案する。

僕の知らない久米さんのこと。たとえば、中学時代の交友関係を本人以外から聞き出すとすれば、同じ中学出身の木崎さんに連絡を取ればいい。LANDで数文字送れば事足りる。数分後には、こちらが知りたいこと以上の情報を、嬉々(きき)として提供してくれるに違いない。目を覆ってしまいたくなるようなことまで。

実際、僕が知らなかった、久米さんがチョコレート断ちをしている理由を、木崎さんはまったく悪びれる様子なく暴露した。悪口ではない。結果、久米さんは僕や正也に詳しく話してくれたけど、本当は打ち明けたくなかったんじゃないだろうか。少なくとも、他人から漏れたことをフォローするようなかたちでは。

それに、木崎さんは(木崎さん以外の同じ中学出身者に訊ねるとしても)僕がなぜ、本人に直接訊(き)かないのかと疑問に思うはずだ。そして、余計な穿鑿(せんさく)をする。久米さんが何かしでかしたに違いない、と。噂好きで勘のいい人なら、校内でざわついていることを探り当て、陸上部に結び付けるかもしれない。そうすると、陸上部の一年生、僕を辿(たど)

って、良太まで穿鑿されることになる。

そうじゃない。久米さんのことを木崎さんに訊ねるなんて、どんな内容であれ、たとえ誕生日プレゼントの相談でも、久米さんを傷付けるだけだ。

やはり、直接話した方がいい、のか？

良太は久米さんの名前を出した後、時間を巻き戻すかのように、自分の身に降りかかっていることを淡々と話してくれた。

四時間目終了後の昼休みに陸上部の部室に行くことは、良太の日課になっている。競技用の器具などは、グラウンドの隅に部専用の倉庫があるため、部室は割と片付いており、ダンベルなどを使った筋トレができるスペースが作られているという。

そこで、一〇分間トレーニングをしてから、弁当を食べる。

三崎中陸上部の日課でもある。僕も中学時代はいつもそうしていた。

青海学院陸上部のように広い部室やトレーニングルームはないので、渡り廊下で、青海学院スポーツ推薦クラスのように式典などの行事の時以外は部活動のジャージや学校の体操服で授業を受けてもいいという決まりもなかったので、制服姿のまま、腕立て伏せや腹筋運動を取り入れた、村岡先生考案の一〇分間サーキットを行っていたのだ。

やり始めた頃は、宿題を忘れたの？　とか、罰ゲームか？　などと他の生徒たちにからかわれることもあったけど、恥ずかしくもなんともなかった。クラスは違っても陸上部の同級生全員で集まってやっていたからだ。別の渡り廊下には、先輩たちや、後輩たちの姿もあった。一、二、三、と、そこから大きな掛け声が聞こえてくると、こちらも負けないように声を張り上げた。

もしも、僕が陸上部に入っていたら……。四時間目が終わるとすぐに、部室に駆け出したはずだ。はりきってるな、とか、効果があるのか、などと周囲から揶揄されても、「三崎中の村岡式なので」と堂々と答えながら。むしろ、誇らしく思いながら。

そのトレーニングを、良太は入学時から一人でやっていた。

――三崎中出身者は俺だけだから。

良太の苦笑いは、僕がいれば、という思いからか。

――やっぱり公立だと、五本松中かな。先輩後輩問わず団結力があって、五中軍団なんて呼ばれているんだ。

良太はそう言って、小さくため息をついた。初めに名前を聞いていたので、その理由を察することができた。久米さんも五中の陸上部出身だ。僕たちはその話を村岡先生の家でしている。

肉まんを二つも食べて、口の中の水分はすっかり奪われていたはずなのに、僕は自然と唾を飲んだ。

――部室は、日中は施錠されていないんだ。弁当食った後とか、休み時間にトレーニングをする部員は俺以外にもいるし、ロッカーに教科書入れてる先輩もいるから。

放送室と同じだ。だけど、放送室には校内放送を目的とした教員や放送部以外の生徒の出入りもある。

――四時間目が終わって、体操服が泥だらけになった三年生とすれ違って、ゲホゲホしながら部室に行って、ドアを開けたら、イヤな臭いがした。煙草だってすぐにわかって室内を見回したら、腹筋用のベンチの上に缶があって、その上に火のついた煙草がのっていたんだ。食堂前の自販機で売ってるコーンスープの小さい缶で、煙草が今にも転がり落ちそうになっていたから、あわてて手に取って、外に出た。迂闊だよな。その場で処理すればいいだけなのに……。

――僕でもそうしていたよ。自分が吸っていたものじゃないんだから。

そうだ。自分で吸っていたのなら、外になんて絶対に出ない。

――だよな。俺もヤバいと察してすぐ中に戻ればよかったのに、誰がこんなことしたんだって、犯人捜しでもするような気分で辺りを見回したんだ。そうしたら、三階の非常階段のところに……、あの子がいた。

――久米さん？

――うん。けっこう距離はあるけど、あの子に間違いない。ほんの数秒だったけど、目も合った。多分、スマホか何かあったような気もする。それで、ヤバいって、その時になって初めてそう感じて、あわてて部室に戻って煙草を踏みつぶしてリュックに入れたんだ。

イヤなことを思い出してしまったように顔をしかめる良太に、僕はしばらく何も返せなかった。久米さんが非常階段にいたなんて。予告がなければ、パニックを起こしていたかもしれない。

とっさに久米さんを庇う言葉も出てこなかった。

四階建ての校舎は、四階が三年生の教室、三階が二年生、二階が一年生、一階が化学室などの特別教室となっている。一年生がちょっとした息抜きで非常階段に出たとしても、三階までは上がらない。

とはいえ、その日、久米さんは昼休みが始まってすぐに、そこに行く理由はあった。ドローンのリモコンにセットされた自分のスマホを回収するためだ。

黒田先輩は中庭での撮影後、久米さんに放送室でスマホを返すつもりでいたみたいだけど、もしも、久米さんが昼休みのあいだにスマホが必要になったら、放送室で待っているよりも、黒田先輩のところに自分から行く方が早い。

ドローンの発着を屋上に設定することを黒田先輩から聞いていたとすれば、そこで待っているのが確実だ。

その最中に、良太の姿をたまたま見かけてしまった。煙草を持っていた。誰にも言えない。その気持ちもわかる。

しかし、自分が目撃した光景が、ドローンに映っていたことが発覚した後でも、黙っている必要はあるのだろうか。

実は、屋上に行く途中でわたしも見たんです。そう話せばすむ話だ。久米さんが疑われる要素はない。

なのに、久米さんは黙っていただけでなく、屋上じゃなく放送室に行かなかった理由として、昼休みは教室で小テストの勉強をしていた、とみんなの前で言った。前日の夜にテレビを見ていてあまりできなかった、と久米さんらしからぬ余計な説明までしていたのは、肝心なことを隠すためではないのか。

久米さんは良太を目撃したことよりも、自分が非常階段にいたことを隠しておきたかったのではないか。

それでも僕は、良太に、久米さんは屋上に行こうとしていたんだ、と言えばよかったのかもしれない。黙ったままの僕に、良太は自分の推測を話し始めた。

陸上部の部室に煙草をしかけて、非常階段から撮影したのは久米さんじゃないか、と。ドローンには気付かなかったようだ。

――なんで久米さんがそんなことを。理由がないじゃないか。

これはすぐに言えた。たとえ、状況的に久米さんが怪しくて、言動に腑に落ちないところがあっても、理由がわからないのなら疑うべきではない。

だけど、良太はそれにもちゃんと答えた。感情的にならず、むしろ、僕がそれを知らなかったことに驚きながら。

――それほど、あの子と仲がいいわけじゃなかったんだ。

良太がホッとしたように言ったのが、逆にグサリと刺さった。

そんなことない、という思いも込めて僕は良太に言った。

――僕が、確認するよ。

そうして、帰宅したものの、一人になってスマホを取り出し、フリーズした。

誰に確認すればいいんだ？

良太は「久米さんに」だと思っているだろう。面倒なことを頼んでゴメン、と謝られもした。僕もそのつもりだった。

だけど、本人にいきなりなんと問えばいい？　そして……、単純で重大な失念に気付く。

非常階段にいる時点の久米さんは、スマホを持っていないじゃないか。

とはいえ、ならば尚更、そこにいたことを隠していたことに疑惑が残る。それをぶつけるならやはり、多少なりとも裏を取るべきじゃないのか。その相手が木崎さんでいいのか。

そもそも、ＬＡＮＤでやりとりしていいことなのか。文字に残ることをためらって、打ち明けられないことだってあるんじゃないのか。それは、本音とは言えない。

久米さんと直接話そう。

弁当を持って非常階段に出るのは、もう半年ぶりになるのか。

「今日はけっこうあったかいな」

僕の前を行く正也が重いドアを開け、空を見上げながら言った。今年は全国的に暖冬らしく、テレビで見た正月駅伝も、二日間とも快晴のもと各区間で新記録が出されていた。

僕は昨夜、放送部の同学年のＬＡＮＤグループに「話したいことがある」とメッセージを送った。久米さんと二人で向き合うのが不安なのではなく、やっぱり、正也もいなければならないような気がしたからだ。

「上着なしでも充分だ」

登下校時に着ているフリースジャケットを羽織ろうかと考えたけど、そのまま教室を出ることにした。クラスメイトに、僕が外に出て行くことをアピールする必要はない。廊下で待っていた正也も制服姿だった。

いつもより多く非常階段を登る。三階と四階を繋ぐ狭い踊り場で、久米さんはコンクリートの壁に背を付けて座っていた。壁の向こうには部室棟が見える。すべてのドアが閉まり、誰の姿も見えない。良太は中にいるのだろうか。じきに、弁当を食べ終えた運動部員が来るのではないか。

「ここで、大丈夫かな」

不安が口を衝いた。僕は最初、放送室で弁当を食べることを提案した。音楽当番は二年生の誰かの日だけど、交代してもらえばいい。だけど、久米さんは「非常階段でお願いします」と返してきた。

確かに、状況説明をするならここだけど……。

「少し声を落としてしゃべれば、部室棟にも、校舎の中にも聞こえないだろ」

正也が周囲の様子を窺いながら言った。何を話すのか、正也には伝えていない。それでも、良太の画像のことだと察しているだろう。

僕たちも腰を下ろした。

「お弁当は……、わたしは後にします」

久米さんは膝にのせていた弁当袋を脇に置いた。

「僕もそうしようかな」

食べながらの方が深刻にならずにすむかな、とか、言葉に詰まったらおかずのせいにできていいかな、などと僕なりの浅い考えで昼休みを指定したのだけど、どう装ってもピクニック気分で話せることではない。

「そうかと思って」

正也はブレザーの両側とズボンの片方のポケットから小さな缶を取り出して、それぞれの前に置いた。あたたかいコーンスープだ。

「四時間目、移動教室だったから食堂前の自販機で買ってきたんだ。二時間目の終わりにこれを飲むのが二年の一部で流行ってるらしくて、昼休みには大概売り切れだからさ、今日はラッキーだよ」

いきなりドストライクのものを出すなよ。恨めしいため息が込み上げてくるのを飲み込み、久米さんをちらりと見た。が、顔を伏せ、横髪で隠れているため、表情が読み取れない。でも、久米さんはスッと手を伸ばし、缶を握った。

「あったかいです。ありがとうございます」

正也に向けたのは、久米さんなりの笑顔だ。僕もつられるように正也に礼を言ったものの、ぎくしゃくしていることはバレてしまった。

「なんだよ、圭祐。まさか、コーンスープ苦手？」

「いや、好きだよ。あ、でも、うん……」

僕は両手で缶を持ち、なんとなく成分表示に目を落としながら、昨晩、良太に会ったことを話した。そして、まずは、陸上部の部室に煙草がどんな状況で置かれていたかを説明した。

「そりゃあ、ドキッとするよな。でも、ますます罠っぽいな。本当に吸ってたなら、常習者だろうし、そうなりゃ灰皿も、ポケットに入るようなのを携帯してるはずだろ。普段、煙草を吸わないヤツが煙草とライターは用意したものの、火をつけた後で、どこに置けばいいんだってあせって、その辺にあったものを見繕った感じじゃないか」

正也の口ぶりから、僕が（良太が？）久米さんを疑っているとは一ミリも考えていないことがわかる。犯人は放送部の二年生の先輩の誰かだと僕がつきとめてしまい、一年生で相談しようとしている、と推測しているのではないか。

続きが話しにくい。

「まあ、この小さい缶の上に火のついた煙草が置いてあったんだ」

僕はスープの缶を目の前に持ち上げた。内容量一九〇グラムと表記してある。

「あせった良太は煙草を持って外に出て、犯人捜しをする気分で……、非常階段を見上げた」

小さく息を呑む音が聞こえ、今度は久米さんが動揺しているのがわかった。久米さんに訊きたいのは、そこにいたかどうかではない。腹を括って話を進める。

「ここに、いたんだよね。久米さん」

「はあ？　えっ、ちょ、何言ってんだよ」

僕が待っているのは久米さんの返事なのに、正也が騒ぎ出す。それを無視して久米さんをまっすぐ見ても、目すら合わせてもらえない。黙っていればいいというものではない。僕は良太の潔白を証明したいだけだ。

久米さんが本当に非常階段にいたかどうかなんて、久米さんから聞く必要はない。良太が見たと言うのなら、僕はそれを信じる。教えてもらいたいのは、推測の部分だ。

「クローン病という難病にかかっている久米さんの友だちは、松本さん？」

「誰に聞いたんですか？」

久米さんが顔を上げた。不信感丸出しの表情に、改めて、木崎さんに訊かなくてよかったと思う。

「良太の推測から、そうじゃないかと思って、確認しているんだ」

「山岸くんは、なんて？」

久米さんがやっと僕と目を合わせた。

「松本兄が全国大会で走れるよう、久米さんが良太を罠にはめようとしたんじゃないかって」

「久米ちゃんがそんなことするわけないじゃん」

「正也は黙ってろよ」

僕だって、久米さんを問い詰めたいわけではない。ただ、事実を知りたい。それを良太に伝えなければならない。それだけだ。正也は不満そうにプルトップを引いた。

僕は久米さんに向き直る。

「陸上部に五本松中出身者はけっこういて、仲がいいから、聞こえてくる雑談から、プライベートなことが漏れてくるんだって。で、松本兄は、中学時代に自分よりも活躍していたのに難病にかかって、陸上を続けるどころか、高校にもろくに通えなくなってしまった妹を励ますために、朝晩、誰よりも、学校外でもトレーニングを積んでいる。二年生代表として選ばれてほしいよな、って続くらしいんだけど……」

久米さんはまばたきもしない。

「良太は久米さんが五中の陸上部だったことも知っている。僕は自分のことばかりに精一杯で、他校の選手はほとんど憶（おぼ）えていないけど、良太は松本妹と久米さんが仲良く一緒にいるところを何度か見かけたことを思い出したらしい。だから、松本兄のためにっていうよりは、親友のためにやったんじゃないかと……、良太は考えてる」

「最後は責任転嫁か？」

正也が茶化すように言ったけど、二割くらい怒りが含まれているのが伝わってきた。

「違うよ。僕は何度も、チョコレート断ちの話の時だって、久米さんの病気の友だちのことを教えてもらっていたのに、どうして、松本妹と結びつけられなかったんだろうって。良太の推測を聞いた時、自分の無関心さとか思いやりのなさを突きつけられたような気がしたんだ。だから、久米さんと出会った時からのことをずっと考えてみた。僕は久米さんの親友が松本妹だったからって、久米さんが犯人だとは思えない。他に気になることもあるし……」

「なんだよ」

「それは、まだ言わない。久米さんがあの日、どうしてここにいたのか、それをどうして黙っていたのか、ちゃんと話してくれるまでは。……時間がないんだ」

僕は良太から聞いた、原島先生の決断を、二人に伝えた。

久米さんは目を見開き、そのまま顔を伏せた。しばらく沈黙が続き、僕はそれに耐えかねて、プルトップを引いた。すっかり冷めていると思ったスープは、意外とあたたかい。

「あの……」

久米さんが冷たいコンクリートの上に正座をして、こちらを向いた。

「わたしはあの時、非常階段にいました。スマホを黒田先輩に返してもらうためです。実は、年末くらいから友だち……、松本妹は、春香という名前です。わたしが唯一、呼び捨てできる相手です。春香の症状があまりよくなくて、不安なのか、LANDに頻繁にメッセージが届いて。春香は青海のタイムテーブルを知ってるから、休み時間だと、すぐに返信しないと、落ち着かなくなるみたいで」

安易に相槌を打てず、僕は黙って頷き、久米さんの次の言葉を待った。ふと見ると、正也も正座をしている。ちゃんと聞いているよ、というアピールなのだろうけど、僕も続くことはできない。

「四時間目って、長引いたじゃないですか」

「そういえば」

キリのいいところまでと、うしろに昼休みが控えている四時間目の授業は時々、チャイムが鳴っても続くことがある。それでも、二、三分のことだ。

「終わってすぐに教室を出て、二階の非常口から出て、階段を登っていきました。そうしたら、スマホがあったんです」

予想外の言葉にポカンとしてしまう。

「どこに?」

訊ねたのは、正也だ。

「ちょうどここに」

　久米さんはそっと立ち上がり、胸の高さ辺りになる、幅一五センチほどの壁の上部に片手をのせた。そして、ブレザーのポケットからスマホを取り出すと、ケースに付けてあるホルダーを広げ、画面を内側に向けて手を置いていた場所に設置した。

　風でも吹いたら落下するんじゃないかとヒヤヒヤしてしまう。

「持ち主は？」

「人はいませんでした。忘れ物か、何かを撮影しているのか。近付いてみたんです。そうしたら、スマホが倒れてしまって。向こう側に落ちなかったことはホッとしたけれど、元の状態に戻した方がいいのか焦っていると、部室棟に山岸くんがやってきて、陸上部の部室に入って、すぐに出てきました。少し経ってまた中に戻って……。煙草を持っているなんて気付かなかった。だから、思ったんです。ああ、ここから陸上部の部室の撮影をしていたんだ、って。それで、スマホを立て直して、教室に戻ったんです」

　僕は頭の中で久米さんの話を映像化しながら聞いていた。

「屋上には行かなかったの？」

　スマホを倒したことにも特に罪悪感を抱いていない様子なのに、どうして予定変更したのか。

「黒田先輩も忙しいだろうなと思ったのと、小テストの勉強をしていなかったことが、やっぱり気になって。前日、テレビを見てしまったので」

　言い訳ではなかったのか。

「もしかして、マジカルクイズ？」

正也が手を打って言った。

「そうです。解答者の声優軍団にオダユーが出ていて、大活躍だったので、リアルタイムで見た後に、録画を三回繰り返して見てしまったんです」

久米さんの表情が一瞬明るくなり、すぐにそれは引いていった。

「春香もオダユー推しで、かわいかったねとか、物知りだねとか、久々に明るいやりとりも夜にできていたので、今日は大丈夫かなとも思って、昼休みにスマホを受け取るのはあきらめて、放送室にも行かず、勉強していました」

久米さんは何一つ、嘘はついていなかったのだ。

「それなら、ドローンにアレが映っていたとわかった時、非常階段にスマホがあったことを教えてくれてもよかったんじゃない？　せめて、原島先生のところに画像が届いたことを知らされた時には、打ち明けるべきだったと思う。犯人はそのスマホの持ち主としか考えられないんだから」

僕は頭をフル回転させながら言った。

「でもさ、スマホは怪しいけど、良太が煙草を持って部室から出てきた時、そのスマホは倒れていたんだろ？　空でも映ってたんじゃないのか？」

正也から特にひらめいた様子もなくまっとうな指摘をされる。そうか。むしろ、スマホの持ち主が犯人なら、久米さんは未然に阻止したことになる。それでも、少しでもおかしなことは報告してくれた方がいい。

引っ込み思案な久米さんだってそれくらいは……、できない理由があったのだ。

頭の中の映像を巻き戻せ。スマホの機種は？　色は？　スマホカバーには何が付いている？　久米さんも僕も、ホルダーのないカバーを使っていたけれど、ホルダーを買って付けたのはどうしてだ？

「久米さんはスマホを見て、陸上部を撮影していると思ったんだよね。それって、そこにあったスマホが放送部で見憶えのあるものだったからじゃない？」

本人が黙ってそこにいる中で、告発はできないだろう。それとも、理由を察して庇っている？

「それって、スマホの持ち主が二年の先輩の誰かってこと、だよな……」

正也がトーンダウンする気持ちはわかる。この人だったらいいのに、と思えるようなイヤな先輩は一人もいないからだ。

「でも、理由がわからなくて。ただ、そこにスマホがあったからというだけで、疑いたくないんです。たまたま、同じ機種で同じカバーの人がいたかもしれないし、もしかして、スマホを盗まれていたのかもしれないし、悪用されるとは知らずに撮影を請け負ったかもしれないので……」

久米さんの言う通りだ。あとは、共犯。陸上部員が煙草をしかけて、放送部員が撮影する。これが一番効率がいい。理屈ではそうだけど。

久米さんはスマホの持ち主を信じようとしているものの、庇ってはいなそうだ。

「ちゃんと、本人に確認しよう。僕が訊（き）くよ」

残ったスープを飲み干すと、今度は思ったよりも冷たくなっていた。


放課後。二年生は七時間目まで授業があり、六時間目で終わった僕たちは放送室で先輩たちを待つことになった。その間、僕は正也と久米さんに、黒田先輩がミラーレス一眼カメラで撮影した「三崎ふれあいマラソン大会」の動画の一部を見せた。

特に打ち合わせることもなく、他の作業をする気も起きず、とはいえ、じっと座っているのも居心地が悪く、棚から出しっぱなしのものを片付けてみると、正也からほうきを手渡された。

「埃（ほこり）っぽいところで、おもしろくない話をしたら、どんより気分が加速するだろ」

その通りだと頷く。久米さんもウエットシートでテーブルを拭（ふ）き始めた。これが、サプライズの誕生日会の準備だとどんなにいいだろう。Jコン全国大会出場を決めた祝賀会だったら。

掃除を終えても座る気になれず、僕たちは横並びに立って先輩たちを迎えることになった。誰も別件はなかったようで、いつものように白井部長を先頭に、翠先輩、蒼先輩、黒田先輩の順に入ってくる。

「ちょっと、どうしたの？　三人揃って深刻な顔して、部活辞めたいなんて言い出さないでよ」

白井部長が大きな声を出す。必要以上に。愉快ではない出来事が始まるのを予感して、どんよりした空気が漂わないように、勢いで乗り切ろうとするみたいに。

だけど、多分、告白を受けると思っているんじゃないだろうか。実は、久米さんが犯人なんです。一年生全員で責任を取ります、といった。

「りょ、山岸くんの喫煙画像の件で報告があります」

「……座って聞こうか」

白井部長は声のトーンを落として答え、それぞれがいつもの席についた。デジャブか、と一人ツッコミをしたくなるほど、ここ数日、同じ画が続く。

「久米さんは、当日の昼休み、放送室に行かなかった理由はここで話しましたが、昼休みの前半のことには触れていません。一年生で話し合い、先輩たちに報告した方がいいという結論になりました」

僕は午後からの授業中、頭の中に用意した原稿を読み上げるような気分で、先輩たちに向き合い、久米さんが打ち明けてくれたことを順序立てて話していった。

「ホルダー付きのスマホケースか。俺は使ってないな。かさばるし、机の上に立てる時には筆箱使えばいいし」

蒼先輩は自分のスマホをブレザーのポケットから取り出した。

蒼先輩の言う通りだ。特に、僕の場合は後付けだから、ホルダーがポケットに引っかかることもあるし、画面を上に向けて机などの上に置くと、ぐらぐらして安定性が悪い。それでも使っているのは、自分を撮るためだ。

「なに、さらっと自分だけ潔白証明みたいなことしてるの？　感じ悪い。私は出さないからね」

白井部長はもう誰のスマホかわかっているのだ。

僕も、最後に問い詰めるようなかたちにはなってほしくない。

黒田くんに頼まれて、陸上部の昼休みの風景も撮っておくことになったの。だって、その日は、黒田くん、自分のスマホはドローン撮影があるから使えなかったでしょ。そんなふうに言ってくれないか。

昼休みの発声練習はいつも非常階段でやっているの。表情や口の開け方を確認するために、スマホで自分の顔を撮影しながら。町田くんと久米ちゃんにも勧めたよね。準備した後にその場を離れたのは、喉の調子が悪くて、スプレーをしておこうと思ったから。そんなふうに言ってくれないか。

僕はそう期待している。みんなは何を思いながら……、翠先輩を見ているのだろう。

翠先輩は背筋を伸ばし、まっすぐ顔を前に向けている。時折、目を閉じて小さく深呼吸する。まるでJコン・アナウンス部門の予選がこれから始まるかのように。

だけど、美しい声はいつまでたっても聞こえない。嘘の原稿を、当日課題のように今組み立てようとしているのなら、やめてほしい。

「原島先生は陸上部員に、三日間待つ、と言ったそうです。犯人は名乗り出ろとか、犯人を捜せとか、そういったことは一切なく。ただ、三日間待つ、とだけ」

翠先輩の瞳(ひとみ)が揺れた。

「部員たちは、三日以内に解決できなければ全国大会を辞退することになるんじゃないかと、心配したり、焦ったり、疑心暗鬼になってギスギスしてきたり……」

「町田、もうやめろ」

黒田先輩の低い声が響いた。なぜ、僕が怒られなきゃならない。陸上部には、良太には、時間がないというのに。

「黙って、待つんだ。じゃなきゃ、心の準備もできないだろ。おまえの陸上の先生は、スタート直前まで横から指示をごちゃごちゃ出していたのか？」

「いえ」

僕は口を噤(つぐ)んだ。言いたいことはわかる。だけど、こんなことを、陸上に、僕の努力の結晶であった場に、重ねないでほしい。

コトリ、と音がした。

翠先輩がスマホを出し、画面を下、ホルダー部分を上向きにテーブルに置いたのだ。

「倒れたスマホを起こしてくれたのは、やっぱり久米ちゃんだったんだ」

「なんで？」

いつもと同じ柔らかい口調でそう言った翠先輩に、白井部長が訊(たず)ねた。

何にかかっているのだろう。あんなことをしたの？　あっさりスマホを出したの？　澄ました顔でいられるの？　むしろ、堂々としていられるの？

そんな翠先輩の表情が、癪に障る。だけど、黒田先輩に注意されたこともあり、僕はちらりと翠先輩を見遣るだけにした。

「煙草を持った山岸くんを撮るために」

頭の中心に矢が刺さり、そこからジワリと毒が染み出していく。そんな感覚だ。えっ、と発した声は誰のものか。深く長いため息は？

自分が疑っていた人から、それを認める発言が出ただけでこんな気分になるのなら、翠先輩を疑いもしていなかったはずの二年生の先輩たちは、今、どれほどの衝撃を受けていることか。

「誰かに、頼まれたの？」

白井部長の声は優しい。期待しているのだ。自分の知っている翠先輩であってくれることを。

「ううん、私が自分で判断して、自分で行動した。四時間目に風邪を引いているからと保健室に行って、授業が終わる一〇分前に、課題の提出があったと嘘をついて保健室を出て、そのまま一階の非常ドアから外に出て、陸上部の部室で煙草に火をつけて、それを置いて出て行って、非常階段を上がって三階と四階のあいだの壁？　囲い？　にスマホを設置したところで、上の階、多分、四階の非常ドアが開く音がして……。足音が上に向かったことにホッとしたけど、すぐに下りてきたらどうしようかと心配になって、三階のドアから校舎に入って、教室でしばらく待ってから、スマホを取りに行った」

悪びれる様子もない淡々とした説明に、翠先輩の動きは頭の中で再現できたものの、何からツッコんでいいのかわからない。

「でも、先輩のスマホには肝心の場面が映ってないっすよね」

正也も頭の中で再現VTRをまわしていたのだろう。腕を組んだまま、与えられた情報に消化不良な様子で訊ねた。

「倒れているあいだ、空と……、ドローンが映ってた。黒田くんがドローンを飛ばす予定だったなんて、私知らなくて。怖かった……」

翠先輩は大きく息をついた。普通にしているようで、実はそんなに強張(こわば)っていたのかと驚くほど、肩がギューンと下がっていく。でも、怖いって？

「いつから飛んでたんだろう。私、映ってるのかなって」

「それもだけどさ、授業中とはいえけっこうな移動距離だし、途中、誰かに見つかったらどうしようとは思わなかった？」

蒼先輩が訊ねた。僕もそこを知りたかった。やめておこう、引き返そう、なんて気持ちの変化は起きなかったのか。

「先生とか、生徒とか、ばったり誰かに会った時の言い訳は、場所ごとに決めていた。ポイントごとなら対処できる。でも、ラインに対する言い訳は考えてなかった」

ドローンに自分の動線を撮られていたら、ということか。

じゃあ……、僕は意を決して訊ねることにした。

「もし、部室で良太と鉢合わせていたら？」

「煙草をしかけた後なら、第一発見者を装う」

これは想定していたようだ。

「でも、そもそも翠先輩が陸上部の部室にいることを、良太はおかしく思うはずじゃ……」

「友だちにコーンスープを差し入れするつもりだった、って」

久米さんが黙ったまま、両手で顔を覆った。正也も僕と目を合わせ、顔を伏せた。

砦（とりで）が一つずつ壊されていく。僕だけでなく、久米さんも正也も、翠先輩は共犯の撮影担当係なのに、嘘をついて自分一人で罪をかぶろうとしている、という真相を期待していたんじゃないだろうか。

翠先輩が一連の流れを説明した時、煙草の置き方を詳しく話さなかったことで、僕の期待はわずかに膨れた。この後にでも「煙草をどこに置きましたか？」と訊ね、「それは違います。誰かをかばっていますね」と言って、その相手の名前をこちらから出そうと考えていたのに。

コーンスープ……。

「これは言い訳じゃない。煙草をしかけることだけが目的なら、途中で怖気（おじけ）づいてしまうかもしれないから、もう一つ目的を作ったの」

一年生の反応を翠先輩はどう受け止めたのか、聞きたくない補足までつけた。それなら、引き返せばよかったんだ。スープだけロッカーに入れてくれればよかったんだ。

なのに、煙草に火をつけた。

「そうか、だから山岸は煙草を持って外に出たんだ。どうして、缶の中に煙草を押し込まなかったんだろうって思ってたんだけど、未開封だったんだな」

正也が独り言のようにつぶやき、最後だけ確認するように僕を見た。

「どういうこと?」

蒼先輩に訊かれ、煙草がコーンスープの缶の上にあったことを良太から聞いた、と話した。

「そうか。せっかくもう一つの用事まで作っていたのに、缶をそっちに使ったんじゃ、私はスープを差し入れしただけで煙草のことは知らないとか、部室に入ったらすでに煙草があったのとか、言い訳できないから、ドローンは気になるよな」

蒼先輩の口調は翠先輩を非難するようなものではなかったけれど、白井部長が自分に近い方の蒼先輩の肩を思い切り小突いた。部長の感情はきっと今、整理できないくらいごちゃまぜになっていて、その中の怒りの感情を翠先輩に向けることにはまだ抵抗があり、蒼先輩がとばっちりをくらったということか。

だけど、僕としては、臆することなく状況を言語化して進めてもらえるのはありがたい。翠先輩が誰のためにこんなことをしたのかという予測はついていても、肝心な原島先生のパソコンに届いた画像についてはまだ何もわかっていないのだから。

「五時間目も授業を休んだ」

肩を回して背筋を伸ばし直した翠先輩の声は、ドキュメント作品のナレーションみたいに、他人のことを語っているように聞こえる。

「保健室には行かず、放送室に来た。私はドローンについてまるで無知だから、ドローン本体に映像記録用のＳＤカードでも入っているんじゃないかと思って、それを盗もうと思った」

「そんなっ」

黒田先輩が声を上げる。が、ぐっと口を閉じ、唾を飲み込んだのか、込み上げてくる思いを飲み込んだのか、息を止めるようにして黙り込んだ。

「ドローンを箱から出すと、底に取扱説明書があった。映像はリモコンに取りつけたスマホに記録されると書いていた。黒田くんに見られてしまう。絶望？　それは大袈裟か。がっかりして近くの椅子に座り込んだら、充電コードに繋がったスマホが見えた。久米ちゃんの。もしかしたら、ドローンの映像はこの中にあるかもしれないと思って、開いてみた。ごめんね、スマホを勝手に触って」

今日初めて謝るのはそこなのか？

「パスコードは？」

蒼先輩が訊ねた。蒼先輩もドローンをほとんど触らないから、知らないのだ。だけど、どうして興味を持たないのだろう。機械オンチではない。それどころか、パソコンの操作は部内一手馴れている。重い動画を重ねすぎて画面がフリーズした時も、近くにいた蒼先輩が秒で直してくれた。

「ドローンの箱にメモが入ってた。数字の羅列が二つ書いてあるだけで、初めは気に留めなかったけど、スマホを意識するとパスコードかなって。上から試してみることにした」

黒田先輩と久米さんのスマホのパスコードだ。ドローン撮影のためにしか使わないという誓約書を交わしたりはせずとも、信じ合っているからこそ、紙に書いて箱に入れてあったのに。

「動画を再生して、まずは自分が映っていなかったことにホッとした。集団行動がもっと早く終わっていたら危なかったな、なんて」

「そのうえ、ほしかった画が映っていた」

誘導ともとれる蒼先輩の発言後、白井部長は今度は両手で蒼先輩を側面から突き飛ばした。片側が浮いた椅子を、蒼先輩は音を立てずに戻し、皺をのばすようにブレザーの袖を軽くはたいたけれど、部長に怒ったり、文句を言ったりすることなく、全員を軽く一周見回した後、翠先輩に向き直った。

「動画を一時停止して、自分のスマホで写真を撮って、気持ちが揺れないうちに、原島先生のパソコンに送った」

他の部員や僕が動画を見て驚いている時にはもう、画像は原島先生に届いていたということか。

「先生のアドレスは前に、紙に書いてあったのが偶然目に留まって覚えてた。アドレスを知っていたから、今回の計画を思いついたの」

僕のせいだと言われているのか？　大切なものを不用心に放置していたから利用されたのだ、と。あれがなければ、そんなことはしなかった？

「その言い方はどうかな。知らなければ、別のところに送ってただけじゃない？　送信は自分のスマホで？」

蒼先輩が訊ねた。ちゃんと僕のことをフォローしてくれながら。

「うん。スマホのメールはほとんど使うことないから、買った時に設定されていたアルファベットや数字がランダムに並んだままのだったし、バレないだろうと思って。その後すぐにメールアドレスの変更をしたけど、簡単に調べられるものなのかな」

そんなこと、僕にはわからない。原島先生がどこまで気付いているのかなんて。だんだんと、先生はすべてお見通しで、僕たちは試されているのではないかという気さえしてきた。グラウンドにいた先生はドローンが無事撮影をしているか、その軌道を目で追っていたかもしれない。

その端に、翠先輩の姿は映らなかっただろうか。

　とはいえ、だんまりを通そうと思えばできたし、嘘もつけたはずの翠先輩が、こうもいさぎよく真相を語り出したのは、罪悪感が膨れたからではないはずだ。残念だけど。被害が良太だけでなく陸上部全体にも及ぶことを知ったから。連帯責任という言葉を聞いたことがないのだろうか。そんなのは過去のしきたりだと考えているのか。好きな人のためにやったことなのかもしれない。だけど、その軽率な行動が、好きな人にまでマイナスの影響を及ぼすと、わずかにでも想像することはできなかったのだろうか。

　それとも、その想像がブレーキにならないほどの、何か大きなプレッシャーがあったということか。

「コーンスープを差し入れするはずだった友だちって、誰？」

　いよいよ核心に迫ることを、蒼先輩はこれまでと同じトーンで訊ねた。柔らかかった翠先輩の表情が一瞬にして強張(こわば)った。

「私が一人で暴走したことなの。だから、私が原島先生のところに行く。それでいいでしょう？」

　いいのだろうか？　強い口調で言われたら、それをはね返すように「いいわけないだろ」と言えたかもしれない。野球でたとえるほどくわしくないものの、飛んできた球がゆるすぎて、バットを構えたまま見送ってしまったような。ボールがキャッチャーミットにおさまったのを見て、ちょっと待て、と思うような。

　翠先輩が良太を陥れた理由を、僕は責任をもって良太に説明しなければならない。いや、僕が正しく知りたい。なぜ、こんなことが起きてしまったのかを。

こちらから名前を出すべきか……。

「松本だ」

目と口が同時に開き、僕は黒田先輩を見た。

「なんで」

翠先輩がつぶやいた。

「なんで黒田がそんなこと」

かぶせるように、白井部長が何年も声を出さずにいたかのような掠(かす)れた声を上げた。

だけど、そこは誰もツッコまない。それぞれの頭の中に、形の違うハテナマークが浮かんでいるはずだ。

実は翠先輩のことが好きでこっそり観察していたのだろうか、とか。

「マラソン大会」

黒田先輩はぶっきらぼうに答えた。同じルートか、と僕はすぐに思いつけなかった自分を間抜けに思う。あの動画を撮ったのは黒田先輩なのだ。

仲良さそうに二人でいるところが端の奥の方にほんの数秒映っていたのに、先輩も気付いていたのだ。かといって、他の同級生部員に言いふらしたり、本人をからかったりすることもない。二年生四人の中では一番友好的だとは前から思っていたけど、距離感を大切にしてくれていることにも気付かされた。

「なによ、マラソン大会って。しかも、なんで一年、とっくに知ってたみたいな顔してんのよ」

白井部長は僕たち一年生に不満そうな顔を向けた。わざと大袈裟に頬をふくらませているけれど、実は、傷付いているんじゃないだろうか。翠先輩に打ち明けてもらえなかったことに。

「黒田先輩がミラーレスで撮った映像に、翠先輩と、その、松本兄が二人でいるところが映ってたのを、僕もこのあいだ卒業記念DVDの作業中に気が付いて……」

うしろめたいことなど何もないのに、隠し事がバレた時のような心境になってしまう。

「なによ、兄って」

そうだ。動機は、僕や良太が久米さんを疑った時のように、「兄」に起因するのではないか。それは、良太や久米さんから聞いたことでだいたいの予測はつくけれど、きちんと、翠先輩が話さなければならないんじゃないか。

ばらばらだったみんなの視線がゆっくりと、翠先輩へと向かった。

翠先輩は再び、演台の前に立った時のような深呼吸をして口を開いた。

「松本くんとは出身中学は違うけど、英語の塾が同じだったの」

随分遡った。塾通いの経験がない僕は、そういうところに他校生との出会いがあることを、今知った。

「その時は口も利いたことがなかったけど、九月の体育祭で、彼が二年生の実行委員長で、私は本部進行係だったから、一緒に打ち合わせをすることが多くて。そうしたら、塾の時から気になってたって言われて、私もいいなと思ってたから嬉しくて……」

翠先輩は語尾を弱めて顔を伏せた。立場が逆なら、公開処刑に等しい。そこまで詳しく話してくれなくていいけれど、取捨選択しているのは翠先輩だ。

　確かに、松本兄はかっこいい。松本きょうだいが注目されていたのは、もちろん二人ともが好記録を連発していたからだけど、見た目に拠るところも大きかった。頭が小さく、脚が長い。二人でモデルにスカウトされたことがあるという噂にも、一分の疑いも抱いたことはない。ほえー、などと感心した声を上げながら、遠目に二人を眺めていたものだ。

　要は、つきあい始めたのはこの秋からということか。

「松本くんとはいつもどんな話をしていたの？」

　白井部長は松本兄が翠先輩を焚き付けたという展開を望んでいそうだ。

「二人で話す時は、アニメのことが大半で……」

　久米さんが、ハッと小さく反応した。テレビドキュメントのテーマ決めミーティングの際、翠先輩がオダユーにインタビューする案を出したのは、ここに繋がるのではないか。

「お互い、部活の話は深く突っ込んではしなかったけど、テレビドキュメントで陸上部を取り上げることが決まった時はすぐに伝えた。堂々と陸上部の練習を見学できることになったのが嬉しかったから。そうしたら、松本くん、困った表情になって、俺が取り上げられるの？　って」

良太が注目されることに難色を示したんじゃないのか。

「だから、私、主役は一年の町田くんだって。彼の目を通した、高校駅伝に挑む陸上部員を撮ることが目的だって説明した。そうしたら、松本くんも町田くんのことを知っていて、新しいことに頑張ってるんだなって感心しているふうだったし、楽しみだとも言ってくれた」

こんな状況下でも、松本兄に認識されていたことが嬉しくて、僕は照れ隠しに頭をぺコリと下げた。

「放送部的には山岸くん推しだろうけど、私は松本くんが選ばれてほしかった」

「そんなことで？」

白井部長が気の抜けた声を出した。僕も同じ心の声を上げていた。

「まさか。お弁当作ったり、自分にできることで応援しようって思っただけ。それに、松本くんが、山岸くんのタイムが上がってきてるけど、まだ追い越されていないし、いけるんじゃないかって言ってたから、それを信じてた」

「なら、どうして……」

翠先輩はしばらく目を閉じた。何かを回想しているのか。

「県民の森広場に取材に行った時くらいまでは、うまくいってたの。黒田くんにドローンの動画をもらって、後で二人で見た時も、すごいなって喜んでくれて。私もドローンの使い方を教えてもらおうかと思ったくらい。なのに、何日もしないうちに、いきなりLANDで、しばらく会いたくない、って。理由を訊いても返してくれないし、とにかく、来てくれるまで毎日昼休みに非常階段で待ってるってメッセージ送ったら、三日目にやっと来てくれて……」

それで、翠先輩は風邪を引いていたのか。

淀みなく話していた翠先輩が、顔を伏せた。大きくしゃくりあげると、堤防が決壊したかのように涙がこぼれ出した。久米さんがすばやく立ちあがり、ポケットをさぐる翠先輩に、棚にあった箱ティッシュを差し出した。

久米さんは松本きょうだいの事情をどこまで知っているのだろう。

正也が足元のリュックから水筒を出し、ごくごくと飲み始めた。当然、部長のキツい視線が飛ぶ。

「乾燥してるから、つい」

呑気な正也の口調に部長は何かを察したようで、翠先輩にも水分を取るように勧めた。俺も、僕も、わたしもと、結局全員で水分補給タイムとなり、黒田先輩にいたっては部で用意してあるインスタントコーヒーを自分のぶんだけ作って、白井部長に怒られていた。とはいえ、全員ぶん作って、という流れにはならない。

翠先輩が涙を拭ったティッシュを部屋の隅にあるゴミ箱に捨てて席につき、後半戦

(何のだ?)が開始した。

「松本くんは『走れなくなった。放送部が余計なことしなけりゃ、こんなことにならなかったのに』と言って、教室に戻っていったの」

数秒間があく。動機の説明はこれで終了、ということか?

「放送部が陸上部を取り上げたから、原島先生は松本くんじゃなくて山岸くんを全国大会のレギュラーに選ぶことにした、ということ?」

白井部長が翠先輩に訊ねた。ここははっきりさせておきたい、と確認するように。

「それ以外、放送部がどう影響を与えたっていうの?」

翠先輩が初めて声を荒らげた。松本兄と不仲になったのは放送部のせいだと、八つ当たりするように。でも、そうなのか? 原島先生が本当にそんなレギュラー選考をするのか? 何か他に理由があるんじゃないのか? 放送部に関係あることで……。

県民の森広場以降の陸上部の取材を思い返した。が、特に思い当たることはない。良太、原島先生……、そういえば。

僕は立ち上がり、ノートパソコンを取りに行った。席に戻って起動させる。なに? と白井部長に訊かれてもまだ答えられない。そこに答えがあるのかどうか、これから調べるのだから。

翠先輩に原島先生のパソコンのメールアドレスを知られることになった、あの時の動画、県民の森広場から出た公道の坂道を陸上部員たちが走っている姿が画面に映し出される。

原島先生は、走る姿を正面から撮ったものはないか、と僕に訊ねた。

坂道を下ってくる松本兄。スロー再生にする。カメラの前を通過後、戻して再生。それを繰り返す。

この走り方に見憶えがある。一瞬じゃ気付かないけど、スローにすればその特徴がわかる。これは、良太が膝に痛みがあるのに、それを隠していた時の走り方とそっくりだ。小さな地区大会の後で母さんが撮影した映像を繰り返し見ているうちに、いつもよりちょっとだけ重心が下がっているような気がして、フォームを変えたのかなと思っていたら、翌日の月曜日の放課後、良太は村岡先生に連れられて病院に行くことになった。

「右膝をかばってるな」

ぎょっとして振り返ると、いつの間にか黒田先輩が僕のうしろから画面を見ていた。

「ですよね。原島先生はこれを確認したかったんじゃないですかね」

「というよりは、肉眼で気付いて、松本に膝が痛むんじゃないかって訊いたのに、あいつが否定したんじゃないか？　だから、先生は動画を見せて、膝の痛みを堪えるような重心の取り方になっているって説明して、練習を休んで治療することを勧めたのかもしれない」

黒田先輩はみんなの方に画面を向けて、同じことを話した。動画が証拠品として使われたのなら、放送部のせいになってもおかしくない。

「それは、松本くんのことを思ってよね。目先の大会のために無理をして、今後、取り返しがつかないことにならないように」

白井部長の言葉に、僕は良太の青海学院への推薦条件を思い出した。多分、原島先生の方針ではなく、青海学院の方針で、松本兄にはさすがにそういう説明もあったのではないか。白井部長が続けた。

「だから、放送部が責められることじゃない。そもそも、松本くんは二年生なんだから、来年だってあるでしょう？　二年生全員が選ばれて自分だけ補欠ならまだしも、レギュラーは三年ばかりじゃない。来年のレギュラー入りは確実だろうから、今年無理して膝を悪化させるより、今後に備える方がいいって、私でも理解できるわよ」

「そうだな」

蒼先輩も同意した。だけど、翠先輩は首を横に振る。

「今年じゃないとダメなの。ううん、早い方がいいの。松本くんが頑張ってるのは自分のためにじゃないから」

そう言ってテーブル上のスマホを手に取り、操作し始めた。これ、と画面を上にして、再びテーブルに置く。新聞社のウェブ版の記事だ。

『兄貴にまかせろ！　難病と闘う妹の夢を背負って、いざ全国へ』

ああ、と、ため息以上の思いが声に出てしまったけど、久米さんの、それ！　という大きな声に消された。僕はそんなニュアンスは感じなかったけど、翠先輩は理解者を得たというような、嬉しそうな笑みを浮かべた。

「テレビドキュメントのテーマ決めの時に話してた久米ちゃんの友だちは、松本くんの妹だったんだね。話はそこまで戻るけど、そんなことは知らなかったから、松本くんは陸上部を取り上げるって聞いた時、何で困ってたんだろうって、後から疑問がわいてきて、調べてみたら、この記事を見つけたの」

記事には「僕が毎日人の二倍トレーニングをするのは、努力は必ず報われると妹が希望を持って闘病生活に挑めるよう、妹の夢だった全国大会への出場を僕が代わって叶えるためです」と書かれていた。

「松本くんは大きなものを背負っていることを知った。時間に余裕がないことも……。冬休み最後の日に一緒に映画を観る約束をしていて、時間まで二人でコーヒーショップにいたら、松本くんにＬＡＮＤのメッセージが届いて、妹が救急車で運ばれた、って帰っていったの。松本くんが楽しみにしていた映画だったし、新年限定のスペシャルホットショコラもまだひと口くらいしか飲んでなかったのに、置きっぱなしにして」

同じ日、久米さんもあわてて帰っていった。おまけに木崎さんも、松本妹に大変なことがあったようなことを言っていた。

「その後、容体は落ち着いたって、帰ったのを謝る連絡は来たけど、詳しいことは話してもらえなかった。言いふらすことじゃないよね。だから、妹さんの件は知らないフリをして、松本くんを応援しようって決めた。自分のためなら、来年でもいいんだと思う。だけど、妹のために走っている松本くんは、今年じゃなきゃダメなの。だから……」

理解して、とでも？　もう黙っていられない。

「良太は今年じゃなくていいと思ったんですか？」

頭に響く自分の声は思った以上に低かった。自分の口からこんな声が出るのか。この声を出させている感情はなんなのか。

「ちゃんと校則は調べた。二週間の自宅謹慎と、三ヵ月の部活動および期間中の大会への出場禁止。退部にはならない」

だから、いいと？　両手を握りしめる。

「もし、昼休みに、良太じゃなくて、先に三年生が来ていたら？」

「四時間目が終わってすぐトレーニングをしに来るのは山岸くんだけだって知ってた。私も食事前に非常階段で発声練習をすることが多いから」

「……っざけんな。ふざけんな！」

倒れた椅子が、バーンと音を立てた。座ってなんかいられない。

「それを知っていて、利用したってことですか？　なんでそんなことができるんだ！　自分だって夢があって、そのために全国大会を目指して頑張ってるのに、なんで人の努力を踏みにじるようなマネができるんだよ！　今年とか、来年とか、そういうことじゃない。常に目の前にある挑戦の場に全力でぶつかってんだよ。ここでケガをしたらとか、予選は流してとか、そういうコントロールは監督やコーチがするもので、本人には目の前しか見えないんだ。それがわからないあんたの努力なんて、ただの努力ごっこじゃないか。そんなヤツがアナウンサー？　何が伝えられるっていうんだ！」

「町田、やめろ！」

　また、黒田先輩だ。ムカつくけど、言葉をとめて気が付いた。翠先輩は動じていない。僕だけが興奮している。

「自分のためにしか努力してない町田くんにも、見えてないものがあるでしょう？」

　優しく言われる。ああ、ダメだ。伝わっていない。僕は椅子を起こして深呼吸をし、座り直した。

「たとえ、他の人の思いも背負っていても、芯にあるのは誰でも自分のはずです。松本兄も、きっと。だって、努力が報われた喜びを一番に受けるのは、自分じゃないですか。喜ばせたい人がいても、最終的に、その人が喜んでくれて自分が嬉しいで完結じゃないですか。でも、もっと単純に、努力が報われたら、自分が想像していた以上の快感がパーッと体中に広がっていくんです。それを求めて、また次が始まる。今年の全国大会に照準を合わせて体も気持ちも高めていって、たとえ補欠だとしても、当日自分が走ることを想定してその日を迎える。膝の痛みを全力で隠し通してでも。だから、放送部に八つ当たりしたんだと思います。僕は、その気持ちが理解できます。でも、冷静に考えて、来年頑張ろうと思い直す。翠先輩にだって、謝ろうと思っていたかもしれない」

翠先輩が息をつく。話にならない、というように。

「町田くん、もう一度この記事をしっかり読んで」

翠先輩がとっくに画面が黒くなっているスマホを手に取った。

涙が込み上げてきた。こんなにも伝わらないものなのだろうか。

僕を援護してくれる声はどこからも聞こえない。作品制作でそれを感じたことはないのか？　脚本は？　なあ、正也。全国大会が決まった時に、パーッとならなかったのか？　ここではそれほど真剣にならなくていい代わりに、全国大会に行けたとしても、自分を支えてくれるものは残らないのか？　次の目標へと後押ししてくれるものは得られないのか？

「せっかくスマホを開いたんなら、同じ新聞社の記事に僕のもあるので読んでみてください。僕は亡き父と女手一つで苦労した母のために走ってることになってるから。でも、僕が努力したのは、自分が全国大会に出たかったからです。自分が良太と一緒に走りたかったからです」

そこまで言って、ふと、気付いた。

「放送部と陸上部は同じじゃない。報道は自分のためにしちゃダメなんだ……」

僕は立ちあがった。足元のリュックを拾って背負う。

「すいません、帰ります。原島先生のところには、翠先輩が行ってくれるんですよね」

翠先輩が頷いたのを確認してドアに向かった。急に僕をいたわるような顔をされても困る。走れるようになったのに、ゆっくり歩いてしまうのは、誰かが引き留めてくれることを、僕自身が期待しているからだろうか。

「圭祐！」

正也だ。どんな顔をしていいのかわからず、脚だけを止める。

「ゴメン！　ゴメンな……、放送部に誘って」

僕は一気に駆け出し、一度も振り返らずに学校を後にした。

第7章　スタンバイ

良太がレギュラー入りしなくとも、ましてや、自分がそこを走る日など訪れないとわかっていても、全日本高校対抗駅伝大会を肌で感じたいと、正月駅伝をテレビで眺めながら考えていた。Jコンの全国大会に自費でもいいから見学に行けばよかった、という後悔の気持ちにも背中を押された。

そもそも、全日本高校対抗駅伝大会（Jコンのような略称はないのだろうか）は京都で開催される。東京よりも断然近い。交通費のために親に頭を下げる必要もなく、お年玉の一部を封筒に入れて用意していたのだけど、結局、自宅のテレビで観ることになった。

しかも、こたつに入ってみかんを食べながらという、正月駅伝とまったく同じ態勢で。時折、寝転んだりもしながら。冷蔵庫に飲み物を取りに行くのに早足になったり、待ってました、とばかりにこたつから出て、テレビの前で正座をするようなこともない。

良太はレギュラーに選ばれなかった。松本兄も。

多分、喫煙画像騒動は関係ない。

僕は事の顚末を良太に会って説明していない。放送部の先輩が犯人だった、その人から直接原島先生に話をすることになっている、とLANDで伝えただけだ。おまえへの疑惑を晴らしてやったぞ、なんて名探偵気取りで伝えることはできない。

松本兄が共犯ならともかく、翠先輩が一人で計画して一人で実行したこと、つまりは、一人の放送部員の暴走だったのだから、なんというか僕は……、犯人側のグループの一員ということになる。

放送部は事実が明らかになった翌日から一ヵ月間、放課後の部活動停止となった。

それだけを伝える短いメッセージが白井部長からLANDで届いたものの、翠先輩個人がどんな処分を受けたのか、僕は知らない。松本兄とどうなったのかも。松本兄が今回のことをどのくらい知っていて、どう受け止めたのかも。

陸上部員が放送部員をどう思っているのかも。それどころか、放送部員がどうしているのかも。

放送室には、部屋を飛び出してから一度も行ってないし、同じクラスの久米さんとも目を合わせないようにしている。向こうからもこちらに近寄ろうとする気配はない。

時間が止まったような気分でなんとなく日々を過ごし、大会前日を迎えた昨夜、陸上部が無事参加していますように、と祈るような気持ちで、全参加校の各区間の走者が大会ホームページで公式発表される時間に合わせて、青海学院の欄を確認した。

校名の横に「棄権」と書かれていないことにまずは安堵した。そして、各区間の走者のオーダーリストを見て、良太の名前がないことにガックリと肩を落とし、松本兄の名前がないことには納得し、では、誰が選ばれたのだろうとスマホの画面に再度目を凝らした。

選手は全員三年生、走行順は替わっているものの、県大会時と同じメンバーだ。

つまり、県大会後に脚を故障した先輩が復帰できたということだろうか……。

そんな予想をしなくても、二区でテレビの実況アナウンサーがおおいに語ってくれた。

『林走太郎、走るために生まれてきた男、林走太郎』

そんなふうにフルネームを連呼された林先輩は、七位でタスキを受け取り、走行距離三キロの区間でカメラを五分以上独占していた。終始、先頭集団と第二集団のあいだを独走状態だったので、カメラで抜きやすく、そのうえ、発表するに値するエピソードを持っていたからに違いない。

『二年生になって初めて選ばれた昨年の県大会では、惜しくも数秒差で二位。自分があと五秒速く走れていればと、夢の中で何度も涙しました』

個人を必要以上にクローズアップするアナウンスに、僕は懐疑心を抱いていたはずなのに、他人事とは思えないエピソードにグッと意識を持っていかれた。

――きみと同じ境遇にいる子たちの励みになるじゃないか。

ふいに頭の中によみがえった声は追い払ったのだけど。

『しかし、悔しいのは自分だけじゃない。来年こそは全国へ。仲間たちと叱咤し合い、もう涙は流すまい、流していいのは汗だけだ、と心に誓って、東和学院大学在学中、正月駅伝に二年連続出場し、四年時には区間賞を獲得した経験を持つ、原島信幸監督指導のもと、トレーニングを積んできました』

林先輩だけでなく、青海学院の紹介はここで一気にやってしまえ、という雰囲気も感じ取れた。

『そしてつかんだ、念願の全国大会への切符。林選手は一〇キロの一区を走り、見事、区間賞も獲得しました。仲間たちと喜び合ったその直後、彼を悲劇が襲います。太ももの肉離れ、医師からは全治七週間と診断を受けました』

県大会から全国大会までとほぼ同じ期間だ。回復したからといって、すぐに元の走りができるわけではない。だから、その枠に良太が選ばれるのではないかと、僕は期待したし、県大会でレギュラー入りできなかった部員たちもその一枠を目指して、練習にラストスパートをかけていたはずだ。

それを、林先輩はどんな思いで見ていたのだろう。陸上部の長距離部門の選手全員にインタビューは行っている。撮影は黒田先輩、インタビューしたのは、この僕だ。

――全国大会出場決定後に脚を故障したのは悔しいけど、みんなには、僕のことを心配するよりも、本番に向けて最善を尽くしてもらいたいです。

そんなふうに言っていた。故障について掘り下げて質問しなかったのは、先輩を気遣ったり遠慮したからではない。

　自分の力で全国への切符をつかんだのに、その切符を使うことができない。それは、まさに今夏、放送部において、僕が抱いた不満であり、部全体でも長い話し合いが持たれた問題であったはずなのに。

　良太のことばかり……。もし去年、三崎中が全国大会に出場できることになっていたら、走者はどうなっていたのだろう。良太を全国大会に連れて行ける、走らせてやれる、ちゃんと良太なしで繋ぐことができた。まずは、それを喜んだはずだ。そこまでの想像は何度もしたことがある。

　だけど、その後は？　良太が走るということは、県大会で走った一人が外れるということだ。それがもし自分だったら？

　僕は都合のいいことしか考えていなかった。偏向報道にうんざりしていた僕自身が、偏った取り上げ方をしようとしていたのだ。たとえ、良太をクローズアップしたいという裏の目的があっても、陸上部には全員を平等に取り上げると伝えて取材許可をもらっていたのに。

　実況は続いた。

『林選手の陸上人生はケガとの闘いでした』

　アナウンサーは林先輩が小学校四年生の時に、地域のスポーツ少年団の陸上部に入ったエピソードから話し出した。僕も学校の放課後陸上クラブに入ったのは四年生の時だったな、と耳を傾けた。

経歴は僕とまるで違う。先輩は六年生で一〇〇メートル走の選手として全国大会に出場し、中学では一年時から、ジュニアオリンピックを目的とした県の強化選手に選ばれていた。しかし、華々しい経歴には、いつも故障がつきまとっていた。膝の故障、肉離れ……。中学二年の夏に靭帯を損傷したのを機に、長距離へと転向したらしい。

『それでも、陸上をやめようとは思いませんでした。そんな彼を支えてくれたのが、地元の整体院で、スポーツ整体師として活躍されている溝口康彦先生でした。自宅から整体院までは徒歩一〇分。子どもの頃から林選手の活躍をサポートしてくれた溝口先生は、医者が匙を投げたケガでさえあきらめず、林選手の陸上選手としての道が閉ざされることがないよう、最新の施術を昼夜にわたって熱心に研究し、寄り添い続けてくれました。絶望的に思えた今大会も、溝口先生がいてくれたからこそ、回復が間に合い、今日の日を迎えることができた。きっと、この力強い走りを、溝口先生も見てくれていることでしょう』

その先生に僕の脚も診てもらえないだろうか、などと考えてしまう。

人生を左右するのは、出会いなのかもしれない。良太に出会わなければ、顧問が村岡先生じゃなければ、たとえ陸上部に入っていたとしても、たいした成績も出せないまま、中学卒業と同時に終えていたような気がする。

正也に出会わなければ……。

――ゴメン！　ゴメンな……、放送部に誘って。

声を振り払うように頭を振って、テレビ画面を凝視した。

実況はまだまだ続く。

『今大会の同校の出場選手のほとんどが大学に進学して陸上を続けることが決まっている中、林選手は整体師の専門学校に進む決意をしたそうです。溝口先生のおかげで悔いの残らない選手人生を送ることができた。これからは、先生のように、ケガや故障に苦しむ選手たちをサポートできる人生を送りたい。それが、僕を支えてくれたすべての人たちへの恩返しだと思っています……』

林先輩はタスキを外した。緑色のユニホームを着た青海学院の三区を走る選手が片手を上げて、ラスト！　と声を上げている。

『今、タスキを渡しました。手元の時計で八分二三秒、区間賞には届きませんでしたが、自己ベストの更新です』

九分の壁、どころではない。

両膝に手をついて腰をかがめ、肩で息をする林先輩の目から、堰を切ったように涙が溢れ出した。そこにベンチコートを持って駆け寄ったのは、良太だ。良太の目も赤く腫れているように見える。

僕の目にも涙がにじんでいることに気付き、トレーナーの袖で拭った頃には、画面はすでに青海学院の三〇〇メートル前にいる先頭集団に切り替わっていた。

良太も、おそらく、松本兄も、林先輩の無念さを肌で感じ取っていたはずだ。一枠あいたところに自分が選ばれたい。その思いは同時に、林先輩の思いを背負い、林先輩と同等もしくはそれ以上の走りをしなければならないというプレッシャーを受けとめることにも繋がる。

そうやって自分を追い込む中でも、目的とは相反するとわかりつつ、林先輩の回復を願う気持ちもあったんじゃないか。

僕が林先輩にも真っ直ぐ向き合っていれば、溝口先生のことや、整体師になりたい思いなどを、先輩から直接聞かせてもらうことができたのだろうか。

補欠の選手たちから、レギュラーの故障によって生じた枠をどのように捉えているのか、本音のインタビューが取れていたら、翠先輩も誤った行動を思いとどまることができたんじゃないだろうか……。

僕が陸上部を撮ることの意義はそこにあったはずなのに。

ドローンを飛ばし、俯瞰的・鳥瞰的視点というものを正也から教えてもらっていたにもかかわらず、僕は何も成長していなかった。

自分と良太、いや、自分のことしか考えていない。そのうえ、それを是とする発言を一方的に投げつけて、放送室を後にした。

そりゃあ、放送部の誰からもメッセージが届かないはずだ。

だから、ＬＡＮＤなんかやりたくなかったんだ……。

自室の天井とスマホの画面を交互に見る。

『天国の父に見守ってほしい。苦労をかけた母へ恩返しの激走を！』

自分の欠点に気付いたところで、この見出しに対する感情に変化はなかった。ただ、マスコミ全体がこういうスタンスではないと気付くことはできた。

三区以降、青海学院の選手が大きく取り上げられることはなかった。

それぞれの区間で大きく取り上げられる選手はいたものの、どれも林先輩のように、ケガや故障、入学時に期待された結果が出せずに陥ったスランプといった、選手自身の挫折(ざせつ)のエピソードばかりで、親がどうのだとか、難病の家族がいる、といった取り上げ方は皆無だった。

後半になり、一位の学校が独走態勢に入ると、やはり、そこの選手がクローズアップされることになる。みんなが挫折を味わっているわけではない。事前インタビューかアンケートで全員が「座右の銘」を訊(き)かれたのか、その紹介がされていたけれど、僕はそれをおもしろく聴くことができた。

どこまでを選手本人が答えて、どこからがアナウンサーのオリジナルなのかわからない。

その言葉の由来となる戦国武将や幕末志士についての説明から、その偉人の京都にまつわるエピソードに移り、選手があたかもその偉人の生まれ変わりで、再びこの地を力強く走っているかのようだ、という実況放送は、その日の天気の良さもあいまって、さわやかな空気がテレビ画面を通じてこちらにも伝わってくるように感じた。

もちろん、座右の銘の元になる人物は偉人だけでなく、恩師や親、マンガの登場人物など多岐にわたっていて、それらにも前向きで爽快なエピソードが伴い、単純に表現すれば「ただ走っているだけ」の選手に個性を与え、応援したい気持ちに心地よく誘導された。

そんな中でも、「〇〇の期待を背負って」という言葉が繰り返された場面があった。最終区間で三位争いをしているうちの一校が、昨年、大規模な水害に見舞われた県の代表校だったからだ。しかも、アンカーの選手の実家は一番大きな被害を受けた地区にあり、「自分の走りで地域の方々を励ましたい」というコメントも紹介された。

良い実況、悪い実況、自分のために、誰かのために。

僕がそんなことをジャッジできる立場にないことはわかっている。それを踏まえたうえで、「地域のために」というのはアリではないかと思う。そもそも、出場校は都道府県の代表として看板を背負ってきているのだから。

僕が、きみが、とは違う。

――きみの頑張りが、きみと同じ立場にある人を勇気づける。僕の仕事はジャーナリストとしてそれを世の中に伝えることだし、世の中の人たちには「知る権利」がある。

とっくに黒くなっていたスマホ画面を操作して、またあの記事に戻した。

昨年、駅伝の県大会前に地元の新聞社二社から取材を受けた。一社は「ケンガイ」で

Jコン全国大会出場が決定した際にも取材を受けたところで、部員たちをフラットに取材したうえで、地区大会で一番活躍した選手をやや多めに取り上げてくれた。

だけど、もう一社はそうではなかった。

取材を受ける際、保護者の許諾書が必要らしく、僕はまったく深く考えないまま母さんに署名してもらった紙を提出した。

――お母さんはいつも試合を観に来てくれるの？

僕への質問はそんなひと言から始まった。仕事がある時以外はいつも、と答えると、何の仕事、と訊かれ、僕はぺらぺらと自分の家庭環境について話してしまった。うまく誘導されたとも言える。

僕の単純な性格故ではあるけれど、それ以前に、僕が自身の環境や境遇に何の引け目も感じていなかったからだ。警戒心は隠したいことがあるから生まれるのだということを、この時の後悔によって気付くことになる。

もしも、僕が父と一緒に今より裕福で幸せな日々を送ったという記憶を持っていたら、今の自分を不幸に感じていたかもしれない。だけど、物心ついた時にはもうこの世に父はなく、母さんから父の死に対する嘆きや恨みも聞いたことがないので、僕にとってはこれがあたりまえの生活となっている。

他の同級生と比べても、自分が特段にガマンをしてきた憶えはない。こうやって、私立校にも通わせてもらえている。

何の疑念も持たずに質問に答えていたものの、少しおかしいぞという流れにはなった。

――じゃあ、頑張ってお母さんを喜ばせてあげたいよね。

――はあ……、でも、これまで一緒に頑張ってきた……。

――えっ、お母さんへの感謝の気持ちはないの？　亡くなったお父さんのぶんまで苦労してきみを育ててくれたのに？

――いや、感謝の気持ちはちゃんとあります。

なんでこんな展開になっているんだ？　と、モヤモヤし始めたところに待ったをかけてくれたのは村岡先生だった。

――陸上に関係ない、生徒の個人情報を掘り下げるのは遠慮してください。

それに対して、記者が答えたのが先の台詞だ。村岡先生とは目を合わせずに、僕に向かって、まるで正しい大人は自分の方だと諭すかのような言い方をしてきた。

そのうえ、新聞記事のチェックは先生すらできず、一旦取材を受けたからには、あとは記者や新聞社の裁量にまかせるしかない。

そして、見出しにアレが出た。

ハンディを抱えているけれど頑張っている人、に僕が認定されてしまった日だ。恥ずかしい、と感じた。母さんに申し訳ない、とも。

それでも、それほど大きく受け止めていなかったのは、母さんが新聞を見てもいつも通りだったうえ、疎遠になっていた親戚から電話があり、父も運動会やマラソン大会で活躍していたという、母さんも僕も嬉しい話を聞くことができたからだ。

これをあの記者が知ったらしたり顔で頷きそうだな、と想像してムカつきはしたけれど。

ただ、良太が出ないから記者も書くことがないのだろうな、とも思っていた。良太がケガを克服して、試合に出られるのに、見出しがあのままだったら、僕はもっと違和感を強くして受け止めていたかもしれない。

ネットの記事を疑え、と学校や周囲の大人たちから指導を受けることはあっても、新聞記事を疑え、と言われたことはない。

そんな話ができる場所にいたはずなのに。僕も、翠先輩も……。

青海学院は全日本高校対抗駅伝大会で六位に入賞した。

あんなことがなければ、良太がレギュラー入りしていなくても、「おめでとう」とメッセージを送れていたはずだ。

来年はいよいよ良太が走る年だな、と。直接、京都で……。

二月の第一週にある入試休みに入ったら観に行こう、と正也と約束していた（多分、久米さんも誘っただろう）話題の映画を、一人で行こうか、もういいか、とグダグダ悩んでいた。学園ミステリマンガが原作となっている実写映画で、僕の入院中に良太が差し入れてくれた作品でもあるので、これを機に良太に連絡を取ってみようかと思いながらも、実行に移せない。

　そんな時、堀江がLANDで誘ってくれた。持つべきものはクラスの友だちだ。

　堀江は原作マンガは読んでなく、謎の美少女役として出演する女優目当てらしく、待ち合わせの駅から映画館に向かう道中、殺されないよな、まさか犯人？　待て待てネタバレなしだぞ、と一人ではしゃいでいたため、僕はほとんど言葉を発することがなかった。

　原作を読んでいる僕は、謎の美少女がどういう役どころかを知っている。原作とは違うラストとは謳(うた)っていないので、オチまで知っていることになる。

　それでも、けっこう長い原作が二時間でどんなふうにまとめられているのだろうとか、主人公が謎を解く際、頭の中に宇宙空間が広がり、そこにこれまでの謎やヒントが集約されてビッグバンを起こす、あのシーンをどんなふうに描くのだろうか、といった楽しみがある。

　ただ、堀江を見ていると、まっさらな状態で物語にふれられることをうらやましく感じる。上映中だけ記憶喪失になれる薬があればいいのに、なんて。

　互いに、フライドポテトとコーラのセットを買い、並んで座った。青海の生徒とおぼしき姿がちらほらと見える。時間に余裕があったので、学校の話になったら、たとえば、久米さんのこと避けてない？　などと訊かれたら困るなと危惧(きぐ)したものの、堀江はずっと、スマホに作った謎の美少女役の推し女優のアルバムを僕に見せ続けた。

今回の配役はほぼ全員イメージ通りだけど、彼女だけは違うんだよな。なんて口が裂けても言えないな、と苦笑いしているうちに、映画は始まった。

「誘ってくれてありがとう」

上映終了後、館内が明るくなったと同時に、僕の口から自然と漏れた。あのビッグバンのシーンだけでも、映画館までやってきた甲斐がある。

堀江も語りたいことが山ほどありそうで、僕たちは映画館の一階にあるコーヒーショップに移動した。ここでも、堀江の独壇場だ。

「最後にあいつをかばって死ぬ？　ボウガンで撃たれるとか、くはっ……」

まるで、推しの女優が本当に死んでしまったかのような嘆きっぷりだ。でも、彼女の演技はそれくらい真に迫っていた。イメージが違うなんて思ってごめんなさい、と心の中で謝ったほどに。

だけど、僕はもっと違うことを話したい。ドローン撮影とおぼしき学園内での犯人追跡シーンのことや、脚本について。単行本一〇巻分を二時間にまとめてあるのに、僕の好きな台詞は全部あった。

ふと、堀江が入り口付近に目を遣って、背の高いスツールからさっとおり、ぺこりと頭を下げた。僕も目を遣ったけど、知らない人だ。堀江は再び座り、コーヒーの入った紙コップを持ち上げた。

「知り合い？」

「うん、ラグビー部の先輩。多分、同じのを観に来てたんじゃないかな」

「へえ……。ところでさ、前に外で会った時、黒田先輩に挨拶してたよね。中学の時の先輩って聞いたけど、もしかしてテニス部の？」

堀江は中学時代、テニス部だったことを思い出した。

「中学の先輩ではあるけど……、あれ、町田、知らないの？　黒田先輩がラグビーのすごい選手だったこと」

ポカンとした顔を返した僕に、堀江は黒田先輩がどんな活躍をしていたのかを教えてくれた。推しの女優を語るのと同じトーン、いや、もっと熱気のこもった口調で。

入試休み明け、僕は弁当を食べ終えると、目を閉じて深呼吸し、勢いよく席から立ちあがった。

「一緒に行こうか？」

堀江が座ったまま顔を上げた。

「いや、大丈夫。ありがとう」

やっぱり、と口からこぼれそうになる前に教室を出た。

同学年でも、同じ文理科の教室を訪れるのと、全員がスポーツ推薦で入学した人間科学科の教室を訪れるのとでは、気合いの入り方が変わる。

憧れの場所、という名のフィルターがかかった別世界。

そこにさらに、上の学年、という負荷がかかり、階段をのぼる僕の足取りは普段より、格段に重くなっている。逆に、踵を返した途端、いつもの倍のスピードで自分のテリトリーまで駆け戻ってしまいそうだ。

振り返るな、圭祐。

――中学にラグビー部はなかったけど、すぐ近くにミツバデンキの工場とグラウンドがあって、ラグビー部のジュニア育成教室が開かれているんだ。

頭の中に堀江の声がこだました。ミツバデンキが実業団ラグビーの強豪だということは僕でも知っていた。正月駅伝二日目終了後にそのまま同じチャンネルで放送される、決勝大会の常連チームだ。

――普通は中学生から入れるんだけど、黒田先輩は小五でお兄さんの入団テストについていって、係員に誘導されるまま受けたら一緒に合格して、特例で入れてもらえることになったんだ。そこからめきめき上達して、中一でミツバジュニアのレギュラー入りを果たしただけじゃなく、U15日本選抜にも選ばれて、海外遠征も何度かしてるんだ。俺の兄貴が同級生で同じクラスだったんだけど、公欠届に「オークランド」って書いてあったって。こっちは、修学旅行の東京行きにビビってたっていうのに。

誰が東京に行くか問題……。あの時、黒田先輩がどんな顔をしていたのか、僕は憶えていない。多分、目を向けてもいなかったはずだ。

――青海の推薦入学が決まった時なんか、先輩たち、大はしゃぎだったらしい。全国大会、いつもベスト4止まりだからさ、いよいよ優勝かって……。

ラグビー部内でのことはあまり頭に入ってこなかった。少し前にドンと立ちふさがるワードが出現したから。

推薦入学？　スポーツ推薦ということか。放送部の自己紹介時、そういえば黒田先輩は、「二年の」としか言っていなかったような気がする……。

階段をのぼりきり、僕は二年一組、人間科学科の教室の前に立った。冷気を遮断するためか、前方も後方もドアはしっかり閉められている。もちろん、前方のドアを開ける勇気なんてない。後方のドアにゆっくりと手をかけた。

と、勢いよく開く。

「あっ……」

中から出てきた人とぶつかりそうになり、半身を引いてかわしたら、目が合った。松本兄、だ。

「ああ……」

松本兄も僕のことを認識しているようだ。多分、元陸上部ではなく、放送部の方で。眉（まゆ）をひそめられたのがその証拠だ。何と声を発するべきなのか。

「黒田？」

思いがけない優しい口調に安堵（あんど）して、僕は大きく頷いた。陸上部もラグビー部も、各運動部の精鋭が集まるこの教室に毎日通わなければならない、黒田先輩の気持ちを、少しはマシになったはずの想像力を駆使して思い描いてみたものの、頭の中ですら、その教室に五分も滞在することはできなかった。

だけど、教室から出てきた黒田先輩は放送室に入ってくる時とまったく同じ、のんびりした足取りで、なんだ町田か、と若干がっかりしたような表情で笑った。

「松本が放送部の一年って言うからさ、久米がチョコを持ってきたのかって期待したのに、おまえかよ。……用件は何だ？」

「あの……」

「卒業記念ＤＶＤの編集は終わったぞ。秋山先生が職員会議の議題に挙げてくれて、ドローン撮影の映像は、行事や授業時間内のものは載せてもいいことになったんだ。応援団の演舞とか、集団行動とか。今後もその方針でいくらしい」

「はい……、あの」

僕は背筋を伸ばして、しっかり黒田先輩と目を合わせた。息を吸い、腹の底から声を出す。

「申し訳ございませんでした！」

そして、頭を深く下げた。

「おい、おい、おい……」

黒田先輩が慌てた様子で僕の肩をつかんだ。顔を上げると、思った以上に周囲に人がいて、とっさに顔を伏せてしまう。

「非常階段は寒いしな……、よし、放送室に行くぞ。昼はオッケーだ」

逃げるようにその場を去り、階段を下りていく黒田先輩の後を、僕も足早に追った。

だけど、どちらも走らない。マナーを守る良い子だから、ではない。

放送室には白井部長がいた。音楽を流したり、委員会や部活動などの連絡原稿を読んだりするためだ。入り口側の部屋の片隅にパイプ椅子を広げて、英単語の本に目を落としている。

「白井、交代しに来てやったぞ」

黒田先輩がのんびりした口調で言うと、部長が顔を上げた。僕の方を見て、一瞬、驚いた顔になる。

「私がいちゃいけないの？」

「エロトークを聞きたきゃいればいい」

白井部長は、もうっ、と立ちあがり、弁当箱を入れた小さなバッグに英単語の本も押し込んだ。

「マイクの電源、ちゃんと確認してよね」

そう言い捨てて出て行く。僕たちがそんな話をするとは思ってないくせに。黒田先輩は本当に校内放送用のマイクがオフになっていることを確認して、壁際のパイプ椅子を広げて座り、白井部長が座っていた椅子にあごをしゃくって僕を促した。

どこから再生だ？　もう一度、謝るべきか。

「謝罪は……、ＤＶＤの編集のことじゃないよな」

　黒田先輩にしては厳しめの口調だった。

「はい」

「大方、誰かから俺がラグビーやってたとか、青海にスポーツ推薦で入ったとか聞いて、スポーツをやったことないおまえらに僕の気持ちがわかるか、ってなことを言ってしまったのを反省したわけだな」

「そうです」

「ラグビーやめた理由は聞いたか？」

「病気だ、と……」

「青海に入ってすぐ、春の総体のレギュラーに選ばれて、はりきって試合に出て、ボール持って走ってたら、急に目の前が真っ白になって、バタンだ。倒れた自覚もなくてさ、鼻まで骨折。なんか、心臓の大切な血管が細いんだってよ。幸い破裂はしなかったけど、いつそうなるかわかんないから、激しい運動はやめろって医者に通告されたのが、四月の終わり」

　そんな大変な病気だったなんて。しかも、継続している。また、だ。マラソン大会や体育祭は撮影係に徹していたわけじゃなく、何か運動ができない理由があるのではないかと、想像する余地はあったはずなのに。

「学校もやめようかと考えたけど、幸い、学校側はそのまま人間科学科においてくれるって言うし、二年になる時に文理科への編入試験も受けられるとも言われたし、後は、蒼と白井が放送部に誘ってくれてさ。俺とおまえ、よく似てるんだよ」

「そんな……。僕は一組に居続けられるかどうか。そもそも、入れるレベルでもなかったし」

どこまで踏み込んでいいのかわからない。

「白井からおまえのこと聞いた時、どのくらい割り切れてるのかわからなかったし、陸上部から声がかかったのに放送部を選んだって知ったら、俺からのアドバイスなんて必要ないかって思ったりもしたけど、やっぱり、二人で話してみればよかったんだよな。まあ、それが今なんだろうけど」

僕はもう一度、黒田先輩に謝りたくなった。先輩は僕のタガが外れそうになる度に、くいとめようとしてくれていたのだ。そんなことにも、先輩の事情を知ってようやく気付くなんて。

「人間科学科、まあ、スポーツ推薦クラスだな。外から見ると、かっこよく見えるんだろう。実際、昼休みの女子からの呼び出しなんて、うちのクラスじゃ日常茶飯事だし。俺も鼻の骨折がなきゃなあ」

それは言われないとわからないくらいきれいに治ってます、とは言えない。そういう話し方をしてくれる人なのだ。

「でもさ、中から見ると、けっこうな割合のヤツらが思いつめた顔をしている。ケガに苦しんでいるヤツもいるし、期待に応えられないってメンタルやられてるヤツもいるし、文理のヤツに抜かされたくないってヘンなプライドと闘ってるヤツもいる。本来、なんて言い方は好きじゃないけど、スポーツって楽しむもんじゃないの？　で、俺は教室の中で一日中、スポーツの楽しみ方を考えている。まあ、実技の授業も半分は見学してるし、やったところでかなり手を抜いてるから、レポート出さなきゃなんなくて」

「それ、僕もです」

「そうか。俺たち、語り合えることだらけじゃん。俺のレポートのテーマは常に、〇〇の楽しみ方。そん時やってる種目を〇〇に入れるんだ。一年のあいだに納得のいく答えが出なかったから、文理科への編入試験は受けなかった。言っとくけど、文理に行ける頭がないからじゃないぞ。ラグビーは頭使うからな」

僕の目の前にいる人は、僕よりたった一年早く生まれただけだ。しかも、僕とは比べものにならないほどの活躍をしていたのに。

「どうして、そんなふうに割り切れるんですか？」

「俺が本気で腹を割って話してる証拠として、おまえだけに教えてやるよ。蒼にも白井にも話していない」

聞いてもいいのだろうか。ゴクリと唾を飲んだ。

「俺は倒れた時に、あっちの世界に行ったんだ。足元で犬の鳴き声がして、見ると、半年前に死んだトンガがいて、ああ、うちで飼ってた犬の名前な、迎えに来てくれたんだって思ったら、いきなり噛みついてきてさ。振り払っても、ワンワン吠えながらすごい勢いで飛びかかろうとしてきて、俺、全力で逃げたんだよ。そうだな、あれが俺の最後の全力疾走だ。で、目が覚めたら病院だったわけ」

いきなりスピリチュアルな方に話が飛び、僕はさらに返答に困った。

「まあさ、生きてるんだよ、俺たちは。なら、失ったものを嘆くよりも、楽しく過ごす方法を考える方がいいじゃん」

「そう…、ですね」

僕だってそうだ。事故の後、母さんも周囲の人たちも、命が助かったことを喜んでくれていた。

「なんて、後輩にえらそうな口利きながら、まだ自分に言い聞かせてる。トンガの話を蒼と白井に言えんのは、おまえまだ達観できるレベルじゃないだろ、ってツッコまれるのがわかってるからだ。去年の俺はおまえ以上に腐ってたし、撮影を通じてスポーツの楽しさを伝える仕事に就きたいって思えるようになったのも、このあいだのJコンの作品制作している辺りからだったし、めちゃくちゃ楽しいって久々に思えたのは、ドローン飛ばすようになってからだし……、おい、おまえ泣いてんの？」

黒田先輩のごつくてあたたかい手が肩に載せられた瞬間、僕の頰に涙が流れた。こんなにもたまっていたのかと驚くくらいに。

「あー、あー、もう」

そう言って、黒田先輩がポケットから出して目に当ててくれたのは、ツルツルと光沢のある布、ドローンのレンズ用に携帯している布だった。手の脂はきれいに取れるのに、水分はしみこみにくいようで、ぐいぐいと押し付けられる。

と、笑ってしまった。

「どうした？　思い出し笑いか？」

「いえ……。久米さんがここにいたら……」

男の先輩に涙を拭いてもらうってどうなんだ？　と自分の姿を俯瞰的に頭の中に思い浮かべた途端、久米さん的「萌え」じゃないかと思いついた。背景にバラの花が飛んでいるんじゃないか？　なんて。さすがに「萌え」とは黒田先輩には言えない。

「貴重なショットだって、写真に撮られそうだと思って」

照れ隠しもあり、笑ったままの僕に対し、黒田先輩の顔はスッと厳しいものに戻った。

「そうだよ、久米だ。町田、俺に謝りに来る前に、あの二人のところには行ったのか？」

「あの？」

「宮本と久米だよ」

「いいえ……」

「スポーツを真剣にやったことないヤツらに、陸上部員の、というよりは、僕の気持ちはわからない。そう啖呵を切ったのに、黒田はスポーツ経験者だった。だから、ごめんなさい。おまえ、それは間違ってるよ」

　そんな、と声は喉元までせり上がってきたのに、言葉として口から出ることはなかった。わかってる。でも、二人はあの時、僕を助けてくれなかったじゃないか。

「放送部の町田圭祐として考えろ。俺はこれ以上、部員に去ってほしくないからな。経験者にしか理解できないと突き放すのは、怠慢だ。どんな内容でも、たいていのことにおいては、伝える相手は、その経験をしていない人たちだ。それを前提に、伝え方を考えろ。伝わらないのは、己の未熟さのせいだ」

「はい」

　頷くと、黒田先輩はニカッと笑った。

「えらそうなことを言い過ぎた。でもさ、部活の同級生は大事にするんだぞ。久米はあの後……」

　昼休みの終わりを告げるチャイムが鳴った。五分後にもう一度チャイムが鳴り、午後からの授業、五時間目が始まる。

「俺から話すなってことだ。こっちの方が一階分、階段多く上がんなきゃならないし、先に出るな」

　黒田先輩は立ちあがると大きく伸びをして、放送室を出て行った。

　久米さんは、あの後？　僕が出て行った後、ここで何があったのか。何かがあったなんて、まただ……、想像してもみなかった。

ＬＡＮＤは便利だ。僕は五時間目の授業開始のチャイムが鳴る直前に、放課後三人で会いたいという短いメッセージを送った。二人から既読スルーされるにしても、断られるにしても、五〇分間の心の準備時間を取ることができる。

次の休み時間に、正也から「どこがいい？」と返信が来て、僕は駅の近くの公園を提案した。実は、五時間目のあいだじゅう考えていたのだ。

非常階段は今の僕たちにとって気持ちのいい場所じゃない。放送室には行けないし、図書室は三年生が自主登校して自習室として使っている。とはいえ、ファストフードという気分にもなれない。そこで思いついたのが公園だった。寒いけれど、そのぶん、人目を避けることができそうだ。

久米さんからも「了解」のアニメキャラスタンプが返ってきたものの、教室を一緒に出ることはなかった。荷物を手早く片付けて、急いで教室を出た。こちらが呼び出したという口実で、何かあたたかいものを差し入れするため、コンビニに行こうと思ったからだ。

正門を出て、コンビニのある国道側の交差点に向かう。駅へ向かうのは反対側の通りになる。一人で、この交差点に来るのは久しぶりだ。

僕の運命を変えた交差点。横断歩道の向こうに交通事故の目撃情報を求める看板が立っている。そんなものは目に入れず、とっとと渡ってしまいたいのに、信号はあいにく赤だ。

「町田くん？」

背後から声をかけられた。振り返ったものの、誰だっけ？　と、しばらく考える。確か、陸上部の……。

「森本先輩。あの、この度は、申し訳ございませんでした」

二年生の陸上部部長、森本先輩は短距離部門ではあるけれど、やっぱり頭を下げてしまう。

「謝るなって。そんなつもりで声かけたんじゃないし。前から、話してみたかったんだ」

森本先輩は人懐こい笑顔で僕を見た。ムードメーカータイプだな、と、こちらの緊張も若干緩んだものの、話してみたかったの意味がわからない。

「僕とですか？」

森本先輩は笑顔のまま頷いた。

「俺、中学で陸上やめようと思ってたんだ。地区大会でギリギリ三位に入れるかどうか、県大会に運良く行けても準々決勝敗退。高校では部活自体、もういいかなって。でも、顧問の先生は続けろって。おまえは体ができあがって伸びるタイプだから、なんて言われたんだ。あ、渡る？」

信号が青になり、僕は森本先輩と並んで歩いた。

「うちの顧問は退職間際のおじいさん、っていうと失礼か、おじさんだったんだけど、青海陸上部の顧問の原島先生も自分の教え子で、彼もそうだったって。文理科で青海に入って、めきめき伸びて、大学で正月駅伝、実業団で日本代表としてアジア大会、夢広がるよな」

　横断歩道を渡り終える。互いにどちらに向かいたいのかわからないせいか、同時に足を止めた。興味深い話ではあるけれど、待ち合わせをしている身としてはそろそろ話を切り上げてほしい。

「ああ、ゴメンな。俺の話は前置きが長いってよく怒られるんだ。その話をしている時に、グラウンドで三〇〇〇メートル走が始まって、先生が、あの子もそうだな、ってゼッケンナンバーを読み上げて、驚いたよ。真ん中よりうしろにいる選手だったんだから。あとで名前を調べたら、町田圭祐だった」

　これが、事故に遭わず、スポーツ推薦でもないのに陸上部に入っても大丈夫だろうかとおそるおそる見学に行った際にされた話なら、僕の体は宙に浮いていたんじゃないだろうか。目に映る景色の彩度がぐっと上がり、新生活そのものが輝いて見えたに違いない。

「でも、僕は……」

「うん、わかってる。この場所で話すことじゃなかった。ゴメンな」

　森本先輩はすぐ横にある看板に目をやった。交通事故の目撃情報……。僕のものはとっくに撤去されている。一週間前にも歩行者と自動車の接触事故があったようだ。

「防犯カメラ、いるよな」

「えっ？」

「俺んち、この近くなんだけど、事故が起きるたびに防犯カメラの設置を市に要請しようって話が町内会で持ち上がるのに、プライバシーの侵害だって、この周辺の家の人たちから反対されるらしい。監視社会だ、とかさ。公道にプライバシーも監視もないよな」

僕は周辺の家を見た。塀に地元政治家のポスターを貼っている家もある。あの家の人が反対しているのかどうかはわからないけど、あちらの方がよほどプライバシーの公表になるんじゃないだろうか。

「ゴメン、そういうことじゃないんだ。俺が町田くんに言いたいのは、放送部としてでもいいから、これからも陸上に関わってほしいってこと」

「でも、放送部は……」

「原島先生から部員に対しては、解決した、としか言われなかったけど、白井さんに放送部として謝罪する機会を作ってほしいって頼まれて、練習後のミーティングに来てもらったんだ。白井さんが、陸上部を取り上げるという提案をしたのは自分で、その際に偏った取り上げ方が危惧(きぐ)されるような説明をしてしまい、他の部員に誤解を与えてしまった、って頭を下げたのは……、知らないみたいだね」

僕は目を見開いたまま頷いた。

「でも、それって、俺が白井さんに山岸や町田くんのことを熱く語ったせいだから、俺もみんなに謝って。その後、白井さんは山岸と松本に改めて頭下げて、なんというか…

…、解決したから。そう、解決した！」

「ありがとうございます……」

「あと、こんなことになったけど、みんな放送部はやっぱすごいなって。部員同士、スマホで動画を撮り合って、フォームの確認をよくするんだけど、放送部が撮ってくれたのを見ると、こういうのが欲しかったんだよって。県民の森広場でのトラックのは、町田くんが撮ったんだってな。短距離部門も、特に跳躍の選手なんて、明日にでも撮影を依頼したいと思ってるし、まあ、放送部は大歓迎ってこと」

　森本先輩はその後、大歓迎、と二回言いながら僕の背中をポンポンと叩き、国道沿いではなく、住宅地に向かう細い道へと去っていった。

　先輩に言われたことを家に帰って振り返られるように、一言一句を脳に沁み込ませようと空を見上げ、目を閉じ、再び開けて視線を遠くにやると、横断歩道の向こう側に正也と久米さんがいるのが見えた。今そこに到着したというよりは、しばらく立っていたような雰囲気で（僕の勝手な思い込みかもしれないけど）、もしかすると、僕が森本先輩といるのを見つけて、青信号を二回ほど見送ってくれていたのかもしれない。

　距離はあるけれど、正也と明らかに目が合ったので、僕は片手を小さく上げた。信号が変わってやってきた二人に合流したものの、何と口にすればいいのかわからない。

「どうしてこっちに？」

　正也に訊かれた。それは、僕だって訊きたい。

「コンビニで何かあったかいものでも買っていこうかと思って」

「考えることは、おんなじか」

正也は笑って久米さんと顔を見合わせた。

「町田くんは何まんが好きか、宮本くんと話していたんです」

久米さんもぎこちなく笑いかけてくれた。

「お互い、何だと言い合ってたの？」

案外、普通にしゃべれていることにホッとする。

「俺は、餡まんじゃないかって。でも、ハズれた時に、自分が食べるのはイヤだな、とか」

「わたしは肉まんかな、と。自分はカレーまんにして、もし町田くんがカレーの方が好きだったら交換しようと思ってました」

「はい、久米さんの勝ち。でも、何が好きなのか考えてくれてありがとう。僕は肉まんを三つ買うつもりだったから」

「それはそれで、一番、失敗のない選択じゃないのか？」

そんなことを言い合いながら、僕たちはコンビニに入り、おごるとか今日はナシな、という正也の言葉に素直に従って（多分、おごったことが謝罪だとか、何かのかわりになってしまわないために）、それぞれが好きな中華まんと飲み物を買った。

期間限定特製チャーシューまんというのがあり、三人ともそれを選んだ。

「一緒にいたのは……」

公園までの道すがら、ためらうように正也に訊かれ、僕の陸上の話は伏せて、森本先輩から白井部長が放送部を代表して陸上部に謝罪に訪れたと聞いたことを話した。正也も久米さんも知らなかったようで、二人とも、自分の気持ちを整理するかのようにしばらく黙っていた。

公園が見えてきた辺りで、口を開いたのは正也だ。

「良太に謝るのはわかるけど、松本先輩にってのはどうなのかな。確かに、まったく知らなかったのなら、自分の彼女が自分のために大暴走しちゃったわけだから、一番、複雑な心境だろうし、立場も悪くなりそうだけど、少しくらいは気付いてたんじゃないかな……。あっ、わっ、ゴメン。探り入れようとか思ったわけじゃないから」

正也が久米さんに荷物を持ってない方の手を立てて謝った。

「本当に翠先輩が一人でやったみたいですよ。だけど、原島先生から喫煙画像の話を聞いた時に、もしやとは思ったそうです。確認する勇気は持てなかったらしいけど。でも、自分が悪いんだって言ってました。原島先生に膝を痛めてることを気付かれたのは、放送部のせいじゃないのに、八つ当たりをしてしまった。しかも、誤解を与えるような言い方で、って。あと、白井部長は松本兄、夏樹っていうんですけど、夏樹くんに、翠先輩を厳しく責めないで欲しいって、庇うような気持ちで頭を下げたんじゃないかと思います」

「そうだな……」

正也が納得したように頷いた。僕と違い、久米さんがあっさりと松本兄について語ることに違和感を持ってはいないようだ。

僕の方は、思いがけない久米さんからの松本兄の証言に、自分は何をしていたんだろう、という情けない思いが込み上げてくる。

僕は当事者ではないじゃないか。

被害者と加害者のあいだにいただけなのに、まるで自分が一番の被害者のような顔をして、みんなに背を向けたままでいた。罠にはめられた良太のフォローもしていない。ボタンの掛け違いや、溝が生じてしまったところを、白井部長のように、ただそうとしたり、埋めようとしたり、そんなことをしようとも考えていない。

そのうえ、自分がフォローしてもらえなかったことを拗ねてまでいる。

公園につくと、ちょうど屋根のある四阿風のところが空いていた。低い壁沿いのL字形のベンチの一辺に僕が座り、もう一辺の僕に近い方に正也、そのとなりに久米さんが座った。

チャーシューまんが冷めないうちに食べた方がいいのか。いや、こっちが先だ。

僕はコンビニのレジ袋を脇に置き、両膝を閉じてその上に両手を置いた。

「正也、久米さん、ゴメン」

頭を下げる。

「何が？」

正也の問いに顔を上げた。ちゃんと具体的に謝れといった口調ではなく、何に謝られているか本当にわからないといった、少し困った顔でこっちを見ている。指先で鼻の頭をポリポリとかきながら。

久米さんもおろおろしながら僕と正也を交互に見ている。ちゃんと言い直すことによって、かえって傷付けてしまわないか。いや、それは僕の都合のいい逃げだ。

「正也や久米さんが大切にしている場所を貶めるようなことを言って」

「俺はそんなふうに受け取ってないよ」

正也はそう言って、チャーシューまんにかぶりついた。うめっ、と声を上げる。

「でも、正也、謝ったじゃないか。放送部に誘ってゴメンって」

「……あの時はそう思ったんだ。俺さ、無意識のうちに、圭祐と陸上の話をするの、避けていたような気がするんだ。県民の森広場の時なんてさ、明らかに、自分も走りたいんだろうなってわかったのに、なんか、そういう話をしてしまうと、圭祐、陸上部に行ってしまうかもなんて思ってさ」

「そんな……」

「でも、その都度、話せばよかったんだ。それで圭祐が陸上部に行くなら応援するんだって覚悟をもってさ」

「僕は……、走りたい気持ちが顔や行動に出ていたかもしれないけど、自分の居場所は放送部だと思ってた」

だから、謝られた時、突き放されたようで……、悲しかったんだ。

「わかってる。あの後、久米ちゃんの話を聞いて、自分が間違ってたんだって気付いた」

また、あの後、だ。僕は久米さんを見た。チャーシューまんはすでに平らげている。

「ごめんなさい、町田くん」

久米さんからも謝られてしまった。

「わたしがすぐに反論すればよかったんです。翠先輩が突きつけてきた新聞記事の見出しが、本人の意思ではないってことを。わたしはそれを知ってたのに、声が出ませんでした」

「どういうこと？」

久米さんはスマホを出して、例の新聞記事を表示した。

『兄貴にまかせろ！　難病と闘う妹の夢を背負って、いざ全国へ』

「これは、駅伝の取材じゃなく、夏樹くんが青海一年生の時に春の県大会新人戦、五〇〇〇メートルで一位になった時の記事なんです。記者の人はきょうだいで活躍していることを知っていたから、妹さんの方は最近調子が悪いね、といったことを質問して、夏樹くんじゃなく、別の部員が、難しい病気にかかってるみたいですよ、って。そこに触れないでほしいって遠回しに伝えたのに、記事になったらこの有様で。まあ、新聞なんて周りは読んでない子の方が多いし、気恥ずかしい思いをするのも一日だけだから、ほってておけばいいって、学校から抗議してもらうこともなかったんですけど、一日じゃ終わりませんでした」

僕の場合とは状況が違うようだ。喉が乾燥したのか、久米さんは、すみません、と断ってあたたかいミルクティをひと口飲んだ。

「春香の症状はまだそれほど酷くなかったんです。無症状の日が大半で、時々、腹痛が急に襲ってくるといった感じで、春香は病気と折り合いをつけながら、陸上を続けるつもりでいたし、夏樹くんみたいに青海にスポーツ推薦で入りたいって、自主トレにも励んでいたんです。だけど、五本松中陸上部の他の男子はスポーツ推薦を受けることができたのに、春香はできなかった。春香はそれを、新聞記事のせいで、自分はもう陸上ができないとみなされたからだって。病気のことを理解しようとしないまま、みんな好き勝手におもしろがってるって……。精神面の方が不安定になって……、その、カラオケの時も、まさか夏樹くんも同じ日に遊びに出かけてるとは知らなかったから、わたしも夏樹くんも学生生活を謳歌しているのが……、うらやましかったのかもしれません、自傷行為をしてしまって」

「そんなことが……。こんな話、みんなの前ですぐにできるもんじゃない。ものすごく勇気がいることなのに、ありがとう」

僕が飛び出していかなければ、こんな話を二回もさせなくてよかったのに。久米さんは口をキュッと結んで、首を横に振った。

「春香の願いは、自分が陸上競技で再び表彰台に立つことです。そのためのチョコレート断ちで、これは夏樹くんも承知しています。だから、春香の具合が悪いからといって、夏樹くんが今回の大会で絶対に選ばれなければならないという理由はおかしいと思いました。あの二人はお互い、自分との闘いをしているんです」

「それも、あの後？」

「そうだよ。久米ちゃんはみんなに話してくれたんだ」

答えたのは、正也だ。チャーシューまんだけでなく、カフェオレも飲み干している。

久米さんは照れ隠しのように肩をすくめて、ミルクティのペットボトルに手を伸ばした。

「チョコレート断ちのことまで……」

「でも、最近は春香、精神的にも落ち着いているんです。前に、二年生の先輩たちと帰っている時に、女子陸上部は長距離部門がないとか、スポーツ推薦の門戸が女子にはまだあまり開かれていないという話を聞いて、わたし、ショックを受けたんです。春香がスポーツ推薦を受けられなかったのには、病気も新聞記事も関係なかったことがはっきりわかって。一組に女子がほとんどいないことに疑問を持てば、もっと早く気付くことができたのに。夏樹くんも女子の陸上部は学校側があまり力を入れていないということを話したそうですが、俺からの言葉は全部言い訳にしか聞こえないんだ、って」

「それで、どうしたの？」

「過去一〇年のスポーツ推薦入学者の競技別人数や男女比、女子陸上部の活動記録を調べて、春香に見せたんです。それですぐにとはいきませんでしたが、少しずつ納得しているように思えます」

「よかった」

「えらいな、久米ちゃんは。それに比べて俺は、圭祐にとんでもないことを言ったなって気付いた」

「とんでもない？」

「はい、オウム返し！　なんて。新聞記事を鵜呑み（うの）にして、それをまるで言い訳のための証拠品のように提示した翠先輩に対して、同じような記事を書かれた圭祐や事情を知っている久米ちゃんだけじゃなく、俺も、二年生の先輩たちも疑いを持たなきゃならなかったんだ。圭祐だって初めは、陸上経験者として翠先輩を責めていたかもしれない。だけど、新聞記事の受け止め方に疑問を抱く言葉を重ねるうちに、競技者としてだけじゃなく、伝える側の目線をもって問題提起するようになっていたのに、俺たち、少なくとも俺は、圭祐が競技者として主張していることを前提に話を聞いてしまっていた。あの場で一番の放送部員は、圭祐だったんだ」

「いや、ちょっと……」

そんなことを改まって言われても、受け止めきれない。正也は僕をかいかぶり過ぎだ。僕の行動が幼かったんだ、いや、俺たちが……、というやりとりを延々と繰り返すには、ここは寒過ぎる。

僕は半分残っている冷めたチャーシューまんを口に押し入れ、アイスとつけてもいいくらいのレモンティーで流し込んだ。

「作らせてもらえるかわからないけど、一つ思いついたテレビドキュメントのテーマがあるんだ。まだ時間大丈夫だったら、あったかいところで聞いてもらえないかな」

正也も久米さんも大きく頷いてくれた。僕が洟をすると連鎖反応のように二人も続き、どの鼻先も寒さで赤くなっていることを、互いに笑い合った。

＊　＊　＊

『町田圭祐アイデアノート』

（テレビドキュメント部門）

タイトル　実況放送自己添削

ねらい　どこまでがプライバシー？

活躍している人は多少のプライバシーをさらされて当然？

みんなきみのことを知りたがっている。この言い方ってどうなん？

報道側が伝えたいことと当事者が伝えてほしいことは必ずしも一致するわけではない。

また、視聴者が知りたいこととも一致しない。

その溝をまずは明確にし、埋めていくための策を考える。

ていうか、ジャーナリストとして？

報道は、記者やアナウンサー、報道側の作文発表の場じゃねーんだよ。

信念を持ちつつ、自分を出し過ぎない。

とはいえ、当事者自身に原稿を書かせると、謙遜（けんそん）し過ぎのものになるんじゃないか？


方法　各部活動で活躍している人に取材を申し込む。

体育会系三人、文化系三人。部内推薦がよい？

本人にインタビュー。

同じ部の部員（学年ランダム）五人に、その人についてインタビュー。

褒めながら、意外とプライバシーを暴露しているのでは？

自画自賛できない本人にかわって話してあげている、という勘違いも。

ウケ狙いに走ることもある。

活動風景の撮影。

実況放送原稿を作成し、活動風景の映像にナレーションとして乗せる。

本人に添削してもらう。

カットしてほしいと言われたところは、ピー音を当てる。

言い回しを変えてほしいと言われたところは、テロップを入れて色を変える？

追加項目は、ナレーションを別の人にする？
考察　本人、インタビューした五人、それ以外の本人をよく知る五人、本人をあまり知らない五人、それぞれに完成したナレーション付き映像を見てもらい、その人の良さが伝わっているかを採点してもらう。
その他　卒業記念ＤＶＤにこの方法が生かせないか？

＊　＊　＊

昼休みの当番で放送室に行くと、手前の部屋の棚の前に翠先輩がいた。校内での喫煙として二週間の自宅謹慎処分になったと聞いたけど、解けたのだろうか。

気まずい思いが込み上がりながらも、ふと目についた翠先輩の足元にある紙袋が気になった。発声練習の教本やマグカップ……、翠先輩の私物だ。

「何してるんですか？」

「一年生に報告していないままだった。私、放送部、辞めるの」

翠先輩はいつもの声で淡々とそう告げた。

「どうして？　処分は受けたのに」

「それじゃあ、足りないと思ったの」

「そんな、充分じゃないですか」

「二年のみんなが引き留めてくれたけど、ちゃんと気持ちを伝えたらわかってくれたから」

　ここで僕が何を言っても無駄だってことか。

「この状態で、町田くんの陸上に重ねるのはすごく失礼だとわかってるけど、町田くんが一番理解してくれるかもしれないと思うから言うね。私はアナウンサーになって、一生の仕事として続けたい。でも、今までの私は目先のことしか考えていなかった。伝えるってどういうことなのか。そのために、私はどういう人にならなきゃいけないのか。その答えを見つけないまま進んでしまったら、アナウンサーになる前につまずいてしまう。試験に落とされても、自分に足りないことに気付かないまま、選考側を非難したり、コネが必要なんだろうなんてひねくれた捉え方をしたまま、プライドがぽっきり折れちゃう前に逃げてしまう。人生というスパンで長く挑むために、一度そこから離れて、自己改造を含めて計画を練り直すの」

　今回の騒動は必要最小限のことしかオープンにされていないとはいえ、自宅謹慎になって、心無い噂をされたりしていそうなのに、翠先輩の表情はすっきりしている。

「そうですか」

「うん。まだ謝ってなかった。ごめんなさい、町田くん」

「僕も……、ごめんなさい」

「山岸くんとは？」

「村岡先生、三崎中の陸上部の顧問の先生が自前でドローンを買ったのに上手く使えないらしくて、良太と二人で様子を見に行くことになりました」

「そっか、よかった。私は松本くんにフラれちゃったけど、インターハイの応援には行ってもいいんだって。ちょっと、えらそうだよね」

「それは……、松本兄っぽいですね」

それこそ、長く続けるために一度離れる、ではないか？　と思いつつ、僕が他人様の恋愛を語るなど一〇〇万年早い。

「Jコン、全国大会目指して頑張ってね」

「はい」

「私は、町田くんはアナウンス部門の方に向いていると思う」

翠先輩がそう言ってくれるなら……。

「頑張ります」

「そうだ、これ、貸してあげる。貸して、だからね。Jコンが終わったら返してよ」

翠先輩はそう言うと、紙袋からマグカップだけ取り出して、袋を僕に差し出した。手にかかった重さは、アナウンスのための教本のものだけではないはずだ。

「それから、これ。久米ちゃんと二人で管理して」

翠先輩がブレザーのポケットから取り出したのは……、鍵だ。自然と宝物がしまわれた引き出しに目が行く。僕はゆっくりと頷いてからそれを受け取り、手のひらに握りしめた。

これが、今の僕、放送部の僕にとってのタスキなのかもしれない――。

終章

高校二年生の夏、僕らは勝負に挑むことすらできなかった。

Jコン、JBK杯全国高校放送コンテストは中止となったからだ。

どうしてこんなことに、と涙を飲んだのは全国の放送部員だけではない。陸上部、野球部、バレー部、サッカー部、吹奏楽部、合唱部……、体育会系、文化系、ほぼすべての部活動の大会が開催されなかった。

それどころか、春先から初夏まで、通学さえままならず、Jコン中止という、胸にいきなり大砲を撃ち込まれてぽっかりと大きな穴が生じてしまったような出来事を、スマホの画面上で知ることになったうえ、仲間や先輩たちと、直接顔を合わせて受け止めることすらできなかった。

ケガや故障、校則違反、または、実力が発揮できずレギュラーに選ばれなかった。そういった、原因が自分に拠るところにあるのなら、時間はかかるかもしれないけれど、自分を納得させることができる。

だけど、どうしてこんなことが？　と想像力をマックスで駆使しても考えられなかったことが起きた際、それをどう受け止めればいいのか、僕にはわからなかった。それでも、自分をなぐさめる術はある。

まだ、来年がある。一年先がさらに想像できない世の中になっていたとしても、「希望」という選択肢が消えたわけじゃない。

そもそも、なんでＪコンは中止になったんだ？

ドラマ部門、ドキュメント部門は、作品さえ提出すれば、最悪、大会会場に部員が一人も赴かなくても、審査してもらえる、つまりは、大会が成立するというのに。アナウンス部門、朗読部門だって、舞台の中央に立つのは発表者一人のみだ。

むしろ、放送コンテストはリアル会場に集わなくても、オンライン上で充分に開催できるのではないか。作品制作に制限はかかるけれど、逆に、この状況だから生まれるものだってあるはずだ。

そういったことを僕は考えることができても、何らかの大会を開くまでの力はない。しかし、放送部員の無念さをくみ取ってくれる人たちはいた。

発起人は、声優の小田祐輔。自らもＪコン出場、そして優勝経験のあるオダユーが、各界で活躍する放送部出身者に声をかけ、Ｊコンの代替となる放送コンテストをオンライン上で開催してくれたのだ。

似たような企画は他にもあったものの、青海学院放送部は当然、母校ＯＢが呼びかけたコンテストに参加することになった。

これまでのように、みんなで集まって制作することはできない。自校の生徒に直接インタビューしたり、ドラマに参加してもらうことも難しい。

僕が正也や久米さんに提案したテレビドキュメント作品も、学校に通えないまま作ることは難しく、断念せざるを得なかった。

そこで、少数のチーム、または個人に分かれて、それぞれが一部門だけエントリーすることになった。こういったやりとりはLANDがメインで、久米さんから「LANDを始めていてよかったです」というメッセージが届いた時には、今の状況すべてが悪い方向に向いているわけじゃないと心から思うことができた。なんて、僕がLANDを始めたのは久米さんと同じタイミングだというのに。もちろん、僕も同感だ。

まずは、新二年生と新三年生に分かれ、そして、新二年生三人で話し合った結果、僕と正也は二人で、久米さんは一人で、という分かれ方になった。仲間外れではない。久米さんが、どれか一部門に参加するなら朗読に挑戦したいと、自分からはっきりと申し出たのだ。

当然、正也はラジオドラマに挑みたい。僕はそれに協力することになった。正也からラジオドラマ用の脚本がパソコンメールの添付ファイルで届き、僕はそれをプリントアウトして簡易製本し、練習に励んだ。なんと、一人五役だ。

天才高校生が自分のデータを元にコピーロボットを作製し、面倒なことはロボットにまかせておけばいいと、登校やおつかいをロボットにまかせるものの、自分ではとうてい起こし得ないことばかり、ロボットがしでかしてしまう。主人公はその原因を考えていくが、その中で、自分が出会った人や影響を受けた人を思い浮かべ、この出会い、あの出来事があったから、自分は今の自分でいられるのだということに気付き、自分は選ばれた人間だという傲慢な態度を改める。そんな物語だ。

　周囲には気付かれない精度のコピーロボットとはいえ、ラジオドラマなのだから、本人とロボットの区別がつくように演じなければならない。僕はその都度、電話で正也に確認してもらいながら、自分の声を録音し、編集、ＢＧＭや効果音の音付けもして、九分間の作品を完成させた。

　久米さんは指定作品五冊の中から、芥川龍之介の「杜子春」を選んで、自分で朗読箇所を抜粋し、動画撮影を繰り返して一番納得できたものを送った、と聞いた。

　動画撮影でもかなり緊張したことから、来年、Ｊコンが開催される場合の課題として、本番でアガるのを克服するため、人前で読む機会を作っていきたいと報告してくれた。最終課題は「木崎さんの前で読むこと」らしく、久米さんも頼もしくなったな、などと正也とＬＡＮＤで言い合った。

　新三年生の白井部長、蒼先輩、黒田先輩は、互いに自宅が近いこともあり、三人でテレビドキュメントを制作して応募した、と聞いた。

　それぞれの応募が終了した頃に、登校も再開となり、部活内での発表会が開かれた。多少の課題はあるものの、みんなが自分の作品以外のものを「想像以上の出来栄えだ」

とお世辞抜きに評価し合うことができた。

どれほどの褒め言葉が飛び交っても、一つだけ、誰もが口にしなかった言葉がある。

Jコンが開催されていたら。

それぞれがどう感じていたのかはわからない。

僕に関しては、半分は意地だ。運が悪かった、という言葉をなぐさめのように使う人もいるけれど、それを認めてしまったが最後、大きな敗北感に飲み込まれてしまいそうになる。もう半分は、僕は放送部での活動を通じて、前を向いて生きる、という思いを強く持てるようになっているんじゃないか、ということ。

だから、手を差し伸べてもらい、一緒に困難を乗り越えてきた仲間や先輩に、改めて確認する必要はないとも思っている。たとえ、もっと一緒に活動したかったという思いを抱えたまま、最後の日を迎えても……。

七月の最終日、真っ白な文字で「SBC」と、青海・ブロードキャスト・クラブを略したロゴの入った青いポロシャツを着て、僕は放送室に向かった。

重いドアは開けたままドアストッパーで固定されていた。中に入ると、正也が奥の部屋でテーブルの一角につき、色紙に向かっているのが見えた。僕が来たことに気付き、顔を上げる。

「おっ、圭祐、おまえも早く書けよ。久米ちゃんがすごいの作ってきてくれたから」

近付いて、色紙を一枚手に取った。中央に『白井部長へ』と書かれ、その上にカチンコを手に持った白井部長の似顔絵がある。

今日で放送部を引退する先輩たちに渡すためのものだ。蒼先輩はノートパソコン、黒田先輩はドローンを手にしている。

「久米さんって、絵も上手いんだ」

「ホント、多才だよな。それに、これだけスペース使ってもらえて、助かるよ」

苦笑する正也のとなりに座り、僕もペンを手に取った。正也は緑色を使っているので僕は青色にする。

「三人で色紙を埋めなきゃならないもんな」

先輩たちへの感謝の気持ちはひと言では言い尽くせないほどある。だけど、いざ色紙に書こうと思ったら、手紙のようなダラダラとした文章を綴るのには抵抗がある。家の人たちも読むかもしれないし……。

「まさかの、新入生ゼロだからな」

「でも、二学期の始業式に新入生オリエンテーションをやり直すらしいから、僕はまだ期待してるんだけど。部活紹介の映像も、ドローンを使ってかっこいいのを作りたいし」

新入生の入部が少ないのは放送部だけではない。スポーツ推薦で入った人間科学科の生徒以外は、まだほとんどが部活に入っていないと聞いた。文理科から体育会系の部活に入っても大丈夫だろうか、高校から新しいことを始められるだろうか、などと迷っている新入生の背中を押せるようなものを作りたい。

「まあ、放送部も今日の撮影の一部をオリエンテーションで使わせてもらうっていう手もあるな。新入生、放送室に入りきれないほど来るんじゃないか？」

「いや、そこはもっと、現役生の僕たちで頑張ろうよ」

「でも、サインはもらっていいですよね。放送部の宝にしましょう」

気合いの入った声の方に顔を向けると、戸口に久米さんが立っていた。駅前にある生花店の紙袋を提げている。

「色紙といい、いろいろ準備をまかせてしまってゴメン。ありがとう」

「いえいえ、どれも好きな作業です」

すでに先輩たちへのメッセージをオレンジ色のペンで書き込んでいた久米さんは、僕と正也が書き終えて完成したものから、購入時に入っていた透明な袋に入れ直し、青いリボンをかけていった。色紙と花束、そして、記念品は三人で話し合い、マイクの形を模した本体に先輩たちそれぞれの名前を入れてもらったＵＳＢメモリにした。

データの保存方法としては、ＵＳＢメモリはひと昔前のものになりつつあるけれど、制作を続けてほしいという思いを込められる品としては、これが最善ではないかと三人で納得しあったものだ。

多少、予算はかかったものの、先輩たちからの最後のプレゼントと比べると、こんなものたちは足元にも及ばない。

「ちょっと、なんでもう食べてんの？」

ドア付近から白井部長の声が聞こえた。怒られているのはどうやら黒田先輩だ。棒付きアイスをくわえている。

「溶けそうだったからさ」

「だから、全員ぶん、カップにしようって言ったじゃない」

僕たちのアイスもあるみたいで、蒼先輩はテーブルの上にレジ袋を置いた。

「一つ、『ソーダくん』が入ってるから、誰か取ってくれ」

黒田先輩に言われ、じゃあ俺が、と正也が一歩前に出てアイスを取り、袋を開けてかぶりついた。棒付きアイス組が食べているのを眺めるのもヘンだということで、全員でアイスを食べることになった。

「もう、グダグダじゃない」

白井部長がぼやいた。それは、僕たち二年生だって思っていることだ。奥の部屋への入り口で三人並び、先輩たちを拍手で迎える予定だったのに。今日の司会進行役を仰せつかった身としては、どのタイミングで立て直していいのかもわからない。

しかし、それは先輩たちも感じていたようだ。

「入るところからやり直す？」

蒼先輩の提案に白井部長と黒田先輩は素直に従い、僕たちも当初の予定の場所に整列した。三年生の先輩たちを拍手で迎える。翠先輩にも声はかけたけれど、断られた。

先輩たちは席にはつかず、ホワイトボードの前に、白井部長を真ん中に三人並んで立った。久米さんが静かにそう誘導したのだ。僕は軽く咳払いをした。

「ただいまより、放送部三年生送別会を行います。通常のこういった会とは順番が異なりますが、まずは、二年生からの記念品贈呈です」

「一年生、ゼロのままか」

つぶやいた黒田先輩の肩を白井部長が小突く。そのあいだに久米さんが、正也に色紙を、僕にUSBメモリの箱を渡し、自分は花束を持って、順番に一人ずつ渡していった。

こうすると、全員が全員と向かい合い、声を掛け合うことができる。

ありがとうございました、お疲れ、とそれぞれの声が飛ぶ。

「では、着席してください」

僕の掛け声とともに、全員がテーブルのいつもの席についた。

「この箱、開けていい？」

白井部長が訊ね、ぜひ、と正也が答えた。

かわいい、と部長。こんなのあるんだ、と黒田先輩。名前まで入ってる、と蒼先輩。

どうやら、喜んでもらえたみたいだ。色紙の似顔絵も好評で、正也と久米さんと三人、顔を見合わせて、よし、と頷き合った。頃合いを見計らって、僕は立ちあがった。

「続きまして、新部長の宮本正也からの挨拶です」

気が付くと、自分たちの代が最高学年になっていた。学校生活、日常生活、何もかもが受け止めきれない、どう向き合えばいいのかわからないことだらけだけど、新部長だけはすんなりと決まった。ちなみに副部長が僕で、書記と会計の兼任が久米さんという、部員の少ない部活あるある人事をそのまま体現している。

僕が座り、正也が立ちあがった。

「白井部長、蒼先輩、黒田先輩、お疲れ様でした。ぶっちゃけ、俺、いや、僕は入部当初ひとつ年上の先輩たちが怖かった。でも、三年生の先輩たちに、宮本をＪコン本選に行かせるべきだって白井部長が言ってくれた時、放課後のお楽しみとして放送室に集っているんじゃなく、放送部員として真剣に活動しているんだと、感動しました。こういう先輩たちと一緒に活動できるんだ、って。青海学院を選んで正解だったな、と。あっ、ダジャレじゃないっす」

みんなのあいだに笑いがこぼれた。

「今年の夏は全員で東京に行けるって信じてました。でも、まさかこんなことが起きるなんて。去年の夏、ＪＢＫホールのトイレで僕は声を上げて泣きました。来年必ずリベンジするぞって、三年生の先輩たちはホールの前で記念撮影したけれど、僕はしなかった。来年、がないなんて想像すらしていなかったから。ショックで、パソコンにさわるのもイヤで、何してたんだろう。そんな中、白井部長から連絡があって、ＪＢＫの代替コンテストがあるから参加しようって言われて。それすらも、Ｊコンじゃないじゃん。むしろ、ここでいい成績を出せた方が、Ｊコンが開かれてたらっていう気持ちが尚更(なおさら)強くなるんじゃないかとまで思って。だけど、白井部長はいつものように、大会ホームページのリンク先を送ってくれたり、進捗状況を訊いてくれたりして。逆境の中で前を向ける人こそ、本当に強い人なんだとわかりました。来年、があるかまだわからない。でも、先輩たちが、今年、を繋いでくれたように、僕たちも青海学院放送部を繋いでいきたいと思います。あっ、新入部員の勧誘、頑張ります！」

　先輩たちから拍手があがり、僕と久米さんも続いた。

「よっ、宮本新部長！」

　黒田先輩に囃し立てられ、正也は指先で鼻の頭をかいた。

「俺たちの声を全国に連れて行ってくれて、ありがとうな」

　蒼先輩の言葉に、ラジオドラマ「ケンガイ」は部員全員で作ったものだということを改めて思い返してしまう。これ以上、先輩たちの声が続くと、鼻の奥がムズムズしてきそうで、僕は立ちあがった。正也が座る。

「宮本新部長ありがとうございました。では最後に、うん？　では第一部の最後に、白井部長からのお言葉をいただきたいと思います」

　白井部長が立ちあがったのを確認して、僕は静かに座った。

「まずは、こうしてみんなで集まって、顔を合わせ、直接話ができることが嬉しいです。大変なことが起きたけど、私たちはその前に青海放送部としての困難や課題にぶち当たって、仲間を一人失いもしたけど、あの時、みんなで思いをぶつけあったからこそ、会えなくなった時間も心が離れることなく、乗り越えていけたんじゃないかと思う」

僕の頭の中に、良太や陸上部員、そして、翠先輩の顔が浮かんだ。

「正直、東京に行きたかった。JBKホールのステージで表彰されたかった。一つ上の先輩たちには文句言ったけど、みんなでおしゃれなカフェにも行ってみたかった。だけど、考え方を転じれば、こんな世の中だからこそ、得られた評価なのかもしれない」

白井部長はホワイトボードに目を向けた。

『祝　ABC杯全国高校放送コンテスト　テレビドキュメント部門　最優秀賞！』

ABCはテレビ局ではなく、オール・ブロードキャスト・クラブの略だ。テレビドキュメント部門に参加した先輩たちの作品は、一席となる最優秀賞を受賞した。

タイトルは「その説明、伝わっていません」。

多くの人の外出がままならなくなった時期に大ヒットしたレシピ本『はじめてでも大丈夫。フライパンひとつでおうちパーティー』を見ながら、白井部長が自宅でその中から選んだ簡単そうなメニュー「ざくざくナッツハニーブラウニー」を実際に調理する。写真はフライパンの中に完成した料理のみで、途中の工程は文章でしか書かれていない。

粉っぽさがなくなるまでさっくりとかきまぜる、油を適量フライパンに入れる、ほどよい焼き目がついたら、あらかじめ混ぜておいたハニーソースを回し入れる……。白井部長は「さっくり」や「適量」、「ほどよい」を辞書で調べながら（テロップあり）、作業をすすめていったものの、完成品は写真とは程遠いものになる。

そこで今度は、レシピ本の作者に立ち会ってもらい再度挑戦する。作者はなんと、白井部長のお母さんだ。しかも、「料理研究家」として紹介した後、母親であることも正直に明かしている。

——この本で挫折した皆さん、安心してください。娘もこの有様です。

そんな自虐ネタも取り入れながら、親子漫才のようなやり取りが続く中で、白井部長はある課題に気付く。母親世代の家庭科の授業と、自分が受けてきたものに、大きな違いがあることに。調理と裁縫がメインだった昔と比べ、今は家庭生活に関する座学が中心で調理実習など一度あればいい方だ。つまり、基礎が違う。お母さんが基礎や常識だと認識してはぶいていることは、白井部長にとってはそうではないのだ。

——みじん切りのやり方くらいは知ってるわよね。

——知りません。だから、ナッツがナッツとわからない状態になってるんです。

そんな会話もある。そこで、両者の摺合せ案が考察される。予算の都合で写真に制限があるのなら、巻末に用語一覧集を付ける、イラストを用いる、動画とリンクさせる、など。そうして、白井部長は今度は写真と違わない料理を完成させることができ、こう締めくくる。

——いろいろ、本について案は出したけど、わからないことは、自分の近くにいる料理が得意な人に訊く、ということが一番の解決法ではないかと思います。私は来年、進学で家を出る予定ですが、遠く離れた人たちともオンラインでのやりとりが気軽にできることを生かし、わからないことはその場で訊きながら、料理の腕を上げていきたいと思います。

　お母さんが笑いながら、この写真が届くの？　と最初の失敗作を指さし、そうなる前に質問しましょうって話でしょ、と白井部長がぼやく、サービスカット付きだ。

　去年のテーマ決めミーティングの際から出ていた蒼先輩の案で、テロップや音付けの編集も蒼先輩がやっている。撮影は黒田先輩だ。スポーツだけでなく、料理をおいしそうに撮るのもうまい。

　今の世の中の状況を取り入れた、高校生らしいテーマ。納得の一位だ。

　ちなみに僕と正也のラジオドラマと久米さんの朗読は、準決勝に進むことはできた（全体の一〇分の一くらいには入れた）ものの、決勝に残ることはできなかった。

「私は放送部での経験と今回の受賞を、今は自信として、数年後には楽しかった思い出、通過点として、大切にしながら、これからも放送に関わっていきたいと思います。JBKに就職しようかな、なーんて。私はけっこうな場面で鬱陶しがられるんだけど、ここは、正面から受け止めてくれる人たちだらけで、居心地がよかったです。ありがとう。みんなのこれからの活躍を期待しています」

　白井部長はペコリと頭を下げた。蒼先輩と黒田先輩も立ちあがってそれに倣う。撮影しておけばよかったと少し後悔し、この場面はずっと頭の中に焼き付いているだろうと思い直した。

「さっ、準備しなきゃ」

白井部長が全員を見渡した。

「じゃあ、とりあえずシメを」

僕は立ち上がり、第一部の終了を告げた。

二年生の三人で久米さん渾身（こんしん）の横断幕「ようこそ、オダユー先輩」を上手の壁に貼りつける。

第二部はなんと、スペシャルゲスト、小田祐輔氏による一時間のワークショップ、ABC杯全国高校放送コンテストの副賞だ。発起人グループの中から一名が優勝校を訪れてワークショップをしてくれるという各部門共通の副賞の中で、青海学院にはOBのオダユーが来てくれることになったのだ。

テーブルの上を片付けて、僕が除菌シートで隅々までふいていった。乾いたのを確認して、久米さんがB5コピー用紙を綴（と）じたものをそれぞれの席の前に置いていく。ヘッセの『車輪の下』の文庫本、オダユーが放送部時代にJコン用に使っていた、書き込みの入ったものを、全ページコピーして綴じたものだ。

ワークショップの内容はこちらからリクエストすることができた。番組制作についての話を聞くこともできたのに、先輩たちは朗読のレクチャーを選んでくれた。後輩への置き土産として。

正也がコピー用紙の束の横に、『車輪の下』の文庫本を置いていく。コピー用紙の記号の意味などを教えてもらいながら、自分たちで新たに朗読本を作成するためだ。

文庫本は一冊多く購入した。レクチャーのメモをまとめたものと文庫本を、翠先輩にも渡そうと三人で話し合って決めた。念のため、白井部長に確認すると、部長もそうするつもりだったと、お礼を言われた。

僕にしてみたら、誰かに渡すことを前提にした方が、わかりやすいメモが取れそうな気がする。

久米さんが深呼吸をし始めた。本当は全員で正門まで迎えに行きたいところだけど、他の生徒たちが集まって大騒ぎになるのを避けるため、オダユーには裏門から入って校長室で待機してもらい、約束の時間になったら秋山先生が放送室に案内してくれることになっている。

今日の撮影係は秋山先生だ。僕が先生の文庫本も必要かと訊ねにいったところ、先生の方から撮影に名乗りを上げてくれた。ミラーレス一眼カメラの使い方はすでにレクチャーしてある。

試し撮りした僕と正也と久米さんが下手くそなダンスを踊る動画は、けっこう上手に撮れていた。

「なつかしいなあ……」

ドアの向こうから、頭の芯を震わせるような美声が聞こえてきた。

全員が目を輝かせて顔を見合わせ、一目散にそこに向かって駆け出した――。

解説

西靖（毎日放送アナウンサー）

本作『ドキュメント』は、サスペンスの名手として知られる湊かなえさんが、高校の放送部を舞台にした青春小説を世に出したことで話題になった作品『ブロードキャスト』の続編にあたる長編小説です。

主人公の町田圭祐は中学で将来を有望視されていた陸上選手だったのに、高校入学直前の交通事故のために競技生活を断念、同級生の宮本正也に誘われるままに高校の放送部に入部。1作目は、走ることへの未練をどこかに残し、初めて触れる放送部の活動内容や雰囲気に戸惑いつつも、徐々にやりがいを感じ始め、放送コンテストへの参加を通じて、居場所や仲間を得ていく青春ドラマでした。3年生が引退し、さあ、これからどんな青春の日々を過ごすのだろうという前途の予感と余韻を残してのエンディングに、続編、すなわち本作を楽しみにしていた方も多いと思います。

そして、まさに青春ドラマそのものだった前作と同じ舞台で、今度は放送部員が撮影した映像に、圭祐の親友の喫煙を疑わせる場面が偶然映っているという「事件」が起こります。それは本当に偶然なのか？　それとも罠？　だとすれば、いったい誰が？——。

湊さんの新境地の青春ドラマに、本領発揮とばかりにサスペンスの要素を絶妙な匙加減で加えた、実に贅沢な作品といえます。

かくいう私も、圭祐と比べるのも申し訳ないのですが、中高、そして大学まで、選手として全くパッとしないまま陸上競技部に籍をおき（部室の居心地がよかったのです）、今は放送局でアナウンサーを仕事にしているものですから、及ばずながらスポーツで感じるカタルシスも挫折も味わっていますし、映像や音声を使って作品を作り、放送を通じて人に伝えることの楽しさや難しさも知っています。ああ、記録が伸びないときの陸上選手ってたしかにこんな風に考えるよな、と思い返したり、放送〝局〟と放送〝部〟ではこんなに考え方が違うのか、と新しい発見があったり。私にとっても『ブロードキャスト』そして本作『ドキュメント』は特別な存在なのです。

しかも、これまで何度か番組のインタビューで湊かなえさんにお話を伺う機会があり、そのたびにニコニコとご機嫌かつ丁寧にお話しになる人柄と、その表情の奥で、数々の「イヤミス」のえげつない展開を紡いできたという事実とのギャップに、すっかり魅了されています。

私が放送業界に入って間もないころ、先輩から「虫の目・鳥の目」を大切にしろと言われました。現場に行き、人に会い、話を聞き、地べたを這いまわって情報を集める「虫の目」と、全体を見渡し、自分がどこにいて、何が見えていて何が見えていないかを把握する「鳥の目」。これに物事の流れをつかむ「魚の目」を加えた「虫の目・鳥の目・魚の目」という警句もあるようですが、取材し、人に伝える仕事をするうえで、現場で得る情報と、俯瞰（ふかん）視点からの状況把握は両輪だと教わりました。

湊かなえさんの作品に接してまず感じるのは、なんといっても「虫の目」のすさまじさです。相手の言葉遣い、声のトーン、手に持っている紙切れ、スマホに連絡が来る、来ない、そんな微細な入力で刻々と変化する登場人物たちの心のひだを、ひとつひとつ丁寧に描きます。圭祐が不安なときは読者も不安になり、ホッとしたときには我々もいっしょに息をつく。湊さんは読者に傍観者でいることを許してくれません。

そんな湊さんが本作では放送部が新たに手にしたツールとして「ドローン」を登場させました。ドローンは我々、放送業界にいるものにとっても、たいへんホットな、注目の機材です。これまでのヘリによる空撮とも違う、脚立の上にカメラマンが上って撮影するのとも違う、新鮮な映像体験です。このドローンが捉（とら）えた映像が、物語後半の波乱の起点となります。圭祐の親友、陸上部のエース候補の山岸良太（やまぎしりょうた）が火のついた煙草を持っている様子が映っていた……。

湊さんが物語にドローンを登場させたことは、「高校の放送部がドローンを手にしたらどんなことが起こるだろう」という遊び心であり、常に新しいものへの興味を持つ作家としての姿勢の反映でもあるでしょうが、私はそれに加えて、物語を「鳥の目」で捉えることのメタファーのようにも感じてしまいました。

人物の内面描写の精緻さと、さらに主人公の一人称語りによって、圭祐の目線で参加、没入できるのがこの物語の魅力ですが、ドローンよろしくフッと視点を上げると、黒田先輩や白井部長といった安定感のあるキャラクターが物語の枠組みを強固にし、同級生の正也や久米さんのキャラクターがそのなかで生き生きと躍動することで、ストーリーの幅が膨らんでいるのがわかる。ディティールに目を奪われがちな湊作品の背後に、骨太でありながら計算しつくされた構造があることを、ドローンの視点で湊さんが教えてくれたような、といったら考えすぎでしょうか。

もうひとつ申し上げたいのは、この小説がもつ、きわめて現代的なメッセージです。第7章で、放送部から足が遠のいていた間に圭祐が書き溜めたアイデアノートを、同級生の正也と久米さんに見せる場面があります。少し引用します。

(テレビドキュメント部門)
タイトル　実況放送自己添削
ねらい　どこまでがプライバシー？
活躍している人は多少のプライバシーをさらされて当然？
みんながきみのことを知りたがっている。この言い方ってどうなん？
報道側が伝えたいことと当事者が伝えてほしいことは必ずしも一致するわけではな

い。

また、視聴者が知りたいこととも一致しない。

〜中略〜

報道は、記者やアナウンサー、報道側の作文発表の場じゃねーんだよ。

陸上選手として取材される側でもあった圭祐が抱いた違和感を、今度は取材する立場の放送部員として、そのまま企画として生かせないかという、力のこもったアイデアノートですが、圭祐の叫びは、まさにいま、メディアが直面している問題そのものなのです。もちろん不正を追及しようとするときには、報道側が伝えたいことと当事者が伝えてほしいことが一致するなんてことはまずありません。相手は隠そうとする、こちらはそれを明らかにしようとする、という緊張した取材が当たり前です。でも、真実を伝えるために取材に基づく詳細な報道が原則といいつつ、興味本位で必要のないプライバシーにまで踏み込んでいないか、「いい話」「感動秘話」が記者やアナウンサーの独りよがりになっていないか。いったん情報が出るとどこまでも広がるSNS時代に我々が直面している「マスコミの存在意義の再定義」という課題を、湊さんは圭祐の言葉を借りてズバッと指摘しています。

さらに終章。ここでも湊さんは現代的要素を作品に取り入れます。主人公たちが青春の全てをかけて参加しようとしたコンテストが中止になるのです。コンテストどころか、部活も対面授業も、学校機能のほとんどが停止してしまうような社会状況に、読者は驚きというよりも、そうか、そうなんだな、と苦みが口中に広がる感覚を覚えます。もちろん、コロナ禍を指していることは明白です。じっさい、作中の放送コンテストの下敷きになっているNHK杯全国高校放送コンテストも、コロナ禍で一度、開催中止になっています。

「コロナ」という言葉を湊さんは使っていません。でも、「虫の目」でディティールを描き切る湊さんの筆力は、あえて「コロナ」と書かないことでぽっかりとできる空白によって、あの息苦しく、不自由で、不安な日々を、むしろくっきりと我々の脳裏に呼び起こします。

そしてラストは、トンネルの向こうにキラキラとした明かりがみえるような、軽やかとさえいえる着地。圭祐たちの高校生活はまだ1年以上残っています。湊かなえさん自身も、取材でさらなる続編の可能性に言及されています。『ブロードキャスト』でラジオドラマ、本作ではドキュメントが主題。残るテーマは「アナウンス」「朗読」です。圭祐の声がみなさんに届くのを、楽しみに待ちましょう。

本書は、二〇二一年三月に小社より刊行された
単行本を文庫化したものです。

ドキュメント

湊(みなと) かなえ

令和6年 6月25日 初版発行

発行者●山下直久

発行●株式会社KADOKAWA
〒102-8177 東京都千代田区富士見2-13-3
電話 0570-002-301(ナビダイヤル)

角川文庫 24194

印刷所●株式会社暁印刷
製本所●本間製本株式会社

表紙画●和田三造

ISBN 978-4-04-114721-4 C0193

◇◇◇

角川文庫発刊に際して

角川源義

第二次世界大戦の敗北は、軍事力の敗北であった以上に、私たちの若い文化力の敗退であった。私たちの文化が戦争に対して如何に無力であり、単なるあだ花に過ぎなかったかを、私たちは身を以て体験し痛感した。西洋近代文化の摂取にとって、明治以後八十年の歳月は決して短かすぎたとは言えない。にもかかわらず、近代文化の伝統を確立し、自由な批判と柔軟な良識に富む文化層として自らを形成することに私たちは失敗して来た。そしてこれは、各層への文化の普及滲透を任務とする出版人の責任でもあった。

一九四五年以来、私たちは再び振出しに戻り、第一歩から踏み出すことを余儀なくされた。これは大きな不幸ではあるが、反面、これまでの混沌・未熟・歪曲の中にあった我が国の文化に秩序と確たる基礎を齎らすためには絶好の機会でもある。角川書店は、このような祖国の文化的危機にあたり、微力をも顧みず再建の礎石たるべき抱負と決意とをもって出発したが、ここに創立以来の念願を果すべく角川文庫を発刊する。これまで刊行されたあらゆる全集叢書文庫類の長所と短所とを検討し、古今東西の不朽の典籍を、良心的編集のもとに、廉価に、そして書架にふさわしい美本として、多くのひとびとに提供しようとする。しかし私たちは徒らに百科全書的な知識のジレッタントを作ることを目的とせず、あくまで祖国の文化に秩序と再建への道を示し、この文庫を角川書店の栄ある事業として、今後永久に継続発展せしめ、学芸と教養との殿堂として大成せんことを期したい。多くの読書子の愛情ある忠言と支持とによって、この希望と抱負とを完遂せしめられんことを願う。

一九四九年五月三日

角川文庫ベストセラー

高校入試　湊　かなえ

名門公立校の入試日。試験内容がネット掲示板で実況中継されていく。遅れる学校側の対応、保護者からの糾弾、受験生たちの疑心。悪意を撒き散らすのは誰か。人間の本性をえぐり出した湊ミステリの真骨頂！

ブロードキャスト　湊　かなえ

中学時代、駅伝で全国大会を目指していた圭祐は、あと少しのところで出場を逃した。高校入学後、とある理由によって競技人生を断念した圭祐は、放送部に入部。新たな居場所で再び全国を目指すことになる。

グラスホッパー　伊坂幸太郎

妻の復讐を目論む元教師「鈴木」。自殺専門の殺し屋「鯨」。ナイフ使いの天才「蟬」。3人の思いが交錯するとき、物語は唸りをあげて動き出す。疾走感溢れる筆致で綴られた、分類不能の「殺し屋」小説！

マリアビートル　伊坂幸太郎

酒浸りの元殺し屋「木村」。狡猾な中学生「王子」。腕利きの二人組「蜜柑」「檸檬」。運の悪い殺し屋「七尾」。物騒な奴らを乗せた新幹線は疾走する！『グラスホッパー』に続く、殺し屋たちの狂想曲。

AX アックス　伊坂幸太郎

超一流の殺し屋「兜」が仕事を辞めたいと考えはじめたのは、息子が生まれた頃だった。引退に必要な金を稼ぐために仕方なく仕事を続けていたある日、意外な人物から襲撃を受ける。エンタテインメント小説の最高峰！

角川文庫ベストセラー

鳥人計画　東野圭吾

日本ジャンプ界期待のホープが殺された。ほどなく犯人は彼のコーチであることが判明。一体、彼がどうして？　一見単純に見えた殺人事件の背後に隠された、驚くべき「計画」とは!?

探偵倶楽部　東野圭吾

「我々は無駄なことはしない主義なのです」――冷静かつ迅速。そして捜査は完璧。セレブ御用達の調査機関〈探偵倶楽部〉が、不可解な難事件を鮮やかに解き明かす！　東野ミステリの隠れた傑作登場!!

さいえんす？　東野圭吾

「科学技術はミステリを変えたか？」「男と女の〝パーソナルゾーン〟の違い」「数学を勉強する理由」……元エンジニアの理系作家が語る科学に関するあれこれ。人気作家のエッセイ集が文庫オリジナルで登場！

殺人の門　東野圭吾

あいつを殺したい。奴のせいで、私の人生はいつも狂わされてきた。でも、私には殺すことができない。殺人者になるために、私には一体何が欠けているのだろうか。心の闇に潜む殺人願望を描く、衝撃の問題作！

ちゃれんじ？　東野圭吾

自らを「おっさんスノーボーダー」と称して、奮闘、転倒、歓喜など、その珍道中を自虐的に綴った爆笑エッセイ集。書き下ろし短編「おっさんスノーボーダー殺人事件」も収録。

角川文庫ベストセラー

お文（ふみ）の影　宮部みゆき

過ぎ去りし王国の城　宮部みゆき

おそろし　三島屋変調百物語事始　宮部みゆき

あんじゅう　三島屋変調百物語事続　宮部みゆき

泣き童子　三島屋変調百物語参之続　宮部みゆき

月光の下、影踏みをして遊ぶ子どもたちのなかにぽつんと女の子の影が現れる。影の正体と、その因縁とは。「ぼんくら」シリーズの政五郎親分とおでこの活躍する表題作をはじめとする、全6編のあやしの世界。

早々に進学先も決まった中学三年の二月、ひょんなことから中世ヨーロッパの古城のデッサンを拾った尾垣真。やがて絵の中にアバター（分身）を描き込むことで、自分もその世界に入り込めることを突き止める。

17歳のおちかは、実家で起きたある事件をきっかけに心を閉ざした。今は江戸で袋物屋・三島屋を営む叔父夫婦の元で暮らしている。三島屋を訪れる人々の不思議話が、おちかの心を溶かし始める。百物語、開幕！

ある日おちかは、空き屋敷にまつわる不思議な話を聞く。人を恋いながら、人のそばでは生きられない暗獣〈くろすけ〉とは……宮部みゆきの江戸怪奇譚連作集「三島屋変調百物語」第2弾。

おちか1人が聞いては聞き捨てる、変わり百物語が始まって1年。三島屋の黒白の間にやってきたのは、死人のような顔色をしている奇妙な客だった。彼は虫の息の状態で、おちかにある童子の話を語るのだが……。